Plumes sèches à Beg-Meil

Annie LE COZ

Plumes sèches à Beg-Meil

Collection

ENQUÊTES & SUSPENSE

Quadri Signe - Editions Alain Bargain
125, Vieille Route de Rosporden - 29000 Quimper
E-mail : editions.alain.bargain@wanadoo.fr
Site Internet : perso.wanadoo.fr/editions.bargain

ENQUÊTES & SUSPENSE

Aux Éditions Alain Bargain

Dans la collection
ENQUÊTES ET SUSPENSE :

Jean-Jacques Gourvenec
- Chasse au congre à Lannilis
- Scénario macabre à Saint-Pabu

Michèle Corfdir
- Le Crabe
- Mortel Hiver sur le Trieux
- Chasse à corps à Bréhat
- Larmes de fond ou le retour du crabe
- Vent contraire à Loguivy-de-la-Mer
- Herbes amères à Belle-Isle-en-Terre

Françoise Le Mer
- Colin-maillard à Ouessant
- La Lame du Tarot
- Le faucheur du Menez-Hom
- L'oiseau noir de Plogonnec
- Blues Bigouden *à l'Île-Chevalier*
- Les santons de Granite rose
- Les Ombres de Morgat

Chaix d'Est-Ange
- La filière d'Arradon
- La petite dame de Locminé
- Ratissage dans le golfe
- L'Écluse de Malestroit
- Copie conforme à Larmor-Baden
- Les Truands de Saint-Goustan

Gisèle Guillo
- Dernier rendez-vous à Vannes
- Du Léman au Morbihan
- Tempête à Quiberon
- La Belle de Carnac
- Le Saigneur de Quimper

Solenn Colléter
- Lettres de sang sur la Côte Sauvage

Anne-Soizic Loirat
- Lorient l'interdite

Annie Le Coz
- Les Maudits de Kérogan
- Plumes sèches à Beg-Meil
- Quimper sonne les cloches

Martine Le Pensec
- Onde de choc sur Fermanville

Patrick Bent
- Erquy profite le crime
- Le macchabée du Val-André
- Saint-Cast priez pour eux !

Firmin Le Bourhis
- La neige venait de l'Ouest *(épuisé)*
- Les Disparues de Quimperlé
- La Belle Scaëroise
- Étape à Plouay
- Lanterne rouge à Châteauneuf-du-Faou
- Coup de tabac à Morlaix
- Échec et tag à Clohars-Carnoët
- Peinture brûlante à Pontivy
- En Rade à Brest

Philippe-Michel Dillies
- Meurtres à Monnaie
- Chasse à Tours
- Train d'enfer à Saint-Pierre-des-Corps

Serge Le Gall
- La secte de l'Aven
- Sables mouvants à Bénodet
- La Douarneniste et le Commissaire
- Corps-mort à l'Île-de-Batz
- Traque noire à Audierne

Stéphane Jaffrézic
- Chili-Concarneau
- Ville bleue et beaux dégâts

Christophe Chaplais
- Pâté de Corbeau aux amandes amères
- Le calisson jusqu'à la lie
- Farz aux herbes de Portsall
- Addition salée au Croisic

Cédric Labb
- Les Démons du Midi
- Les Muses de Savoie

Jacques Caouder
- L'Occise des Landes
- L'Évadée de Brennilis
- Le Mort de Brest-Les Abers
- La Troménie noire
- Rumeurs mortelles à St-Renan

Aux Éditions Alain Bargain

Dans la collection
ENQUÊTES ET SUSPENSE :

Marie-Françoise Marchal
- Frissons en Morbihan *(épuisé)*

Jean-Pierre Bathany
- Camaret au Vitriol

Jean-Pierre Le Marc
- Matin rouge au Guilvinec
- Soirées noires à Penmarc'h
- Double vie à Loctudy
- Signes de sang à Lesconil

Philippe Lepeuple
- Samba ni loi en pays nantais
- Poulets de Brest *La mauvaise farce (épuisé)*

Jérôme Lucereau
- Anévrisme
- Chef-d'œuvre meurtrier à Lorient
- L'affaire Callac *(épuisé)*

Bruno Ségalotti
- Filouteries en Côtes-d'Armor
- La Phalange de l'Argoat
- Breizh Connection

René Le Clech
- Baston chez les voileux

Yves Horeau
- Une retraite pas très spirituelle

Luc Calvez
- Le fils du Tigre
- Les Graffeurs du Ponant

Michel Renouard
- La Java des voyous
- Les castrats de Bombay
- Requiem sur le campus
- Le bouillon de minuit
- La farine du Diable
- La Vénus de Malifeu

Jean-Luc Le Pache
- Bréhat-culpa *(épuisé)*

Jean-Christophe Pinpin
- Qui voit Groix voit sa croix
- Qui voit Sein voit sa fin
- Qui voit Ouessant voit son sang
- Qui voit Belle-Ile voit son île
- Qui voit Molène voit sa peine
- Toulouse au bout du siècle
- Traque à Hoëdic *(épuisé)*

Dans la collection **POL'ART :**

Serge Le Gall
- Sombre dessein à Pont-Aven
- Meurtres du côté de chez Proust

Loïc Gourvennec
- Le râle du basson

Yves Horeau
- Monsieur Butterfly

Renée Bonneau
- Nature morte à Giverny *(épuisé)*
- Séquence fatale à Dinard *(épuisé)*
- Sanguine sur la Butte

Stéphane Jaffrézic
- Toiles de fond à Concarneau

REMERCIEMENTS

Je remercie mon éditeur et mes collègues auteurs, ainsi que tous les anonymes croisés sur des salons, alors que je n'étais encore que lectrice, pour m'avoir inspirée.

Et je remercie également Lionel, chef du sémaphore de Beg-Meil, de son aide, de ses renseignements et de la disponibilité dont il a fait preuve lors de mes visites à la tour de guet.

I

Mercredi 8 janvier.

Le lieutenant François Paoli éteignit son moteur et sortit de sa 206 CC. Le vent froid l'obligea à fermer sa parka et à remonter son col.

Mains enfoncées dans les poches, en attendant que son fils sorte de la MJC où avait été donné un spectacle pour enfants, il lut quelques affiches collées sur les vitres de l'entrée. L'une d'elles annonçait le “Premier Festival du Livre de Fouesnant Beg-Meil”. Aucun thème n'étant précisé, il en déduisit que ce devait être un salon généraliste. Il tenait là une idée de sortie avec Pierre pour un prochain week-end.

Les portes s'ouvrirent et libérèrent un flot de spectateurs réjouis. François repéra le manteau rouge de Marine Roussel, sa voisine, qui avait bien voulu accompagner Pierre au spectacle.

— Marine, je suis là !

La jeune femme fendit la foule et le rejoignit.

— Qu'est-ce qu'il fait froid !

— Je vous emmène boire un chocolat chaud. Alors, ce spectacle ? demanda-t-il à Pierre.

— C'était chouette ! Tu te rappelles quand la vieille dame est arrivée, Marine ? Elle a fait tellement peur à la petite fille que les légumes ont sauté en l'air ! Après, il y en avait partout !

Et le petit garçon se remémorant la scène d'en rire à nouveau.

— Et quand la mémé a marché sur la queue du chat et qu'elle a glissé sur le savon après…

Nouvelle crise d'hilarité de Pierre à laquelle François ne put s'empêcher de sourire.

— Donc, ça t'a bien plu ?

— Oh oui ! Où on va, François ? demanda Pierre en montant en voiture.

Depuis que l'officier de police vivait avec son fils, celui-ci n'arrivait toujours pas à l'appeler papa. François ne s'en offusquait pas, lui-même ayant du mal à s'adapter à cette situation, à réaliser qu'il avait un fils et que ce fils avait débarqué dans sa vie par un hasard qu'il n'aurait jamais imaginé. Il leur fallait simplement du temps. Bien sûr, François avait raté les premières étapes de sa vie : son premier cri à la naissance, sa première dent, son premier pas, son premier mot… Tous ces "premiers" qui font la joie d'un parent. Mais il savait qu'il en aurait d'un autre âge, comme son premier flirt… Plus tard…

— Retrouver David et Éric au Café de l'Épée.

*

François poussa la porte de L'Épée et chercha ses collègues des yeux. Il ne vit que David, attablé devant une bière, qui posa son journal.

— Tiens, c'est bientôt le Premier Salon du Livre à Fouesnant Beg-Meil, remarqua Marine en bas d'une page en s'installant.

— Oui, c'est ce que je viens de voir sur une affiche de la MJC. Éric n'est pas là ?

— Il ne va pas tarder. Il avait envie de finir son bouquin au Comptoir & Polars. Tiens, en parlant du loup…

Éric Durand venait d'entrer. Il se fraya un passage parmi un groupe de jeunes gens.

— Salut !

— T'as fini ton livre ?

— Non, sinon je ne serais pas là. Et puis, vous voulez que je vous dise ? Je le "déguste" !

— Est-ce que ça te dit de déguster une pizza chez Luigi ? proposa David.

— Tu as réservé une table ?

— Ça va se faire.

David sortit son portable et appela la pizzeria. Deux minutes plus tard, la table était réservée.

*

Vendredi 10 janvier.

Dehors, le froid qui avait pointé le bout du nez au début de la semaine, s'était accentué. Une masse d'air, venue tout droit de Sibérie, s'était installée sur la France, donnant au ciel tout l'azur dont elle était capable. Mince consolation en regard des températures négatives qu'elle occasionnait. La circulation était on ne peut plus fluide, pour ne pas dire inexistante. « Tu verras », lui avait dit David, un jour, « les Quimpérois sont comme les escargots. Ils sont plus nombreux, dans les rues, les jours de pluie que les jours de froid. Ils sont comme ça, la pluie les fait sortir, mais dès que ça caille, ils restent calfeutrés chez eux. » Et force était à François de le constater. Le lieutenant Paoli entra, salua quelques collègues et monta à son bureau.

En fin de matinée, David Marchand poussa sa porte.

— Salut, François ! Ça va comme tu veux ?

Celui-ci n'eut pas le temps de répondre, son téléphone l'en empêcha.

— On vient de saccager le Comptoir & Polars et on a tabassé son proprio, annonça-t-il en raccrochant.

— Je préviens Grincheux et on y va.

— Dis à Simon Gral de venir avec nous.

*

Au Comptoir & Polars, 10 janvier, 11 heures 30.

La Scénic de la police se rangea en face du Comptoir & Polars.

— Occupe-toi des témoins, Simon, demanda François à son passager arrière.

— D'accord.

François et David fendirent le groupe de curieux et pénétrèrent dans le café aux couleurs sombres – le noir et le bordeaux se partageaient la décoration – où régnait un véritable capharnaüm de chaises et de tables cassées ou renversées, de livres aux couvertures et aux pages arrachées, de cadres décrochés des murs et de plantes vertes dépotées. Ils échangèrent un regard qui en disait long. Au beau milieu de tout ça, deux hommes, dont un allongé sur le sol. L'autre, agenouillé près de lui, avait ouvert une sacoche et lui donnait quelques soins.

— Lieutenant Paoli, se présenta François.

— Docteur Biger.

— Qui vous a prévenu ?

— Personne. Mon cabinet est à cinquante mètres. Je venais de garer ma voiture en rentrant de mes visites, quand j'ai été alerté.

— Quelle est la nature de ses blessures ?

— De multiples contusions et une arcade sourcilière coupée, comme vous pouvez le voir, mais je crains qu'il y ait des lésions internes. J'ai appelé le SMUR, il ne devrait pas tarder.

François s'accroupit près du blessé.

— Combien étaient vos agresseurs ?

— Deux.

— Pouvez-vous me donner leur signalement ?

— Non. Ils… ils étaient masqués.

— Comment cela s'est-il passé ?

— Je… je venais d'ouvrir mon rideau de fer… et de brancher mon percolateur, quand… quand ils sont entrés… Ils… ils…

Le cafetier n'alla pas au bout de sa phrase, il perdit connaissance. François Paoli se releva et céda la place au docteur Biger.

Au même moment, l'ambulance du SMUR arriva et une équipe médicale fit son entrée.

— Vous avez touché à quelque chose, Docteur ? demanda Paoli en débutant la visite des lieux.

— Rien, si ce n'est que j'ai écarté quelques morceaux de verre pour pouvoir m'occuper de lui. Quel gâchis ! Il a acheté ce bar, il y a trois ans, à peu près. Comme il voulait se démarquer des autres cafetiers, il a créé le Comptoir & Polars.

— Qu'y a-t-il d'original là-dedans ? Ce n'est pas le premier café de Quimper proposant de la lecture à ses consommateurs que je sache…

— Non, mais c'est le seul du genre dans ce quartier.

— Ça tournait bien ?

— Je crois, oui, d'après ce que j'ai entendu dire.

— Mais, vous-même, n'y êtes-vous jamais venu ?

— Si, deux ou trois fois. J'aurais bien aimé venir plus souvent, mais mes patients ne m'en laissent pas le temps. Bien, ajouta Biger en consultant sa montre, si vous n'y voyez pas d'objection, il est temps que j'aille commencer mes consultations.

— Oui, bien sûr, docteur, dit François en regardant l'équipe médicale sortir le blessé sur une civière.

— Deux ou trois petites questions, cependant, dit David.

— Je vous écoute.

— Moreau est-il marié ?

— Oui. Josiane est vendeuse aux Petites Floralies Quimpéroises.

— Des enfants ?

— Je ne sais pas.

— Où habitent-ils ?

— Au-dessus du bar.

— Bien, je vous remercie. Nous serons peut-être appelés à nous revoir…

— Je suis à votre disposition. Au revoir !

Le docteur Biger quitta le café dévasté au moment où on refermait les portes de l'ambulance.

— Je vais vérifier un truc, je reviens, dit Paoli à son collègue.

— D'accord.

Il sortit par l'issue de secours du fond du bar. Celle-ci donnait sur une cour dans laquelle était garée une Renault Clio dont il nota l'immatriculation. Il fit quelques pas à droite et trouva une porte en bois plein à la gauche de laquelle se trouvait la sonnette. « *Prosper et Josiane Moreau* » indiquait le bout de carte de visite inséré sous le bouton de sonnette. Aucune trace d'effraction. Paoli enfila des gants de latex avant de peser sur la poignée, mais, comme il s'y attendait, la porte était fermée à clef. Il fit demi-tour.

— On n'a pas touché à l'argent de la caisse, lui dit Marchand en refermant le tiroir.

— Et la porte donnant à leur logement est verrouillée. Donc, le vol n'est pas le mobile. Bon, on s'en va.

*

Après avoir déposé Marchand et Gral au commissariat, Paoli se rendit aux Petites Floralies Quimpéroises. A peine eut-il poussé la porte qu'il fut accueilli par un :

— Bonjour Monsieur. Vous désirez ?

— Parler à madame Moreau, s'il vous plaît, répondit-il en sortant sa carte.

— Je... je vais vous la chercher, dit la femme en tournant les talons.

En patientant, Paoli promena son regard sur le contenu du magasin.

— Vous vouliez me voir ? interrogea une voix derrière lui.

Il se retourna et fit face à une rousse aux yeux clairs.

— Je suis Josiane Moreau. C'est à quel sujet ?

Comme des clients faisaient leur entrée, il demanda :
— Pouvons-nous parler dans un endroit tranquille ?
— Oui, suivez-moi, répondit-elle en emmenant Paoli dans l'arrière-boutique.
— C'est au sujet de votre mari…
— Il lui est arrivé quelque chose ? C'est grave ?
— Il a été agressé dans son bar.
— Quoi ? ! Prosper agressé ? Mais… par qui ?
— Ce sera à l'enquête de le déterminer. Il a été transporté à l'hôpital.
— C'est grave ? Il faut que je le voie ! dit Josiane en délaçant son tablier au nom de la boutique. Vous pouvez me conduire ?
— Bien sûr.

Elle enfila son manteau et prit son sac, puis, Paoli sur les talons, traversa le magasin.
— Je dois partir, Christiane. C'est Prosper…
— D'accord.

Il lui ouvrit la portière, fit le tour de la Scénic, s'installa au volant et démarra.

Lorsqu'ils arrivèrent aux urgences de l'hôpital, ils furent informés que Prosper Moreau avait été placé en réanimation. Josiane n'eut le droit qu'à une visite de quelques minutes.

*

Après-midi du 11 janvier.

Après l'avoir quittée, le lieutenant Paoli rentra au commissariat et monta à son bureau. Il convoqua Simon Gral.

— Est-ce que tu veux un café ? lui demanda-t-il en se servant.

— Non, merci Lieutenant.

Paoli s'installa et fit signe à Gral qu'il pouvait s'asseoir, mais celui-ci resta debout.

— Je t'écoute, Simon.

— Eh bien, parmi tous les badauds qui étaient devant le Comptoir & Polars, il n'y avait que deux témoins valables.

— Seulement deux témoins ? s'étonna Paoli. Et tu ne les as pas interrogés sur place ?

— Si, bien sûr, mais j'ai pensé que vous voudriez prendre leurs dépositions vous-même. J'ai eu tort ?

— Non, lui sourit Paoli. Alors, qui sont ces témoins ?

— D'abord, une dame âgée de soixante-quinze ans qui habite juste en face du bar. Bon pied, bon œil, à ce qu'il m'a semblé. C'est elle qui nous a prévenus. Le second est un homme de quarante ans qui s'apprêtait à y entrer. Il s'est fait bousculer par les deux agresseurs de Moreau. Il a déclaré qu'ils étaient partis en moto.

— Il n'aurait pas relevé l'immatriculation de la moto, par hasard ?

— Je lui ai posé la question et il m'a dit que la plaque était illisible.

— Et la marque de la moto ?

— Ça aussi, je lui ai demandé, mais il n'y connaît rien en deux roues.

— Eh bien, nous voilà avancés ! fit Paoli en reposant sa tasse vide. Bon, merci, Simon.

En une sorte de chassé-croisé, David Marchand remplaça Simon Gral.

— C'est l'odeur de ton café qui m'a attiré, dit-il en se servant.

— Tu as déjà mis les pieds au Comptoir & Polars ? demanda François.

— Une fois. Le patron avait invité un auteur qu'Éric apprécie beaucoup et, comme je n'avais rien prévu de spécial ce soir-là, je l'ai accompagné par curiosité. Mais, tu en sauras plus en t'adressant à Éric, il y passait pas mal de ses soirées. Maintenant, il va falloir qu'il se trouve un autre endroit. Il y a des témoins de l'agression de Moreau ?

— Deux, que je dois auditionner cet après-midi.

— Seulement deux ? Dans une rue aussi fréquentée que celle-là ?

— C'est aussi la réflexion que je me suis faite quand Gral me l'a dit.

— Remarque, il vaut mieux deux bons témoins que dix mauvais.

*

Le lieutenant Éric Durand passa la tête dans l'entrebâillement de la porte de Paoli.

— Tu as un moment ?

— Oui, entre.

— J'ai entendu que le Comptoir & Polars a été saccagé et que Prosper a été attaqué…

— Il est à l'hosto et, aux dernières nouvelles, son état n'est pas très brillant. Tu étais un habitué des lieux, m'a dit David…

— Oui, j'y passais deux à trois soirs par semaines, parfois plus. Ça dépendait du bouquin que j'avais en cours et du boulot, bien sûr. J'ai dû commencer à y aller un mois après l'inauguration, le temps que les peintures sèchent et que les choses se mettent en place.

— Sans vouloir faire de jeu de mots douteux, on peut donc dire que tu étais un des piliers du Comptoir…

— Si tu veux, oui…

— Et qu'à ce titre, tu dois bien connaître Prosper Moreau…

— Oui… Un mec sympa qui menait bien son affaire.

— Comment fonctionnait le Comptoir ?

— Comme une bibliothèque. Ça avait presque la même ambiance feutrée, l'odeur du café en plus. Quand tu avais choisi un livre, tu t'installais avec ta consommation et tu lisais. En partant, tu rangeais le bouquin. Et quand tu revenais, tu le reprenais.

— Mais… si quelqu'un d'autre était passé entre-temps et qu'il avait pris le livre, comment cela se passait-il ?

— Prosper avait établi une règle. Priorité était donnée au lecteur le plus avancé dans l'intrigue. Mais, si tu avais lu les trois quarts d'un bouquin et que tu ne remettais pas les pieds au Comptoir avant dix jours, la priorité allait à celui qui était venu régulièrement en lire un petit bout.

— Ça n'a jamais créé de problème entre clients ?

— Jamais. Prosper tenait une sorte de petit journal afin d'éviter les litiges, mais je me rappelle pas l'avoir vu s'en servir car la règle était bien acceptée par tout le monde.

— Quels genres de livres sur les étagères du Comptoir ?

— Essentiellement des polars ainsi que l'annonçait l'enseigne, mais aussi des thrillers. Pour ce qui était des auteurs, ça allait de Conan Doyle à Michaël Connelly en passant aussi bien par Georges Simenon que par Mary Higgins Clark. Et des auteurs locaux, également. La plupart des ouvrages venait de la bibliothèque personnelle de Prosper.

— Et les autres ?

— Certains clients venaient avec leurs propres bouquins, certains autres laissaient les leurs en prêt.

La conversation fut interrompue par la sonnerie du téléphone.

— Oui ? Ah ! Dans cinq minutes, oui... Oui, je descendrai. Les témoins viennent d'arriver, dit Paoli en raccrochant. Dis-moi, Éric, tu devais souvent voir les mêmes gens au Comptoir...

— Oui, mais ne me demande pas leurs noms, je serais incapable de te les donner tous.

— Je m'en doute, mais ce n'était pas ce que j'allais te demander. Ce que je voulais savoir, c'était le genre de la clientèle.

— Un peu de tous les degrés de l'échelle sociale. L'après-midi, c'était surtout une majorité de femmes.

— Et le matin ? Tu es déjà allé au Comptoir, le matin ?

— Rarement. Prosper n'ouvrait pas avant dix heures et ça ne collait pas souvent avec mes horaires. Une fois, je lui ai demandé pourquoi il n'ouvrait qu'à cette heure-là. Il m'a répondu : « T'as vu beaucoup de monde se plonger dans la lecture d'un policier au saut du lit ? Non, avec le café et le croissant du matin, c'est le journal qu'on lit. »

— Et tu n'as jamais assisté à une dispute quelconque entre lui et un de ses clients ?

— Jamais. Je n'ai jamais entendu qui que ce soit se plaindre de l'établissement de Prosper ni de la règle qu'il y avait établie. En fait, je crois que c'est ça qui attirait les clients au Comptoir & Polars.

— Bien. Merci Éric. Bon, il est temps que je voie les témoins.

François sortit de son bureau derrière Éric et descendit l'escalier.

*

Madame Moullec était une petite dame, aux cheveux blancs comme neige.

Nullement impressionnée, elle prit le temps de retirer son manteau avant de s'asseoir sur la chaise que le lieutenant Paoli lui désignait. Elle avait 75 ans, comme l'avait dit Simon Gral, était veuve et habitait l'immeuble en face du bar.

— J'y allais, vous savez… au Comptoir & Polars. J'étais la doyenne des clients lecteurs. Si vous saviez les bons moments que j'ai passés avec Maigret et Sherlock Holmes ! Et je n'y allais ni le matin ni l'après-midi, oh, non ! J'y allais le soir ! De toutes façons, je n'ai pas le temps dans la journée.

— Ah bon ? Pourtant vous êtes retraitée…

— Retraitée ne veut pas dire inactive pour autant, Inspecteur. Ainsi, le matin, quand j'ai fini de me préparer, je fais un peu de ménage avant de sortir faire les courses.

— Vous sortez tous les jours ?

— Faut bien, si on veut voir du monde, pas vrai ? Et puis, aller aux halles ou à la supérette et à la boulangerie, ça me fait faire un peu d'exercice.

— Vers quelle heure quittez-vous votre domicile, Madame ?

— En général, entre 9 heures 30 et 10 heures car je suis matinale. Mais, ce matin, alors que j'allais sortir, le téléphone a sonné et c'est pendant que je répondais à ma sœur de Nantes que deux motards se sont arrêtés devant le Comptoir & Polars. J'ai trouvé ça si bizarre que je l'ai dit à ma sœur.

— Pourquoi bizarre ?

— Mais, parce qu'aucun motard n'a jamais mis les pieds au Comptoirs & Polars, pardi ! Et ça, j'en suis aussi sûre que deux et deux font quatre ! Vous n'aurez qu'à demander aux autres habitués.

— Je n'y manquerai pas, lui assura Paoli. Pourriez-vous me les décrire ?

— Ce que je vais vous dire, ne va pas beaucoup vous aider, Inspecteur. Tous deux étaient vêtus de cuir noir. L'un des deux était légèrement plus petit que l'autre, et un peu plus mince aussi. Il portait un sac, noir également.

— Quelle sorte de sac ?

— Comme un sac de sport, un long, avec deux poignées. Mais il ne contenait pas grand-chose, ça se voyait.

— Vous êtes observatrice, dites-moi ! Donc, deux motards sont entrés dans le bar. Combien de temps sont-ils restés ?

— Ma foi… réfléchit madame Moullec, je dirai une dizaine de minutes, à peu de chose près.

— Hum ! Et avez-vous vu ce qui s'est passé pendant ces dix minutes ?

— Je mentirais si je vous disais oui. Prosper n'avait pas eu le temps d'allumer autre chose que son enseigne et, comme vous êtes allé sur place, n'est-ce pas, vous avez vu qu'il y a un rideau qui masque les trois quarts inférieurs des baies vitrées.

— Dix minutes, et personne n'est entré dans le bar pour porter secours à monsieur Moreau ?

— Les deux motards avaient refermé la porte derrière eux.

— Les bruits de lutte auraient pu alerter les passants.

— C'est aussi ce que je me suis dit. C'est pourquoi, j'ai abrégé la conversation avec ma sœur et que j'ai appelé la police.

— Bien, ce sera tout, Madame.

Madame Moullec prit le stylo que lui tendait le lieutenant Paoli, lut sa déposition et la signa.

Après l'avoir raccompagnée, Paoli invita le second témoin à entrer et à s'asseoir sur la chaise encore chaude. Il déclina son identité. Tanguy Autrou avait quarante ans, était marié, père de deux enfants, et exerçait le métier d'architecte d'intérieur.

— Étiez-vous un habitué du Comptoirs & Polars, monsieur Autrou ?

— Dès que j'en avais le loisir, j'aimais m'y installer pour une petite heure.

— Et ces moments, quand arriviez-vous à vous les octroyer ?

— En général, en fin de matinée, entre onze heures et midi, après mes visites de clientèle.

— Vous étiez plus tôt, ce matin… remarqua Paoli en baissant les yeux sur les notes de Gral.

— Nous avions rendez-vous, Moreau et moi. Il voulait apporter quelques modifications à son bar. Il m'avait demandé un devis et nous devions en discuter aujourd'hui. J'allais entrer quand deux individus sont sortis en trombe, me faisant tomber, et ont sauté sur leur moto...

— Moto dont vous n'avez pu donner l'immatriculation ni la marque. Mais pouvez-vous me décrire ces deux individus ?

— Un grand, assez costaud, et un plus petit, plus mince, portant un sac de sport.

— Aucun signe particulier sur la moto ou sur les individus ?

— Je ne saurais vous dire, j'ai été tellement surpris. Et j'étais un peu sonné, ma tête avait heurté le trottoir.

— Je comprends. Parlons un peu du bar... Quelle clientèle y avait-il le matin ?

— Un peu de tout. Ça allait du style étudiant séchant les cours aux travailleurs en RTT, mais peu de troisième âge. C'est ça qui était sympa, ce mélange des diverses classes de la société.

— Vous n'y êtes jamais allé le soir ?

— Une fois, avec ma femme, ça doit faire huit jours.

— Bon, ce sera tout pour le moment, dit Paoli en lui donnant sa déposition à signer. Si, par hasard, un détail vous revenait, n'hésitez pas à m'appeler.

— D'accord.

*

Lundi 13 janvier, domicile des Moreau.

Tandis que les lieutenants Paoli et Marchand allaient de porte en porte et interrogeaient le voisinage, Gral interpellait tous ceux qui se présentaient à la porte du

Comptoir & Polars. Immédiatement après avoir manifesté leur surprise, ils s'inquiétaient de l'état de santé de Prosper Moreau et, comme la police, s'interrogeaient : qui ? pourquoi ? Aussi Gral n'eut-il aucun mal à constituer une liste de fidèles, prêts à se rendre rue Théodore Le Hars pour y répondre à quelques questions. Alors que la rue se vidait et que Gral rentrait au commissariat, Paoli et Marchand rendirent visite à Josiane Moreau.

— Nous aimerions nous entretenir avec vous, Madame. Est-ce possible ? s'enquit Paoli.

Elle les fit entrer dans le salon et les invita à s'asseoir.

— Depuis quand votre mari a-t-il ouvert son café ?

— Trois ans. Il envisageait un nouvel aménagement intérieur pour cette occasion.

— Comment l'idée d'un tel lieu lui est-elle venue ?

— Pendant un an et demi, Prosper a souffert d'insomnies mais, au lieu d'avoir recours aux somnifères, il a choisi de meubler ses périodes de veille par la lecture. Après avoir lu les quelques livres que nous possédions, il s'est mis à en acheter. Forcément, un jour, les étagères de notre bibliothèque n'ont plus suffi. Alors, il a descendu deux cartons de livres au bar et ne s'en est plus occupé jusqu'au jour où il a dû débarrasser la chaise où ils se trouvaient pour un client. Celui-ci ayant découvert le contenu des caisses, s'y est intéressé et a demandé à Prosper s'il acceptait de lui prêter un livre. Mon mari a accepté à condition qu'il lise sur place.

— Pourquoi ?

— Prosper aime ses livres, d'autant que certains sont dédicacés. Il veut bien partager ses lectures mais ne veut pas que les livres s'éparpillent à droite et à gauche.

— Et cela lui permettait du coup de fidéliser sa clientèle… émit le lieutenant Marchand.

— Oui. Le Comptoir & Polars est surtout fréquenté par des clients qui viennent seuls.

— Et si un groupe faisait son entrée, ne dérangeait-il pas les consommateurs lecteurs ?

— Au début, oui. Alors, Prosper s'est creusé la tête pour ménager la chèvre et le chou. Il a donc pensé à faire des tranches horaires pour satisfaire tout le monde. Le matin et jusqu'à quinze heures, le bar est ouvert à tous. Entre 15 et 18 heures, la préférence est donnée aux lecteurs, ainsi qu'après 21 heures.

— Comment les gens ont-ils réagi ?

— Bien. De même, il a institué un règlement pour ce qui concerne la lecture.

— Je sais, un collègue me l'a expliqué, plaça Paoli, et, paraît-il, cela se passait très bien.

— Oui, Prosper était fier de son organisation.

— Vous venez de dire qu'il possédait des livres dédicacés.

— Oui, il aimait bien se rendre dans des salons ou des festivals du livre. Il avait ainsi la possibilité de rencontrer des auteurs et d'obtenir leur dédicace. Il avait l'intention d'aller à celui de Fouesnant, le week-end prochain.

— Alliez-vous avec lui ? demanda Marchand.

— Cela m'est arrivé, deux fois, mais je n'éprouve pas la même passion que mon mari pour les livres policiers.

— Ceux-ci sont donc à vous, en déduisit Paoli qui avait repéré des ouvrages traitant de yoga, d'homéopathie et d'hypnotisme.

— Oui, ce sont là, les sujets qui m'intéressent.

— Pour en revenir à l'agression de votre mari, avez-vous une idée de qui pouvait lui en vouloir ?

— Aucune, Lieutenant. Prosper est très apprécié de sa clientèle.

A ce moment, le téléphone sonna. Josiane Moreau se leva pour y répondre.

— Allô ? Oui, c'est moi. Qu... Quoi ? fit-elle, les mains tremblantes et le teint blême.

Et elle s'effondra sur le sol.

Les deux officiers de police se levèrent d'un bond. Tandis que David s'occupait de Josiane, François prit l'appareil.

— Ici, le lieutenant Paoli, police de Quimper. Madame Moreau vient d'avoir un malaise. Pouvez-vous me répéter ce que vous venez de lui dire ?

François écouta son correspondant, puis coupa la communication.

— Qu'est-ce que c'était ? demanda David.

— L'hôpital. Prosper Moreau vient de mourir.

*

13 janvier, bureau du commissaire Duval.

Après avoir confié Josiane Moreau aux soins d'un médecin, Paoli et Marchand rentrèrent au commissariat. A peine eurent-ils franchi la porte que Marie les héla :

— Le chef veut vous voir tout de suite, leur dit-elle en enfilant son manteau. A demain !

— Bonne soirée, Marie !

Les deux hommes montèrent à l'étage et Paoli toqua à la porte du commissaire.

— Entrez ! On vient de m'apprendre que Prosper Moreau est décédé.

— Nous le savons. Nous étions à son domicile quand sa femme a été prévenue.

— D'après ce qu'on m'a dit, il serait mort d'une hémorragie interne, mais je vais demander une autopsie... Bon, à part ça... Je viens de recevoir une liste d'habitués du Comptoir & Polars. Vincent Duval fut interrompu par la sonnerie du téléphone. Il décrocha en s'excusant, écouta et raccrocha.

— J'avais demandé qu'on vérifie s'il y avait eu des plaintes envers Moreau. Aucune. On n'a jamais eu à intervenir au Comptoir & Polars.

— D'après le voisinage, c'était un endroit tranquille.

— Alors, s'il n'y avait pas d'histoires et si ce n'est pas pour l'argent, pourquoi a-t-on tué Prosper Moreau ?

— Eh bien, Messieurs, c'est ce qu'il va vous falloir découvrir !

Les jours qui suivirent, on auditionna les clients de feu Prosper Moreau mais il n'en ressortit aucun élément susceptible de faire progresser l'enquête.

II

Samedi 18 janvier, bureau de Paoli.

Ce matin-là, alors que les lieutenants Paoli et Marchand passaient en revue les photos du bar dévasté, on frappa à la porte.

— Entrez ! ordonna Paoli.

Le médecin légiste, Séverin Leclerc, apparut.

— Tiens, le confesseur de nos macchabées ! Comment va, Sev ?

— Ça va… Tenez, voici mon rapport sur Prosper Moreau. Il est bien mort d'une hémorragie interne consécutive au passage à tabac auquel il a eu le droit.

— Avec quoi a-t-il été tabassé ? Une batte de baseball ?

— Non, une barre de fer, répondit François.

— Une barre de fer ? s'étonna David.

— Rouillée, compléta son collègue.

— Depuis quand sais-tu ça, toi ?

— Le rapport du labo est arrivé au courrier d'hier soir, tu étais déjà parti. Je leur avais confié les fringues de Moreau. En cherchant aux endroits où ce pauvre type avait reçu le plus de coups, ils ont trouvé d'infimes particules de métal. Ça n'a pas été très long à identifier, le fer étant le métal le plus couramment utilisé dans ce genre d'agression. Ce qui, tu t'en doutes, n'est pas le cas de l'aluminium ni du cuivre que l'on trouve essentiellement sous forme de tuyaux. Donc, il suffit de ramasser une barre sur un chantier ou d'arracher un piquet de clôture et voilà, le tour est joué. De plus, ce n'est pas trop lourd à transporter, donc à manipuler.

— Oui et, non seulement c'est facile à dénicher, mais également de s'en débarrasser. Autrement dit, c'est l'arme idéale : pas chère, pas numérotée, pas enregistrée... anonyme, quoi !

— Eh bien, ça ne va pas être de la tarte pour vous ! Avec tous les pâturages clôturés et les chantiers de construction qu'il y a par là, autant chercher une aiguille dans une botte de foin ! fit Séverin.

— Je dirai plutôt dans un tas de goémon, dit François. L'analyse chimique a également mis en évidence du sodium et de l'iode et ça, les mecs, ça se trouve en bord de mer. Ça limite quand même un peu le terrain.

— Tu parles ! maugréa David.

— Et, à part son hémorragie interne, Sev, que peux-tu nous dire au sujet de Moreau ?

— Votre homme ne faisait pas que servir à boire à ses clients, il écrivait.

— Il... quoi ? Il écrivait ?

— Tu ne comprends plus le français, David ? Oui, il écrivait, c'est bien ce que je viens de dire.

— Mais... écrire... comment ça ?

— Avec un stylo à encre, sur du papier, comme ça se fait à l'école. J'ai fait des prélèvements au niveau de ses doigts et je les ai examinés. Je peux vous dire que l'encre est bleu marine et que Moreau avait dû écrire peu de temps avant d'ouvrir son bar.

— Sérieux ? s'étonna le lieutenant Marchand, incrédule.

Séverin Leclerc opina du chef.

— Soit. Moreau venait d'écrire avant d'être battu, mais cela ne veut pas dire pour autant qu'il tenait régulièrement un stylo pour coucher de la prose.

— Les probabilités pour que je me trompe sont minces. J'ai fait des stages chez différents kinésithérapeutes et j'en ai vu des tendinites, des atrophies ou des hypertrophies de muscles…

— Oui, je veux bien te croire, mais de là, rien qu'en examinant le bras d'un type, à déduire qu'il tenait régulièrement un stylo pour écrire… Tu ne pousses pas le bouchon un peu loin, Sev ?

— Tu veux une contre-expertise, David ? OK, fais-en la demande et nous verrons bien.

— Non, ce ne sera pas nécessaire, intervint Paoli. Je ne vois pas ce qu'une “contre” pourrait nous apporter de plus. Et puis, si vraiment Moreau écrivait, c'était son droit et il n'y a pas de mal à ça. Sa femme nous a dit qu'il aimait les livres et la lecture. De là à vouloir passer de l'autre côté de l'intrigue, pourquoi pas ?

— Éric sait peut-être quelque chose à ce sujet. S'il fréquentait le Comptoir, il se peut qu'il ait sympathisé avec son propriétaire et que ce dernier lui ait fait des confidences, suggéra Séverin. Bon, les mecs, ce n'est pas que je m'ennuie avec vous, mais j'ai un rendez-vous. Allez, ciao !

— Salut, Séverin, à plus !

*

Jeudi 23 janvier.

Les lieutenants Paoli et Marchand avaient convenu d'une nouvelle visite au Comptoir & Polars. Le gardien de la paix mis en faction devant le bar battait la semelle pour se réchauffer. Il s'interrompit pour saluer les deux officiers.

— Quand vient-on vous relever ? lui demanda Paoli.

— Dans deux heures, Lieutenant.

— Eh bien, profitez donc de notre présence pour aller prendre quelque chose de chaud. Je vous donne quinze minutes.

— Merci Lieutenant. Oh, j'allais oublier ! fit-il en revenant sur ses pas. Tenez, voici les clefs. La petite c'est pour la porte de derrière et la grande pour celle-ci.

Paoli prit le trousseau et monta les deux marches de l'entrée du bar, puis tourna la clef et ouvrit la porte. Tout était resté en l'état : débris de verre et livres déchirés se côtoyaient toujours. Avant de mettre un pied dans le bar, les deux officiers enfilèrent des gants et des chaussons jetables qu'ils passèrent par-dessus leurs chaussures.

— Il en a fallu de la rage pour faire un tel saccage en dix minutes.

— En dix minutes ? s'étonna Marchand.

— C'est la durée que m'a indiquée la vieille d'en face.

— C'est impossible. On ne peut pas rouer un type de coups et commettre de telles dégradations en si peu de temps. Ou elle s'est trompée ou sa pendule s'est arrêtée.

— Hum ! fit Paoli, songeur.

— Bon, on commence par quoi ?

— On est venu pour les bouquins, on s'occupe des bouquins.

Ils entassèrent les livres intacts ou peu endommagés sur une table, puis rassemblèrent les morceaux et les pages volantes des autres dans des cartons qu'ils avaient apportés. Quand il ne resta plus une page ni un morceau de couverture de livre par terre, Marchand porta les caisses à la voiture.

Lorsqu'il revint, Paoli était passé derrière le bar.

— Je suis sûr que tu te demandes pourquoi les agresseurs de Moreau n'ont pas touché aux bouteilles ni aux verres, émit Marchand.

— Exact. Hormis la tasse qu'il avait prise pour se servir un café, il n'y a pas eu de casse.

Il se baissa et ouvrit le petit réfrigérateur et les placards qui se trouvaient au ras du sol. Sodas, bouteilles de vin, fût de bière, produits d'entretien y étaient rangés. Puis il fit glisser deux tiroirs. L'un d'eux contenait des petites cuillers, des boîtes de thé, de tisane et de sucre ; l'autre, des factures de livraisons, d'eau et d'électricité. Il les repoussa en soupirant.

— Que comptais-tu trouver ?

— Je ne sais pas. Peut-être la prose de Moreau.

— Si ça se trouve, sa prose, comme tu dis, se résume tout simplement à ses comptes.

— Et il aurait pris un stylo à encre pour les faire alors que sa caisse enregistreuse peut s'en charger ? Non, ça ne colle pas, dit-il en revenant au milieu de la salle près de son collègue.

Son regard erra sur les débris des éléments décoratifs

du Comptoir & Polars. Il fit quelques pas et s'accroupit près d'un encadrement qu'il retourna. Le cadre tenait encore sur trois côtés. Il élimina délicatement les morceaux du verre censé protéger l'image.

— Une affiche du Chien Jaune de Concarneau, de 2001.

— C'est le titre d'un bouquin de Simenon que les Concarnois ont choisi pour baptiser leur festival du livre policier.

— Pourquoi ce nom ?

— Parce qu'il a écrit le Chien Jaune là-bas dans les années… trente, je crois.

— Regarde, elle a été signée. Probablement par des auteurs que Moreau aura rencontrés.

Ils furetèrent encore quelque temps dans le bar, puis allèrent sonner à la porte de Josiane Moreau.

— Il n'y a personne, entendirent-ils dans leur dos. Elle est partie en taxi, l'autre soir.

Paoli et Marchand se retournèrent pour faire face à un invalide en fauteuil roulant.

— De quel soir parlez-vous ?

— Mais… de celui où vous êtes venus, pardi ! Le taxi est arrivé une demi-heure après votre départ, répondit-il en jetant le sac qu'il avait sur les genoux dans une poubelle.

— Qui êtes-vous ? Un voisin ?

— Oui, j'habite le rez-de-chaussée en face, là. La fenêtre de ma chambre donne sur la cour, expliqua-t-il.

— Vous fréquentiez le Comptoir ?

— Non. Même si j'avais aimé ce genre de littérature, l'accès m'y est impossible à cause de ça. Mais Prosper envisageait la pose d'un plan incliné pour les fauteuils roulants.

— Bien… merci de votre témoignage, Monsieur.

— A votre service.

Paoli et Marchand le regardèrent rentrer chez lui, puis regagnèrent leur voiture.

*

Samedi 25 janvier après-midi, domicile des Paoli.

François Paoli s'était installé dans son fauteuil club en cuir fauve et s'y était assoupi.

— François ?

— Hum…

— François, tu dors ?

— Quoi ? Qu'est-ce que c'est ?

Il ouvrit un œil. Son fils se tenait debout en face de lui.

— Qu'est-ce qu'il y a Pierre ?

— Il est trois heures.

— Et alors ?

— J'ai fini de ranger la cuisine.

— C'est bien, répliqua François en renversant la tête en arrière, yeux clos.

— François…

— Quoi encore ?

— Tu avais dit qu'on irait au Festival du Livre, à Fouesnant…

— J'suis crevé, Pierre.

— Mais… tu avais promis !

— Je suis fatigué, mon bonhomme. Accorde-moi une heure, après quoi, je te promets qu'on ira.

— C'est promis, juré ?

— Juré, promis, murmura François en replongeant dans son sommeil.

— Je vais dessiner en attendant, fit l'enfant à voix basse au chien.

Le labrador approuva d'un clignement d'yeux et posa son museau sur ses pattes.

Une heure plus tard, Pierre se planta à nouveau devant son père.

— L'heure est passée, n'est-ce pas ?

— Ça fait longtemps que tu ne dors plus ?

— Non, une ou deux minutes à tout casser, répondit François en s'étirant. Sois gentil et chauffe-moi un café pendant que je me passe de l'eau sur la figure.

Il déplia son mètre quatre-vingts et ses soixante-dix-huit kilos de muscles du fauteuil, et partit à la salle de bains. Il s'aspergea copieusement d'eau froide, puis s'essuya et remit de l'ordre dans ses cheveux bruns.

— Le café est chaud, lui annonça Pierre.

— Merci. Va te préparer, pendant que je le bois.

*

25 janvier, Salon du Livre de Beg-Meil.

Suivant les panonceaux annonçant le festival, François descendit au bourg de Beg-Meil. Habitué à une bonne fréquentation touristique en été, le lieu était d'un calme quasi déprimant en hiver, avec ses rues vides et la plupart de ses commerces fermés. Mais, en ce samedi 25 janvier, on se serait cru quelques mois en arrière. Des voitures étaient garées tout le long de la rue principale, ainsi que dans des rues secondaires, et un bar avait rouvert pour la circonstance.

Lorsque François engagea son cabriolet 206 sur le parking Saint-Guénolé, il doutait d'y trouver une place quand un couple s'approcha d'une Ford en lui faisant signe qu'il s'en allait... Il remercia d'un sourire, puis patienta quelques instants avant de se garer.

Le Festival du Livre était installé sous un barnum dressé entre l'église et l'office du tourisme. François et Pierre se frayèrent un passage entre des groupes de personnes en conversation et y pénétrèrent. Un plancher avait été posé, permettant l'isolation contre le froid et l'humidité du sol, et quelques radiateurs à pétrole disposés sur chaque côté du périmètre dispensaient un peu de chaleur. Des tables chargées de livres étaient disposées en courtes rangées. Derrière elles, éditeurs, debout, et auteurs, assis. Si la plupart attendait patiemment l'approche du client potentiel en discutant entre eux, d'autres les hélaient et tentaient de les appâter par leur bagout. Dans un coin avait lieu un débat dont les paroles diffusées par deux haut-parleurs se perdaient dans le brouhaha des conversations, des bruits de pas résonnant sur le plancher et des rires. Dans un autre coin, une buvette distribuait boissons chaudes et sodas.

— Il y a des livres pour moi ? demanda Pierre.

— Je ne sais pas. On va faire un tour pour voir.

— Tu vas en acheter ?

— Ça dépendra de ce que je verrai.

— Tiens, tiens, les Paoli ! fit une voix familière derrière eux.

— Oh, Éric ! Bonjour ! s'écria Pierre en se retournant.

— Tu es là depuis longtemps ? lui demanda François.

— Quinze minutes, à tout casser.

— Tu as eu le temps d'avoir un aperçu ?

— Pas encore. J'ai rencontré un ami qui est guetteur au sémaphore et nous sommes restés bavarder. Faisons le tour ensemble, si tu veux.

— Mais… ton ami ?

— Il est parti.

Les deux hommes et l'enfant se mirent à déambuler entre les tables. Ils ignorèrent les livres en langue bretonne qui occupaient toute une rangée et circulèrent dans les allées encombrées par le public. Certains – les plus organisés ou les plus prévoyants – portaient un sac à dos leur permettant de feuilleter les livres de leurs mains libres.

Après trente bonnes minutes d'une circulation difficile, les objectifs de chacun étaient repérés. Afin de satisfaire l'impatience de son fils, François l'emmena aux livres pour enfants.

— Je vous laisse, on se retrouvera un peu plus loin.

— D'accord, Éric. Tu as le droit d'en choisir quatre, Pierre.

— Quatre ? Chouette, alors ! s'exclama-t-il, les yeux brillants.

La table d'à côté proposait des contes et légendes. Pierre les feuilleta rapidement avant de contourner un groupe d'enfants qui se pressait devant des albums de bandes dessinées.

— Tu ne veux pas les regarder ? s'étonna François.

— Non. Je préfère les vrais livres.

Et, sans hésiter, il se dirigea vers des piles d'ouvrages aux couvertures cartonnées. L'auteur assis de l'autre côté de la table lui tendit un volume.

— Tu aimes les histoires d'aventures ? lui demanda-t-il.

— Oui.

— Eh bien, en voici un !

Tandis que Pierre lisait le résumé de l'histoire, François regarda les deux autres titres de l'auteur.

— Ce sont les mêmes personnages dans les trois livres, Monsieur, mais chaque histoire peut être lue indépendamment des deux autres, précisa l'homme à son adresse.

Entendant cela, Pierre reposa le livre et examina les deux autres. Au bout de cinq minutes, il fit son choix.

— Veux-tu que je te le dédicace ?

— Qu'est-ce que c'est ?

— Le monsieur te propose de mettre un petit mot et de signer son livre en souvenir de votre rencontre. Alors ?

— D'accord.

— Quel est ton prénom ? demanda l'homme en décapuchonnant son stylo.

— Pierre.

La dédicace finie, il donna le livre à Pierre.

Deux chaises plus loin, une petite dame d'un certain âge disparaissait presque derrière d'autres piles de livres. Les épaules couvertes d'un châle duquel dépassait le col plissé d'un chemisier blanc qui lui cachait le cou, des lunettes cerclées de métal sur le bout du nez, des cheveux gris rassemblés en chignon, des gants en dentelle sur les mains, elle ressemblait à l'image que l'on donnait autrefois aux grands-mères, quand on les appelait "bonnes-mamans".

— François, c'est Clémentine ! dit Pierre, excité.

— Ah ! se contenta de répondre François.

— Bonjour !

— Bonjour, Madame !

— Appelle-moi Clémentine, comme tout le monde, voyons ! Madame, ça fait vieux ! fit-elle avec un sourire malicieux.

— J'ai déjà lu celui-là et celui-là, déclara le garçonnet en posant sa petite main sur deux titres de Clémentine.

— Et tu les as aimés ?

— Oh, oui !

— Tiens, celui-ci vient juste de sortir, dit-elle en posant son index droit sur *Les émeraudes de la plage*. Et celui-là, il date de l'été dernier.

Elle mit le doigt sur *Le trésor de la grange*.

— Ils sont beaux, vos dessins, fit Pierre, admiratif.

— C'est vous qui illustrez vos couvertures ? demanda François.

— Oui, Monsieur. Une fois que la rédaction est finie et que le titre est trouvé, je prends mes pinceaux et je crée moi-même la première de couverture.

— C'est original.

— Outre l'écriture, je pratique également le dessin. Tu as lu *Un drôle de petit fermier* ? demanda-t-elle à Pierre. C'est moi qui ai fait les dessins.

— J'ai un copain qui l'a eu pour Noël et qui me l'a montré. Il est drôlement beau !

Voyant Pierre ouvrir un autre livre, elle avança :

— Ça, c'est un livre de recettes de cuisine. Je me suis bien amusée en le faisant.

— Ah, oui, pourquoi ?

— Regarde... à cette page-ci... Tu vois la tache rouge ? Eh bien, à l'origine, c'est une tache de confiture de fraises. Je faisais le gâteau qui correspond à cette recette, quand une goutte de confiture est tombée sur le papier. Comme elle décorait la page, en quelque sorte, j'ai eu l'idée de la reproduire et de l'intégrer au texte.

— Vous avez même mis les petits grains des fraises !

— Et, ici, c'est un petit sachet d'épices que l'on emploie dans cette recette, dit-elle en tournant quelques pages. Et, là, c'est une vraie arête de poisson. Mais ce ne sont pas les seules surprises.

— C'est rigolo !

— Bien qu'il ait été créé à l'intention des enfants, dit-elle en s'adressant à François, il y a beaucoup d'adultes qui l'achètent pour eux-mêmes.

Pierre examina encore pendant quelques instants les livres de Clémentine, puis tira sur la parka de son père. François se pencha à sa hauteur.

— Oui ?

— Tu as dit que je pouvais avoir quatre livres, mais avec les trois de Clémentine, ça fait cher. J'ai compté dans ma tête, ça fait cinquante euros.

— Je ne reviens pas sur ce que j'ai dit. Si c'est ça que tu veux, tu les prends, mais tant pis pour toi si tu en vois d'autres après. On est d'accord ?

— D'accord. Je prends les trois, Clémentine, annonça Pierre à la vieille dame.

— Lequel veux-tu que je te dédicace ?

— Celui-là, *Les émeraudes de la plage*. Je m'appelle Pierre.

Elle écrivit quelques mots auxquels elle ajouta un petit dessin et signa.

— Voilà, Pierre. Je te souhaite une bonne lecture.

— Merci, Clémentine.

— C'est mon éditeur qui encaisse, dit-elle à François. Ce monsieur en pull à col roulé bordeaux.

— Au revoir !

Pierre et François s'étaient à peine éloignés de quelques pas, que Clémentine subissait l'assaut de jumelles excitées de la voir "en vrai".

— Ces trois ouvrages, Monsieur ? Très bon choix ! Et toi, tu as eu beaucoup de chance en venant aujourd'hui, car Clémentine ne sera pas là demain pour signer ses livres, ajouta l'éditeur en mettant les livres dans un solide sac en papier. Quarante-cinq euros, Monsieur, s'il vous plaît.

— Je croyais que ça faisait cinquante.

— Oui, en temps normal, mais nous faisons une petite réduction sur les livres pour enfants pendant ce salon.

François lui rédigea un chèque, puis emmena Pierre.

*

Ils trouvèrent Éric Durand en pleine conversation avec Philippe Merlus, un homme d'une quarantaine d'années. Au terme de celle-ci, Éric lui prit son livre et, tandis que l'auteur y mettait sa dédicace, demanda :

— Pia Saint James n'est pas là ?

— Non, pas cet après-midi. Clément ! répondit Merlus. Voici monsieur Lavoisier, notre éditeur, le présenta-t-il à Éric.

Les deux hommes se saluèrent d'un courtois hochement de tête.

— Ce monsieur demande après Pia.

— Vous l'avez ratée. Elle était là ce matin.

— Doit-elle revenir ?

— Demain, oui, vers dix heures trente. A voir votre air déçu, j'en déduis que vous auriez aimé bavarder un peu avec elle, d'autant que le prix du salon lui a été décerné.

— Je vois ça, dit Éric en prenant le livre primé entouré d'un bandeau rouge. J'aime beaucoup ce qu'elle écrit et surtout son style. Son écriture est vive, bien rythmée. Et ses intrigues originales et bien ficelées.

— Celui que vous avez en main vient tout juste de sortir. Comme Pia avait pris un peu de retard dans son écriture, il a fallu que les rotatives tournent jour et nuit afin qu'il soit prêt pour la sélection de ce salon. Excusez-moi, dit Lavoisier, on m'appelle.

— Je vous en prie.

Puis s'adressant à l'homme auquel il venait d'acheter un livre :

— Vous avez lu *Eaux rouges et ciel noir* ?

— Pas encore, répondit Philippe Merlus, mais Clément m'a dit qu'il était excellent. Vous pouvez toujours l'acheter aujourd'hui et revenir demain voir Pia pour le lui faire dédicacer.

— Effectivement, c'est une idée.

Éric régla ses achats, puis le petit groupe continua

jusqu'à une autre maison d'édition. Beaux livres et récits de voyages côtoyaient romans historiques. François parcourut les titres avant de saisir un gros volume richement illustré de photographies et de cartes. Il le feuilleta sommairement, le reposa et prit un autre traitant d'histoires de marins aux XVIIIe et XIXe siècles.

— Les deux sont de beaux ouvrages, comme vous pouvez le constater, lui dit l'éditeur au bout d'un moment. Mais je peux vous proposer celui-ci, également. Complètement différent. C'est un roman qui plaît beaucoup parce qu'il entraîne le lecteur dans la rêverie et la poésie des lieux que parcourt le héros.

— Hon, hon, fit François en lisant quelques lignes prises au hasard.

— Et il n'est pas dénué d'humour non plus.

— Je vois.

— Si vous voulez rencontrer l'auteur, il ne devrait pas tarder. Il est allé boire un café. Jean, tu veux bien aller le chercher ?

— Non, non, ne vous dérangez pas, ce n'est pas nécessaire. Je vous l'achète, ainsi que celui-là.

— Très bien, Monsieur. Cela vous fait soixante-quinze euros. Je vous mets notre catalogue, dit l'éditeur pendant que François rédigeait son chèque. Vous y trouverez l'adresse de notre site Internet sur lequel vous pourrez commander nos ouvrages dont vous aurez un bon aperçu.

Le chèque et les deux livres changèrent de mains.

— Où est passé Éric ?

— Ben, il cherche de nouveaux livres policiers, je crois, répondit Pierre.

— Ah ! Celui-là et ses polars... soupira François en cherchant Éric des yeux.

Son collègue était effectivement devant les nombreuses piles de romans policiers d'un éditeur quimpérois. Des lecteurs donnaient à quelques auteurs leurs avis sur les livres déjà lus, d'autres choisissaient les nouveautés en confiance – Éric faisait partie de ceux-là – d'autres encore les prenaient un par un et les examinaient avant de les reposer en faisant la moue et de s'éloigner.

— Tu trouves ton bonheur ?

— Comme tu peux le voir !

Après avoir récupéré et payé ses romans policiers, Éric se tourna vers François.

— Bon, je crois que ça suffit pour aujourd'hui.

— Combien en as-tu acheté ?

— Une douzaine, je pense.

— Je commence à avoir faim ! réclama Pierre.

— Oh, bientôt sept heures ! s'étonna Éric. C'est fou ce que ça a passé vite !

Autour d'eux, la foule avait diminué considérablement. Déjà, des auteurs se levaient et endossaient leur vêtement. Quelques mots échangés avec leur éditeur pour un bilan sommaire et ils quittaient le salon.

*

François, Pierre et Éric se retrouvèrent dehors.

— Où es-tu garé ? demanda Éric.

— Sur le parking, là, à côté. Et toi ?

— A la cale.

— On dîne ensemble ?

— Merci, François, mais je suis déjà invité.

Ils se serrèrent la main, puis se séparèrent.

— Voilà Clémentine qui s'en va, dit Pierre tandis que son père manœuvrait. Tu as vu comme elle marche vite ?

En effet, la petite dame au chignon hâtait le pas devant l'église.

— Tu sais quoi ?

— Non, mais tu vas me le dire, répliqua François en embrayant.

— Elle habite Beg-Meil !

— Comment le sais-tu ?

— Je l'ai entendu.

La 206 CC s'engagea lentement dans la rue Saint-Guénolé que descendait Clémentine. Pierre se tortilla sur son siège pour lui faire signe de la main. En retour à ce geste amical, Clémentine agita l'une de ses mains gantées.

*

Dimanche 26 janvier, domicile des Paoli.

Le lendemain matin, alors que son père dormait toujours, Pierre se leva et déjeuna sans faire de bruit. Puis il prit le sac de ses achats littéraires et en sortit ses quatre livres. Il écarta le livre de recettes de Clémentine : pas question de cuisiner sans l'autorisation de François, il le savait. Il aligna les trois autres volumes : *Les émeraudes de la plage* et *Le trésor de la grange* de Clémentine, et *Le voyage de Sam et son chat* par Jacques Loiseleur. Pendant vingt minutes, il les prit à tour de rôle, les soupesa, les regarda sous tous les angles, avant de se décider à ouvrir *Le voyage de Sam et son chat*.

La pendule murale de la cuisine indiquait dix heures, et Pierre avait lu un chapitre quand le portable de François sonna sur la table du salon. L'enfant prit l'appareil et se rendit à la chambre.

— François, téléphone !

— Hein ? Le téléphone ?

— Ce n'est que la deuxième sonnerie, précisa Pierre en lui tendant l'objet.

— Bien, merci. Oui, Éric, je t'écoute, dit-il à son correspondant tout en chassant l'enfant d'un geste de la main.

*

Après l'appel d'Éric, François s'était levé et s'était préparé. Tout en buvant son café, il se demanda ce qu'il allait faire de son fils. Hors de question de l'emmener. Demander à Marine de le garder ? Elle avait déjà eu la gentillesse de l'accompagner au spectacle il y avait peu de temps ; il aurait l'air d'abuser. Pourtant, il ne voyait personne d'autre à qui le confier en ce dimanche matin. Il jeta un coup d'œil par la fenêtre. La vieille voiture de sa voisine était sur le parking. Marine Roussel était donc chez elle.

Il sortit de chez lui et alla sonner chez Marine. La jeune femme mit quelques instants à venir lui ouvrir. Elle avait les cheveux en bataille et une marque légèrement violacée à la base du cou.

— Bonjour François.

— Bonjour Marine. Je dérange, tu n'es pas seule… fit-il, embarrassé.

— Si, si, il est parti. Entre ! Tu veux un café ?

— Non, merci, je viens d'en boire un. Je sais ce que tu vas penser, que j'exagère, mais… J'ai un gros service à te demander.

— Un gros de quel genre ? demanda-t-elle en se servant.

— Éric vient de m'appeler pour le boulot et…

— Tu veux que je garde Pierre, c'est ça ? devina-t-elle. Pas de problème ! Tu m'accordes juste trente petites minutes, histoire d'être présentable, et c'est bon.

— Oui, mais tu avais peut-être prévu quelque chose pour ton dimanche et… et je ne veux en aucun cas te le gâcher.

— Tu ne me gâches rien, au contraire ! Tu me sauves d'un déjeuner auquel je n'avais pas envie d'assister. Reviens dans trente minutes avec Pierre, je serai prête.

III

Beg-Meil, matinée du 26 janvier.

Dans les jardins de Beg-Meil, les mimosas avaient éclos et leurs petites inflorescences jaunes exhalaient leur parfum si particulier. Le lieutenant Paoli tourna à gauche vers la Route des Dunes le long de laquelle des villégiatures bourgeoises dormaient derrière leurs volets clos. Il passa devant un ancien hôtel reconverti en résidence et s'arrêta un court instant sur le parking en face du Chemin Creux. Laissant son moteur tourner, il constata que des gendarmes avaient été postés de telle façon que la pointe du sémaphore soit inaccessible aux promeneurs. Il poursuivit sa route jusqu'au sémaphore. Là, étaient stationnées la fourgonnette des gendarmes et celle des pompiers de Fouesnant. Il sortit de son coupé et le verrouilla avant d'emprunter un chemin longeant le terrain militaire. Il avança jusqu'au troène occupant presque le milieu du chemin. De part et d'autre de l'arbuste, un ruban avait été tendu pour barrer le passage. Il se fit arrêter par un gendarme tout juste sorti de l'adolescence.

— Désolé, Monsieur, vous ne pouvez pas aller plus loin.

— Je suis de la police, dit-il en présentant sa carte au gendarme.

— Excusez-moi, Lieutenant. Je ne pouvais pas savoir. Suivez le sentier et prenez à droite du blockhaus. Le corps est sur les rochers.

Paoli croisa deux pompiers qui remontaient de la plage avec du matériel de réanimation. Il arriva au blockhaus qui dominait la plage et s'y arrêta un instant pour avoir une vue d'ensemble du lieu du drame. En contrebas, sur les rochers, un groupe d'hommes s'affairait. Se détachant du groupe, le lieutenant Durand vint à sa rencontre.

— Salut François !

— Salut Éric !

— Il était temps que tu arrives, ils sont sur le point d'enlever le corps.

Paoli passa devant Durand et salua gendarmes et pompiers qui lui faisaient face. Ils s'écartèrent légèrement afin qu'il puisse examiner la victime... Il la reconnut immédiatement :

— Clémentine !

— Qui ?

— Clémentine Roi. Elle écrit... elle écrivait des livres pour la jeunesse. Elle était au Festival du Livre, hier après-midi. Je lui en ai acheté trois.

— Merde alors !

— Qui l'a découverte ?

— Moi, répondit un homme en tenue bleu marine.

— François, je te présente mon ami, Laurent Moret. C'est lui que je venais de quitter quand tu es arrivé au festival et qui m'a invité à dîner hier soir.

— Est-ce qu'on peut emporter le corps, maintenant ?

— Est-ce qu'on a pris des photos ?

— Sous tous les angles. C'est ce gendarme-là qui s'en est chargé.

— Alors, c'est bon.

Deux pompiers se chargèrent de soulever le corps de Clémentine et de le placer sur un brancard. Une fois que le cadavre fut recouvert, ils l'empoignèrent et progressèrent avec précaution sur les rochers. Puis ils remontèrent la plage et prirent le petit sentier accidenté par lequel Paoli était descendu. Tous les hommes présents sur les rochers restèrent silencieux jusqu'au moment où ils disparurent de leur vue.

— Pauvre vieille ! Si c'est pas malheureux de s'en prendre à une mamie ! lâcha un pompier.

— Ouais, c'est dégueulasse, fit un autre.

— Tiens, voilà le capitaine, annonça un gendarme.

Aussitôt les gendarmes saluèrent l'arrivant.

— Capitaine Cresson, brigade de Fouesnant, se présenta-t-il à Paoli et Durand.

— Lieutenants Paoli et Durand, police de Quimper.

— Que faites-vous ici ?

— J'ai passé la nuit au sémaphore, chez monsieur Moret, expliqua le lieutenant Durand.

— Et vous ?

— Mon collègue m'a téléphoné de venir.

— Hum ! Quelqu'un a prévenu le médecin légiste ? demanda Cresson à la cantonade.

— Pas encore, Capitaine.

— Eh bien, faites-le ! Qu'attendez-vous ?

— A vos ordres, Capitaine !

Les gendarmes s'en allèrent, laissant leur capitaine en compagnie du guetteur et des deux policiers quimpérois.

Cresson balaya les lieux de ses yeux bleus perçants, puis se tourna vers Paoli et Durand.

— Quelles sont vos premières impressions ?

— Difficile à dire pour le moment, répondit Éric, mais je ne crois pas à la thèse de l'accident.

— Moi non plus, intervint François. Une vieille dame ne viendrait pas se promener la nuit sur des rochers.

— Oui, vous avez raison, admit Cresson. Bon, suivez-moi à la gendarmerie, il y fera plus chaud pour discuter.

— Et moi, Capitaine ? demanda Laurent Moret.

— Vous pouvez remonter au sémaphore. On vous interrogera plus tard.

*

26 janvier, gendarmerie de Fouesnant.

Le capitaine Cresson introduisit les lieutenants Paoli et Durand dans son bureau et les invita à s'asseoir.

— Café, Messieurs ?

Ils acceptèrent. Cresson sortit un court moment et revint en disant :

— On va nous apporter ça tout de suite. Bien... j'y pense tout à coup... Connaît-on la victime ?

— Je l'ai identifiée, dit Paoli. Il s'agit de Clémentine Roi. J'ai fait sa connaissance hier, lors du Festival du Livre qui se tient à Beg-Meil.

— Vous y étiez aussi ? demanda Cresson à Durand.

— Oui, mais nos goûts en matière de lecture étant différents, mon collègue et moi nous sommes séparés.

Le téléphone coupa la conversation. Cresson répondit brièvement et raccrocha.

— Le corps est à la morgue, le médecin légiste a été prévenu. Où en étais-je ? Ah, oui ! Donc, vous n'avez pas adressé la parole à madame Roi ?

— Non, répondit Éric Durand.

Leur entretien fut interrompu par l'arrivée d'un gendarme leur apportant le café. Il fit le service puis se retira.

— Une question, Lieutenant… Pourquoi avez-vous contacté votre collègue ? Vous saviez ou deviez savoir que nous nous occuperions de cette affaire…

— Un réflexe. J'avoue que je n'ai pas réfléchi.

— Vous auriez dû !

— C'est-à-dire que…

Sentant Durand mal à l'aise, Paoli vint à son secours et l'interrompit en lui posant la main sur le bras. Puis, soutenant le regard bleu perçant du capitaine de gendarmerie de ses yeux noirs, il s'adressa à lui :

— Comme je vous l'ai déjà dit, mon collègue a cru bien faire. Ne croyez-vous pas, Capitaine, que vous devriez oublier ce détail ? D'autant que, si vos hommes étaient sur place, c'est que le sémaphore vous a appelé, non ? Alors, sauf votre respect, mettez un bémol à votre discours.

Les deux hommes se fixèrent pendant quelques instants, puis Cresson baissa la garde :

— D'accord, je me suis un peu emporté. Encore un peu de café ? proposa-t-il pour se redonner une contenance.

A nouveau, Paoli et Durand acceptèrent.

Cresson reposa la cafetière vide, se cala dans son fauteuil pivotant et, la tasse à la main, se mit à réfléchir.

Il attrapa divers papiers qu'il consulta.

— Voici ce que je vous propose, dit-il enfin. Je vais laisser l'équipe qui était au sémaphore se charger des premières investigations.

— Vous parlez de l'enquête de voisinage ?

— Que voulez-vous dire ?

— Clémentine Roi habitait Beg-Meil. Enfin, c'est ce que mon fils m'a dit.

— Je ne savais pas. Eh bien, nous allons commencer par le vérifier ! Mais, en parlant des premières investigations, je pensais plutôt à l'environnement du lieu du crime, le relevé des traces au sol, ce genre de chose... Ce qui doit être en cours à l'heure qu'il est.

— Je n'y vois aucune objection, et je vous laisse même contacter le magistrat de garde pour l'ouverture de l'enquête.

Le lieutenant Durand approuva d'un hochement de tête.

— Très bien, je vais en référer. Je vous tiendrai au courant, dit Cresson en se levant.

Durand et Paoli, ayant compris que l'entretien était fini, l'imitèrent.

— Voici ma carte avec mon numéro de portable, lui dit Paoli. J'attends votre appel.

Les deux policiers sortirent de la gendarmerie et montèrent en voiture.

— Merci François.

— Il a raison, tu sais. Le corps ayant été trouvé à Beg-Meil, il était logique que la gendarmerie de Fouesnant se charge de l'enquête.

— Je sais bien, mais...

— Allez, oublie le capitaine Cresson et sa petite crise d'autorité, maintenant. Tu ne voulais pas rencontrer quelqu'un au salon ?

— Si, Pia Saint James.

— Eh bien, allons-y !

*

Dimanche 26 janvier, après-midi.

Ce fut le top horaire de la radio qui les rappela à l'ordre : « Vous écoutez France Inter, il est midi ! Le flash vous est présenté par… » On ne sut jamais par qui, Paoli avait coupé la radio en s'exclamant :

— Midi ? Déjà ! Que faisons-nous ?

— Eh bien, les festivaliers doivent déjeuner autant faire comme eux et je verrai Pia Saint James après.

Ils déjeunèrent à l'hôtel-restaurant de la Pointe, au Cap-Coz, puis firent une marche digestive le long de la plage. A quatorze heures, ils reprirent la voiture et remontèrent vers Beg-Meil. Avant d'aller au festival, Éric demanda à François de se rendre au sémaphore où il avait laissé sa voiture avec ses livres à l'intérieur. Il prit le livre de Pia Saint James et se rassit dans la 206.

Cette fois, Paoli n'eut aucun mal à trouver une place. Les visiteurs dominicaux ne se bousculaient pas encore. En passant devant la place qu'occupait Clémentine, la veille, Paoli remarqua l'absence du petit carton plié l'identifiant. Il observa son éditeur en conversation avec deux de ses auteurs : ils étaient souriants et détendus. Ni le capitaine Cresson ni l'un de ses hommes n'était venu leur annoncer la triste nouvelle.

Il accompagna Durand à la table occupée par les éditions Lavoisier. Ici, par contre, on n'affichait pas la même décontraction. Trois personnes tenant le dernier roman policier de Pia Saint James attendaient leur dédicace en jetant de temps en temps des regards d'espoir à son éditeur qui téléphonait, un sourire crispé aux lèvres. Il se détourna de ses clients. Ceux-ci attendirent en vain une information concernant Pia, puis voyant Lavoisier refermer son portable, capitulèrent en emportant leurs livres.

— Mais, qu'est-ce qu'elle fiche, bon sang ? C'est, au moins, la dixième fois que je l'appelle et, à chaque fois, je n'ai que sa boîte vocale.

— De qui parle-t-il ? demanda Éric Durand en saluant Philippe Merlus.

— De Pia Saint James. Clément cherche à la joindre depuis onze heures, ce matin, et… rien !

— Elle est peut-être en voiture, émit Éric.

— Elle se serait arrêtée pour répondre, rétorqua l'éditeur en rangeant son téléphone.

— Tu es sûr de faire le bon numéro ? demanda une femme en lui donnant un livre à encaisser.

— Sûr et certain !

— Alors, c'est qu'elle a oublié de recharger sa batterie, supposa un autre. Moi, ça m'arrive assez souvent.

— Elle ne t'a rien dit, hier matin, en partant ?

— Mais, non ! Elle avait été contente de rencontrer ses lecteurs et se réjouissait de revenir.

— C'est curieux…

— Un peu que c'est curieux !

— Et à son domicile ? Tu as essayé d'appeler son domicile ?

— Je n'ai qu'un numéro de portable.

— Dommage, soupira Éric. J'étais revenu avec son livre…

— Croyez bien que je suis sincèrement désolé pour vous, Monsieur.

— Bah ! Ce n'est pas bien grave. Je la verrai une autre fois, dans un autre salon…

Avant de quitter Clément Lavoisier et ses auteurs, Éric regarda une dernière fois l'affiche de Pia Saint James. C'était une jeune femme blonde aux cheveux courts ; un petit nez en trompette séparait ses yeux verts, et deux petites fossettes encadraient son sourire malicieux.

*

Lundi 27 janvier, commissariat, 9 heures.

Ce lundi matin-là, le commissaire Duval poussa violemment la porte du bureau de Paoli et fonça droit sur lui.

— Qu'est-ce que c'est que cette histoire ? Pourquoi ne m'avez vous pas informé ?

— Pardon ?

— Je viens d'avoir le capitaine Cresson de la gendarmerie de Fouesnant au téléphone.

— Ah !

— C'est tout ce que vous trouvez à dire ? Faudrait trouver mieux que ça, Paoli ! J'ai eu l'air de quoi, moi, en apprenant que deux de mes hommes enquêtaient sur son territoire ? D'un con !

— Excusez-moi de vous couper, Patron, mais soit vous avez mal compris, soit les propos du capitaine Cresson sont erronés. Nous n'avons rien fait.

— Alors, dites-moi pourquoi le lieutenant Durand vous a fait venir à Beg-Meil !

Paoli s'apprêtait à lui faire la même réponse qu'au capitaine Cresson, quand le téléphone sonna. Il décrocha, puis tendit le combiné à Duval.

— C'est pour vous.

— Allô ? Oui, c'est moi.

La communication dura quelques minutes pendant lesquelles Duval se contenta de répondre par monosyllabes et courtes phrases. Quand il reposa le combiné, la colère s'était quelque peu effacée sur son visage.

— Vous n'avez rien fait ? Eh bien, vous allez pouvoir vous y mettre !

— Je ne comprends pas.

— C'était le parquet. On vous confie l'enquête de l'homicide de Beg-Meil. La gendarmerie de Fouesnant vient de recevoir une mission et Cresson n'a pas un effectif suffisant pour mener une enquête criminelle et des contrôles routiers importants de front. Leurs opérations doivent débuter demain, aussi serait-il bon que vous vous rendiez à Fouesnant pour récupérer les premiers éléments dont ils disposent.

— Bien, Patron.

*

Fouesnant, 26 janvier, un peu plus tard.

Paoli ressortit de la gendarmerie de Fouesnant et se remit au volant de sa 206.

— Comment ça s'est passé avec Cresson ? lui demanda Durand.

— Pas vu. Tiens, voilà leur travail d'hier.

— Il y a même les photos, dis donc !

— Ça t'étonne ? Moi, pas, fit Paoli en démarrant. Le capitaine Cresson m'a paru être le genre d'homme à exiger des résultats rapides.

— On va à Beg-Meil ?

— Oui. Je veux voir où habitait Clémentine Roi. Repérage.

Alors qu'il s'engageait dans le rond-point, son portable se manifesta. Paoli s'arrêta pour répondre.

— Oui, David ?

— Je viens d'avoir un coup de fil de Séverin pour toi.

— Pourquoi ne m'a-t-il pas appelé directement ?

— Il ne trouve pas ton numéro de portable.

— Il est sûrement dans un de ses tas de papiers, sur son bureau, rit Paoli en songeant au désordre dont le médecin légiste était coutumier. Bon, qu'est-ce qu'il veut ?

— Il faut que tu ailles le voir tout de suite. C'est au sujet de la mémé des rochers.

— C'est si urgent que ça ?

— Ça en avait l'air, à l'entendre.

— OK, on y va.

Paoli ramassa son portable, fit demi-tour et prit la direction de Quimper.

IV

26 janvier, fin de matinée, morgue de Quimper.

Les lieutenants Paoli et Durand entrèrent dans le bureau du médecin légiste. Celui-ci les accueillit par un « Ah, vous voilà ! » aussi chargé de satisfaction que d'impatience.

— Bonjour, quand même, Sev !

— Oui, oui… bonjour ! Venez !

Il précéda les deux officiers de police et les conduisit à sa salle d'autopsie où ils enfilèrent des gants en latex. Sur la table en inox, gisait un corps recouvert d'un drap.

— Vous allez être surpris, dit-il en s'en approchant. Prêts ?

Ils firent signe que oui et le médecin légiste rabattit la partie du drap qui cachait la tête de la victime. Des cheveux blonds apparurent, puis le visage d'une jeune femme qu'Éric Durand identifia.

— Pia Saint James !

— Mais… David m'a dit que tu me cherchais à propos de Clémentine Roi.

— C'est exact.

— Eh bien ?

Le sourcil gauche en l'air, un petit sourire en coin aux lèvres, le légiste pointa le menton vers le cadavre.

— C'est elle.

— Tu plaisantes ! Clémentine Roi devait avoisiner les soixante-dix ans et avait les cheveux gris.

— Franchement, François, est-ce que j'ai l'habitude de plaisanter ?

Paoli secoua la tête.

— C'est vrai qu'il m'arrive de blaguer de temps en temps avec mon assistant, histoire qu'il oublie son envie de gerber, mais ça s'arrête là. Tenez, voici ce qu'il reste de Clémentine Roi.

Séverin pivota sur lui-même et souleva un autre drap. Sur un tas de vêtements féminins, trônaient une paire de lunettes cerclées d'acier et une coiffure postiche dont les mèches grises étaient rassemblées en chignon.

— Et ce n'est pas tout ! fit-il en ouvrant une boîte en plastique qu'il leur présenta.

Au fond de la boîte, gisait un masque de personne âgée.

— Je peux ? demanda Paoli en plongeant la main dans la boîte.

— Vas-y, mais avec précaution. J'ai failli le déchirer en le retirant.

Paoli souleva le masque. Souple et fin, il avait l'air d'une seconde peau. En fait, oui, c'était bien la seconde peau de Pia Saint James lorsqu'elle était Clémentine.

— Ce genre de truc s'utilise beaucoup au cinéma. On le pose sur les visages des acteurs et on les maquille comme on veut.

Paoli remit le masque dans sa boîte.

— Un truc me turlupine… dit-il, songeur. Comment se fait-il que personne ne se soit aperçu que Pia était grimée ?

— Tu viens d'avoir le masque entre les mains, dit Séverin. Tu as donc pu constater qu'il est très mince. Sa base était dissimulée dans le col du chemisier et le haut sous la perruque.

— Quand je suis arrivé sur les rochers, dit Éric, vu la position du corps de la victime, je n'ai fait que constater son décès en posant les doigts sur sa carotide. Ce qui fait que les pompiers ne se sont pas spécialement penchés sur elle. Pas plus que les gendarmes, d'ailleurs.

— Comment est-elle morte, Sev ?

— Sévère coup du lapin, ainsi qu'en témoigne la plaie située à la base du crâne. Pour l'instant, je ne peux pas t'en dire plus. J'avais fini de la déshabiller et j'avais à peine commencé l'examen externe, quand j'ai découvert qu'elle n'était pas qui elle était réellement. C'est alors que j'ai voulu que tu viennes constater de visu.

— As-tu fouillé ses vêtements ?

— Bien sûr. Ses objets personnels sont dans une boîte en carton, là, à droite du frigo.

A l'endroit désigné par le médecin légiste, il y avait trois boîtes.

Le lieutenant Paoli en ouvrit une. Elle contenait une chaîne en or, une alliance, une chevalière, un agenda de poche de couleur bleu marine, fermé par un élastique, et un grand mouchoir à carreaux.

— Tu t'es trompé de boîte, François. Celle-là, c'est celle de Prosper Moreau.

— Je me disais aussi que le contenu faisait plus masculin que féminin.

Il la reposa et prit une autre : encore des affaires d'homme. Il ne lui restait donc plus que la troisième.

— Dis donc, Sev, pourquoi n'écris-tu pas le nom de tes clients sur les boîtes ?

— Je n'ai pas eu le temps.

— Faut pas pousser, ça ne prend même pas une minute ! railla Paoli en soulevant le couvercle.

Il y avait peu de choses : un étui de mouchoirs en papier, un petit vaporisateur de parfum, un trousseau de clefs et un agenda de poche, de couleur bordeaux, muni d'un petit crayon, refermé par un crochet escamotable. Ce fut l'agenda qui retint son attention. Il se mit à le feuilleter. Bien qu'on ne fût qu'à la fin du mois de janvier, de nombreuses pages étaient annotées. Il constata que les deux lettres P et M revenaient souvent.

Il consulta les feuillets dévolus aux adresses et numéros de téléphone. Là, par contre, de nombreuses lignes étaient vierges.

— Je l'emporte, Séverin.

— D'accord, mais n'oublie pas de le noter sur le cahier.

— Bien, nous te laissons. Dès que tu as du nouveau sur madame, fais-nous signe, d'accord ?

— D'accord. Salut, les gars !

*

27 janvier, commissariat.

Pendant leur descente de la morgue à l'hôtel de police quimpérois, les deux officiers restèrent silencieux. Ce n'est que lorsque Paoli coupa son moteur dans la cour de derrière qu'il prit la parole :

— Ça n'a pas l'air d'aller fort, Éric… Tu connaissais Pia Saint James ?

— Pas personnellement. Enfin, pas vraiment.

— Cela sous-entend-il que tu l'avais déjà vue ?

— Oui, je l'ai rencontrée deux ou trois fois, la dernière datant de l'été dernier à Concarneau.

— Au Chien Jaune ?

— Oui. Nous avions échangé quelques mots à propos de l'un de ses livres. Elle m'avait paru sympathique et gaie. Pas du tout la grosse tête, malgré ses succès littéraires.

Ils traversèrent la cour et entrèrent dans le commissariat.

— Alors, Paoli ? l'interpella Vincent Duval du palier.

— Je monte, Patron !

Le dossier de la gendarmerie sous le bras, Paoli grimpa les marches deux par deux. Le commissaire lui désigna son bureau et ferma la porte.

— Il y a du nouveau, déclara Paoli de but en blanc.

— Déjà ? De quel genre ?

— C'est au sujet de la victime, plus précisément de son identité.

— Je croyais que vous l'aviez identifiée.

— Oui, mais il s'avère qu'elle n'était pas qui elle voulait bien le faire croire.

— Vous ne pouvez pas parler plus clairement ?

— En fait, on a bien une victime, mais elle avait deux identités.

— Quoi ? Deux identités ? fit Duval, sourcils froncés.

— Oui. Clémentine Roi et Pia Saint James. L'une, vieille dame écrivant des livres pour enfants. L'autre, jeune écrivain de romans policiers. C'est la découverte que vient de faire Séverin Leclerc.

— Mais, dites-moi, ça change tout, ça !

— Il s'agit de savoir qui de Clémentine ou de Pia on a réellement tué. Et, partant de là, si le meurtrier connaissait la double identité de la victime, découvrir son mobile.

— Exactement. Eh bien, Paoli, je crois que vous avez de quoi faire ! Avez-vous lu le rapport des gendarmes ?

— Non, je n'en ai pas eu le temps depuis qu'il est entre mes mains, mais je vais le faire tout de suite.

— Très bien.

Paoli allait entrer dans son bureau quand David Marchand l'appela :

— François ! Tu peux descendre ?

— C'est urgent ?

— C'est important.

— Un instant, je pose ça et j'arrive.

Le rapport de la gendarmerie fouesnantaise effectua un petit vol plané et se posa sur le calendrier cartonné qui servait de sous-main à l'officier de police.

Paoli retira son blouson, l'abandonna sur une chaise et descendit. David Marchand l'attendait au pied de l'escalier.

— Viens voir… Éric vient de trouver quelque chose d'intéressant.

— Où ça ?

— Dans les livres qu'on a rapportés du Comptoir & Polars.

Leurs grandes enjambées les firent parcourir le couloir en un rien de temps.

— Alors, c'est quoi, ce truc intéressant ? interrogea Paoli en s'approchant de la table où avaient été mis les livres endommagés.

— Tu remarqueras que tous les livres abîmés le sont à des degrés différents, dit Éric Durand.

— Oui, mais je ne vois pas ce qu'il y a de surprenant à ça.

— Regarde-les d'un peu plus près. Que remarques-tu ?

Le regard brun du Corse erra sur les livres pendant quelques instants. A gauche, ceux qui avaient le format best-seller étaient les moins endommagés : couvertures cornées, parfois décollées partiellement ; les agresseurs de Prosper Moreau avaient dû se contenter de les enlever des étagères pour les faire voler à travers le bar. A droite, les formats poche se partageaient en deux tas. Après les avoir observés attentivement, le Corse leva les yeux vers Éric Durand.

— Ceux qui ont été massacrés étaient tous de Pia Saint James.

— Exact, et ce n'est pas tout. Nombre d'entre eux n'ont plus la page de garde qui portait le titre, celle-là même où elle avait l'habitude d'écrire ses dédicaces.

— C'est une théorie ou quelque chose dont tu es sûr ?

— J'ai plusieurs polars de Pia chez moi dont certains sont vierges de dédicaces. Pour ce qui est des autres, elle me les avait dédicacés en tournant une phrase autour du titre.

François Paoli vérifia sommairement les dires de son collègue.

— Avec quoi les écrivait-elle ?

— Un stylo à pointe feutre, ce qui explique que la première page de texte n'est pas marquée.

— Et parmi les autres polars, aucun n'a été amputé de cette page ?

— Non. Ils ont été plus ou moins déchirés, mais ceux qui ont été personnalisés au nom de Prosper ont conservé leurs dédicaces.

— Et on aurait tué Prosper Moreau pour détruire les polars de Pia Saint James ? C'est un peu tordu, vous ne trouvez pas ? fit remarquer David Marchand.

*

Lundi 27 janvier, sémaphore de Beg-Meil.

L'après-midi était déjà bien entamé quand la Scénic de la police franchit le portail du terrain militaire. David Marchand et François Paoli en descendirent et suivirent l'allée bitumée, puis dallée, qui menait au pied de la tour de guet du sémaphore.

Ils grimpèrent l'étroit escalier peint en gris jusqu'à une porte blanche en bois à la droite de laquelle une petite pancarte disait : « *Sonnez ici* ». Ce qu'ils firent.

— Oui ?

— Bonjour ! Nous sommes de la police, annonça Marchand en exhibant sa carte.

— Nous sommes chargés d'enquêter sur la mort de la vieille dame des rochers, précisa Paoli en montrant la sienne.

— Montez.

Le guetteur s'effaça pour les laisser passer et referma

la porte. Quelques marches plus haut, les deux officiers de police débouchaient dans une salle polygonale aux vitres teintées. Au milieu de la pièce carrelée en blanc, un guetteur observait l'horizon derrière une énorme paire de jumelles, posée sur un trépied à roulettes.

— Chef, c'est la police, annonça celui qui les avait accueillis.

Le chef quitta les jumelles et se tourna vers les arrivants qui se présentèrent :

— Lieutenant Paoli.

— Lieutenant Marchand.

— Bonjour Messieurs. Je suis le chef de poste, premier maître Michel Paulin. Je suppose que vous venez pour cette malheureuse qui a été découverte sous nos fenêtres...

— En effet. nous avons quelques questions à vous poser ainsi qu'au guetteur qui l'a vue le premier, Laurent Moret.

— Désolé, il est absent.

— Malade ?

— Non, repos physiologique.

— Jolie vue, apprécia François en faisant le tour du polygone.

— J'avoue que je ne m'en lasse pas. Pour vous aider à vous repérer, Concarneau est situé à l'est, Les Glénan au sud et, bien sûr, l'ouest est dans cette direction.

— Y a-t-il toujours quelqu'un ? interrogea Paoli en prenant son carnet de notes.

— Oui, jour et nuit, mais notre activité nocturne se borne à une présence de veille. Le sémaphore de Beg-Meil n'est pas actif 24 heures sur 24 comme celui de la pointe du Raz ou de Penmarc'h, mais il y a toujours un homme de permanence téléphonique. Ainsi, en cas de coup dur, le guetteur de veille donne l'alerte et nous réactivons le sémaphore.

— C'est-à-dire ?

— Nous rallumons la lumière et les appareils et nous nous mettons en liaison avec les autres sémaphores ou les CROSS.

— Cela s'est-il produit dans la nuit de samedi à dimanche ?

— Non, ça a été calme. C'est rare que ça arrive.

— Combien êtes-vous à travailler, ici ?

— L'effectif total est de six hommes, mais nous tournons par bordée ou, si vous préférez, par équipe de deux dans la journée.

— J'ai fait mon service dans la marine… Si mes souvenirs sont bons, cela ne fait que deux équipes de deux hommes… Que font les deux autres ? demanda le lieutenant Marchand.

— Le quartier-maître de seconde classe Pichon n'est pas encore habilité à faire du guet tout seul, ce qui fait qu'il ne peut pas appartenir à une bordée. Et le deuxième autre, c'est moi. Étant chef de poste, je suis hors quart et hors permanence. Je m'occupe essentiellement du travail administratif, mais il m'arrive de remplacer un de mes hommes, lors de congés.

— A quelle heure commencez-vous ?

— Huit heures. C'est le début officiel d'une journée de marin, que l'on soit en mer ou, comme nous, à terre. Et ça commence invariablement par les couleurs du matin, c'est-à-dire le lever du drapeau tricolore.

— Tous les jours ?

— Tous les jours, sans exception. Une fois que les couleurs sont envoyées, le premier quart commence par la relance des appareils. Nous signalons la reprise de notre activité à Penmarc'h qui, à son tour, nous renvoie des informations. Une fois que cela est fait, le guetteur du premier quart fait un tour d'horizon aux jumelles. C'est ainsi que nous repérons immédiatement toute anomalie sur mer.

— Quel type d'information ?

— Nous appelons cela des situations de surface, à savoir s'il y a eu sortie en mer de la SNSM ou remorquage de chalutier ou bien encore des recherches et les moyens qui y ont été engagés.

— Donc, Laurent Moret a pris son service dimanche matin. Au fait, avec qui faisait-il équipe ?

— Le second maître Frédéric Jaouen qui est également en repos.

Un appel radio interrompit la conversation des deux hommes. Le premier maître Michel Paulin s'excusa et prit la communication. Tandis qu'il donnait des renseignements, le lieutenant Paoli s'approcha de la baie vitrée orientée au sud-ouest. Sous ses yeux, les rochers où Clémentine Roi avait trouvé la mort.

— Comme vous pouvez le constater, le premier maître Moret et le second maître Jaouen ne pouvaient pas rater la présence du corps sur les rochers, dit Paulin en reposant son combiné.

— Parlons un peu de la victime, voulez-vous ?

— Au fait, comment s'appelait-elle ?

— Clémentine Roi. Vous ne le saviez pas ?

— Non. Quand il nous arrivait de parler d'elle, lorsque nous la voyions se promener, mes hommes et moi la nommions la petite vieille.

— Venait-elle souvent par ici ?

— Oui, toujours par le sentier, jamais par la plage. Quel que soit le temps, elle faisait partie des gens matinaux qui fréquentent la pointe.

— Seule ou accompagnée ?

— Seule. Parfois un chien en divagation faisait un bout de chemin avec elle. La petite vieille s'en amusait.

— Lui avez-vous déjà parlé ?

— Non, jamais. Mais il nous est arrivé de nous saluer.

— Comment ça ?

— En levant la tête vers la tour, elle nous voyait car nous sommes souvent debout. Alors, elle levait un bras et agitait la main. Et nous répondions de la même façon.

Le lieutenant Paoli fit quelques pas vers l'est, regarda en direction de Concarneau, puis revint à sa place initiale.

Il sortit les clichés pris par les gendarmes de sa poche intérieure de blouson et en étala trois sur le meuble de rangement placé sous le vitrage. Il se mit à comparer l'état de la mer sur les images glacées avec ce qu'elle était au pied du sémaphore.

— Actuellement, la mer est basse… Comment était-elle au moment de la découverte du corps ?

— C'était la marée montante, répondit le chef de poste en les regardant.

Michel Paulin ouvrit un tiroir et en sortit l'annuaire des marées.

Il l'ouvrit à la page de janvier.

— Tenez, regardez à la date de dimanche. La basse mer du matin était à 4 heures 35 et la haute mer du matin à 10 heures cinquante.

— Le corps de Clémentine Roi a été découvert peu après 8 heures, mais la marée montante aurait-elle pu l'enlever ?

— Si je me souviens bien de son emplacement, non. Le coefficient n'était pas assez fort pour ça, il n'était que de 56... De plus, les coefficients de marées sont en baisse actuellement... Tenez, regardez la laisse de haute mer.

— Qu'est-ce que c'est ?

— Vous voyez la ligne que forme le goémon sur la plage ? Eh bien, c'est le niveau le plus haut auquel la mer est montée et a déposé le goémon.

— Ah ! Bien. Et alors ?

— On voit nettement que le corps était au-delà de la laisse de haute mer de la marée précédente.

— Est-ce que, selon vous, le corps aurait pu venir de la mer et s'échouer là ?

— Non. D'après votre photo, si on se situe à terre, le corps se trouve sur les premiers rochers. Il aurait fallu une marée plus importante et je viens de vous dire que les marées diminuaient.

— Donc, elle est venue de la plage ou est descendue du chemin, conclut Paoli. Mais, sur les clichés, on ne voit pas d'empreintes de lutte sur le sable. Le vent les aurait-il effacées ?

— J'en doute, car il était faible. Voyez le journal de bord. Entre autres, nous y notons des relevés météorologiques. L'homme de quart a noté un vent de sud-ouest à dix nœuds le samedi 25 à 16 heures et un de cinq nœuds le dimanche 26 à 8 heures 25.

— C'est-à-dire ?

— En gros, vous multipliez les nœuds par deux pour avoir la vitesse du vent en km/h. Ce qui vous donne du 20 km/h samedi et 10 km/h dimanche aux heures que je viens de dire. Il faudrait que le sable soit plus fin que ce qu'il est ici pour pouvoir se déplacer avec si peu de vent.

— Donc, elle est venue par la plage, en conclut Paoli, et la mer a effacé ses traces de pas.

— Votre hypothèse se tient, sauf que, je vous le répète, je n'ai jamais vu la petite vieille marcher sur le sable lors de ses promenades matinales. Alors, de nuit…

— Oui, bien sûr, fit Paoli en ramassant les photos de Clémentine.

Il sortit une quatrième de couverture d'un livre de Pia d'une autre poche.

— Et cette jeune femme ? L'avez-vous déjà vue ?

— Pia Saint James ? Oui, samedi matin au festival de Beg-Meil. Je lui ai acheté son dernier livre policier *Eaux rouges et ciel noir*.

— D'accord, mais à part ça ?

— Non… Désolé.

— Bien. Je vous remercie de m'avoir accordé un peu de votre temps, Chef. Toutefois, avant que je m'en aille, j'aimerais que vous me donniez le planning de vos hommes.

— Bien entendu. Je vous en fais une photocopie, l'original doit rester ici.

*

Lundi 27 janvier, bourg de Beg-Meil.

Paoli et Marchand reprirent la voiture et sortirent du terrain militaire. Ils décidèrent de prendre un verre au Bar de la Sirène, l'un des rares établissements ouverts.

Ils poussèrent la porte, faisant lever le nez aux clients attablés, et s'installèrent sur des tabourets de bar.

— Messieurs, bonjour !

— Bonjour !

— Qu'est-ce que je vous sers ?

— Deux demis, s'il vous plaît, répondit David Marchand.

Ils regardèrent l'homme tirer sa bière et évacuer le trop-plein de mousse d'un coup de spatule.

— C'est calme, constata David.

— Comme d'habitude, en cette saison, mais, on a bien tourné pendant le Festival du Livre, le week-end dernier, rétorqua le cafetier.

— Vous avez vu des écrivains ?

— C'est possible, mais je ne suis pas physionomiste. Par contre, l'éditeur fouesnantais, oui, celui-là, je le connais. Il s'appelle Clément Lavoisier.

— Ah ! Les éditions Lavoisier sont installées à Fouesnant ? Je ne savais pas.

— À cinq cents mètres de l'église Saint-Pierre, précisa une jeune femme qui venait d'arriver avec une caisse de paquets de café. Vous avez un manuscrit à y déposer ?

— Pas exactement, répondit Paoli. Plutôt des questions à poser.

— Ah ! Vous êtes journalistes, alors ? en conclut la brunette. Eh bien, si vous voulez rencontrer Lavoisier, il vous faudra revenir. A cette heure-ci, les bureaux sont fermés. Ils ferment vers 5 heures de l'après-midi le lundi.

— Et sinon, les autres jours ?

— C'est ouvert de 8 heures à midi et de 14 heures à 18 heures. Mais je vous conseille de prendre rendez-vous.

— Ah oui, pourquoi ?

— Lavoisier est souvent absent.

— Vous l'avez vu ici, hier ?

— Non, pas hier, mais samedi matin, oui, avec Philippe Merlus et Pia Saint James. Ils sont venus prendre un café, vite fait, car la machine du festival n'était pas encore installée. Ils l'ont pris au comptoir, comme vous.

— Martine, deux demis, s'il te plaît ! commanda-t-on dans le dos des deux policiers.

— Tout de suite !

Tout en finissant leur bière, François Paoli et David Marchand échangèrent encore quelques mots avec le cafetier avant de payer et de sortir.

— Bien, je crois que ça suffit pour aujourd'hui. Qu'en dis-tu, David ?

— Je suis d'accord avec toi.

*

Soirée du lundi 27 janvier, domicile des Paoli.

François gara sa voiture au pied de son immeuble. Il en était à peine sorti que Copain arriva avec une balle dans la gueule. Le labrador la déposa à ses pieds et s'assit en remuant la queue, espérant que François allait jouer avec lui.

— Non, Copain, pas maintenant.

Le chien donna un petit coup de museau dans la balle et la fit rouler dans sa direction.

— J'ai dit non, fit François en la ramassant.

— Ah, tu es là, toi !

— C'est à moi que tu parles comme ça ?

— Non, à Copain, répondit Pierre. Ça fait cinq minutes que je cours après lui.

— J'aime mieux ça. Allez, on monte.

François, Pierre et Copain prirent l'ascenseur.

— Tu as fait tes devoirs ?

— Oui. J'ai pris mon goûter, j'ai appris mes leçons et, ensuite, je suis sorti avec Copain.

— Bon, eh bien, il ne te reste plus qu'à passer sous la douche pendant que je prépare le repas.

La cabine s'ouvrit libérant ses trois passagers. Le chien fut le premier à la porte de l'appartement que François ouvrit.

— Pierre, tu peux me prêter le livre que Clémentine t'a dédicacé ?

— Oui. Il est sur l'étagère, près du téléphone. Tu vas le lire ?

— Peut-être…

François prit le livre et l'ouvrit à la page de la dédicace. L'écriture de Clémentine Roi était appliquée. Chaque lettre était bien formée, son tracé élégant, mais ferme : une écriture à l'ancienne, conforme à l'image de celle qui les avait unies en mots. Après les avoir regardés pendant quelques instants, il referma le livre et partit à la cuisine. Deux minutes plus tard, deux escalopes doraient dans la poêle et des haricots chauffaient dans une casserole.

— Ça y est, François, je suis propre, annonça Pierre en arrivant, vêtu de son pyjama.

— Mets le couvert, j'ai un coup de fil à donner.

*

Pierre dormait depuis un quart d'heure quand Éric entra après quelques légers coups frappés à la porte. François l'invita à s'asseoir et lui proposa un verre.

— Whisky ou cognac ?

— Cognac, répondit Éric en retirant sa veste.

— Tu as pensé aux polars ?

— Bien sûr !

— Voici ton cognac. Et ça, c'est le livre que Clémentine Roi a dédicacé à Pierre, dit François en tendant le livre à Éric.

Éric ouvrit les trois volumes aux pages dédicacées pour comparer les écritures.

— Eh bien, ça, alors !

Celle de Pia Saint James n'avait rien à voir avec celle de Clémentine Roi.

— Et de quelle main Pia t'a-t-elle écrit ces mots ? demanda François à Éric.

— De la gauche. Pourquoi ?

— Clémentine a écrit de la main droite, ce qui explique la différence entre les deux écritures.

— Nous pouvons donc raisonnablement penser que cette femme était gauchère.

— Ou ambidextre. Regarde le tracé des lettres de Clémentine, il n'y a aucun signe d'hésitation dedans.

— Je vois.

— Elle a dû utiliser son don d'ambidextre pour conforter ses deux identités.

— Parce que ses lecteurs sont différents selon l'une ou l'autre ?

— C'est probable.

— Soit. Mais qu'est-ce que ça nous apporte de plus ?

— Je te l'accorde, rien. J'ai juste voulu effectuer une vérification. Une minute.

François quitta son fauteuil pour aller prendre l'agenda de Clémentine dans sa poche. Il revint à sa place, l'ouvrit, puis compara les lettres P et M aux deux écritures des dédicaces. Éric se pencha en avant et l'imita.

— Ce sont des lettres penchées vers la gauche… C'était Clémentine qui l'avait, mais c'est l'agenda de Pia, conclut François.

— Quelle différence cela fait-il, puisqu'on sait qu'il s'agit de la même femme ?

— Pas une grande, effectivement, mais cet agenda nous apprend que Pia voyait régulièrement quelqu'un dont les initiales sont P et M. D'accord ?

— D'accord, mais à quoi rattaches-tu le P, par exemple ?

— Au prénom. Toi, tes initiales sont E D, et les miennes F P, n'est-ce pas ? Donc, poursuivit François après un signe de tête d'approbation d'Éric, P est la première lettre du prénom et M celle du patronyme.

— Elle le voyait souvent ?

— Difficile à dire quand on a, entre les mains, un agenda de l'année en cours et que cette année a un peu moins d'un mois. Mais, quand même, cela fait une moyenne de deux contacts par semaine, répondit François après avoir feuilleté les pages du carnet.

— Et, selon toi, P M, c'est un homme ou une femme ?

— Je penche pour un homme, comme ça, a priori.

— Mais, si elle voyait fréquemment cet homme, en admettant que P M en soit un, pourquoi a-t-elle noté aussi l'initiale de son patronyme ? Celle du prénom suffisait...

— Dans ce cas, on peut penser que Pia et P M n'étaient pas des intimes.

— Et qu'ils se voyaient plutôt pour raisons professionnelles...

— C'est possible.

François et Éric vidèrent leur verre.

— Bon, je vais rentrer, dit Éric en se levant. On se revoit demain, au boulot ?

— Oui. A demain, Éric, et merci de t'être déplacé.

V

Quimper, mardi 28 janvier.

François se gara le long du trottoir où chahutaient quelques gamins se rendant à l'école toute proche. En apercevant Pierre à l'intérieur de la voiture, ils lui firent signe.

— Ce sont tes copains ?

— Seulement deux. Thomas et Jules. Thomas, c'est celui qui a un blouson rouge. Il a tous les livres de Clémentine, précisa Pierre, les yeux brillants.

— Et Jules, c'est lequel ?

— Lui, là, avec une doudoune verte et mauve.

Il se pencha sous le tableau de bord et attrapa son sac. C'est alors qu'il remarqua l'ouvrage dédicacé de Clémentine dépassant de la poche de son père.

— Tu ne l'abîmeras pas, hein ?

— Quoi ?

— Mon livre de Clémentine.

— Non, ne t'inquiète pas, j'y ferai très attention. A ce soir, Pierre, et n'oublie pas que tu as rendez-vous chez la psychologue.

L'enfant claqua sa portière et rejoignit le petit groupe. François les regarda entrer dans la cour, puis démarra.

*

Avant de monter à son bureau, il fit une photocopie de la dédicace de Clémentine.

— Marie, peux-tu me dire si Alex bosse aujourd'hui ?

— Il ne devrait pas tarder, il est du matin, répondit-elle après avoir consulté le planning.

— Je monte. Tu pourras lui dire que je l'attends ?

— Pas de problème.

Le lieutenant Paoli grimpa l'escalier et s'enferma dans son bureau. Après avoir vainement cherché ses comprimés contre la migraine qu'il sentait venir, il se mit à compulser les différentes notes qu'il avait prises.

Un quart d'heure s'était écoulé quand on frappa à sa porte.

— Entrez ! Ah, Alex, bonjour !

— Salut, François ! Marie m'a dit que tu voulais me voir…

— Oui. Tu t'intéresses toujours à la graphologie ?

— Couci-couça… Pourquoi ?

— Si je te montre cette écriture, es-tu en mesure de me dire s'il s'agit de celle d'un droitier ou d'un gaucher ?

— Non. C'est impossible à dire si on n'a pas vu la personne écrire. Un expert-graphologue le pourrait peut-être, mais pas moi.

— Même au vu de l'inclinaison des mots ?

— Même. A la rigueur, on peut faire la différence au niveau des barres des T ou des soulignements, car le gaucher démarre ces actions par la droite. Tu vois ce que je veux dire ?

— Oui, je comprends.

— Et puis, il y a des gens qui écrivent aussi bien des deux mains.

— Bien, je te remercie, Alex.

Alex sorti, François reprit l'agenda de Pia et se rendit directement aux dernières pages, celles réservées aux numéros de téléphone. Comme elle n'avait pas noté les adresses leur correspondant, il décida de les composer dans l'ordre de leur inscription. Le premier ne répondant pas, il passa au deuxième.

— Cabinet du docteur Morvan, bonjour !

— Bonjour. Pardonnez-moi cette question… Mais, quelle est la spécialité du docteur Morvan ?

— Il est gynécologue.

— Ah ! Gynécologue… Bien, je vous remercie. Bonne journée !

François raccrocha et consulta l'annuaire. A la page des gynécologues, il existait bien un docteur Morvan. Il composa le troisième numéro et mit son téléphone sur haut-parleur.

— Les éditions Lavoisier, bonjour !

— Bonjour ! Lieutenant Paoli de la police de Quimper. Je voudrais parler à monsieur Lavoisier.

— Il est en réunion et…

— C'est important, Mademoiselle, la coupa-t-il sèchement.

— Ne quittez pas, je vais voir.

François fut mis en attente. Il en profita pour se masser les tempes. Enfin, une voix masculine remplaça la voix féminine.

— Clément Lavoisier. Je vous écoute, Lieutenant. C'est à quel sujet ?

— Pas au téléphone. Je préfère vous voir pour vous parler.

— Ah ! Mon emploi du temps est assez chargé...

Clément Lavoisier s'interrompit, sans doute pour réfléchir, puis reprit :

— 11 heures, ça vous va ?

— Très bien, merci.

Il allait recomposer le premier numéro, quand David Marchand fit son entrée.

— Salut ! Déjà au téléphone ?

— Oui, je viens d'appeler les Éditions Lavoisier.

— Tu leur as annoncé la mort de Clémentine Roi ?

— Non, et d'abord, Clémentine n'était pas éditée par Lavoisier, c'est Pia Saint James qui l'était. Les livres de Clémentine paraissent aux Éditions de La Lune, comme tu peux le voir sur celui que j'ai emprunté à Pierre. Mais, pour en revenir à ta question, je dois être à Fouesnant à 11 heures pour rencontrer Lavoisier, pour le lui dire, justement. Tu m'accompagnes ?

— Je ne peux pas. Grincheux m'a collé un stagiaire dans les pattes pour la journée. Demande à Éric.

*

Fouesnant, mardi 28 janvier, 11 heures.

Les lieutenants Paoli et Durand sortirent de voiture. Leurs pas crissèrent sur le gravillon étalé devant un bâtiment de couleur ocre aux baies vitrées peintes en vert foncé. Au-dessus de la porte, du même vert que les huisseries, s'étalait l'inscription « *Éditions Lavoisier* ». Les deux policiers entrèrent. Aussitôt apparut une jeune femme, brune, au teint mat, vêtue d'un tailleur rose fuchsia auquel elle avait assorti son rouge à lèvres.

— Bonjour Messieurs. Que puis-je pour vous ?

— Bonjour Mademoiselle. Nous sommes de la police et nous avons rendez-vous avec monsieur Lavoisier.

— Ah ! Oui... Un moment, je vais le prévenir.

Elle tourna les talons et disparut derrière une porte voisine de celle qu'elle avait passée pour les accueillir. En attendant Lavoisier, Paoli et Durand regardèrent autour d'eux. Sur l'un des murs étaient placardées des affiches de salons littéraires passés et à venir. Un autre, en face, supportait quelques étagères attribuées aux productions de la maison d'édition et une tablette chargée de catalogues.

Éric Durand s'approcha et parcourut les titres.

— Tu les as tous lus ? lui demanda Paoli.

— Non. Cet auteur-là, par exemple, fait partie de ceux que je ne lirai plus.

— Ah ! Pourquoi ?

Éric n'eut pas le temps de répondre, Clément Lavoisier arriva. Les présentations rapidement faites, l'éditeur les introduisit dans son bureau et leur désigna des sièges. Lui-même prit place en face d'eux et croisa les doigts sur son sous-main.

— Alors, qu'aviez-vous à me dire qui ne pouvait être fait par téléphone ?

— Nous sommes venus vous annoncer une mauvaise nouvelle. La mort de Pia Saint James.

— Quoi ? Pia... Pia est morte ? Mais... où ça ? Quand ?

Clément Lavoisier s'adossa ; visiblement, cette annonce était un choc pour lui et il avait besoin de sentir le capiton de son fauteuil le soutenir.

— Dans la nuit de samedi à dimanche.

— Comment est-elle morte ?

— Nous ne le savons pas encore de façon certaine, nous attendons le rapport d'autopsie.

— Elle a été découverte sur les rochers, au pied du sémaphore.

— Ici ? A Beg-Meil ?

— Oui.

— Mais... je croyais qu'il s'agissait de Clémentine Roi, cette mémé qui écrit pour les enfants...

— Clémentine était Pia.

François Paoli lui octroya quelques secondes, puis sortit son carnet et attaqua.

— Depuis quand éditez-vous les romans policiers de Pia Saint James ?

— Trois ans. Nous venions de décider une nouvelle orientation éditoriale, quand elle m'a adressé son premier tapuscrit.

— Tapuscrit, dites-vous ? Pas manuscrit ?

— Un manuscrit est écrit à la main. De nos jours, tous les éditeurs exigent des tapuscrits, c'est-à-dire des textes dactylographiés et reliés, comme celui-ci, par exemple. Ceci, afin de ne pas perdre de temps à déchiffrer des mauvaises écritures, dans le style "pattes de mouche".

— Je suppose que les candidats à la publication ne manquent pas...

— En effet. Chaque jour, ou presque, je reçois une demi-douzaine de tapuscrits.

— Qu'est-ce qui a fait que vous l'ayez choisie ?

— Son originalité. J'entends par là, celle de ses écrits. Chacune de ses intrigues avait lieu à une époque différente de l'Histoire.

— Comment Pia Saint James a-t-elle été accueillie par vos autres auteurs ?

— Assez bien, il me semble.

— Était-ce pendant un salon ? demanda Éric Durand.

— Oui. Nous profitons toujours d'un salon pour "lancer" un nouvel auteur, plutôt que de le lâcher tout seul dans la nature, si j'ose dire. C'est une manière conviviale de procéder qui permet au nouveau de rencontrer les autres auteurs de la maison, mais aussi ses futurs lecteurs. Je me rappelle que Pia était assez réticente, pourtant ce n'était pas une jeune femme timide.

— Vous venez d'anticiper ma question, dit François Paoli.

— Quelles raisons avait-elle invoquées à cette époque ? demanda Éric. Le trac ?

— Il y avait peut-être un peu de ça, mais, si mes souvenirs sont exacts, elle m'avait plutôt parlé d'un emploi du temps chargé. Il a fallu que j'insiste, en lui disant que c'était un rendez-vous important pour elle, que ce serait dommage qu'elle le rate… ce genre de chose, vous voyez ? Et elle a fini par accepter. Le jour dit, elle est arrivée avec un léger retard, prétendant qu'elle avait eu peine à trouver la route. Je l'ai présentée aux auteurs qui étaient là et elle s'est assise à sa place. Puis, je l'ai observée, comme je le fais toujours pour un nouveau.

— Excusez-moi de vous interrompre, dit Durand… Mais pourquoi faites-vous cela ?

— Pour pouvoir soutenir et encourager mon “poulain”, si besoin est.

— Et… comment se comportait-elle ?

— Elle était souriante, gentille, à l’aise. Je dois vous avouer que cela m’a un peu surpris.

— Pourquoi ?

— Se présenter au public avec un premier livre aux côtés d’auteurs confirmés n’est pas toujours facile car les lecteurs vont naturellement vers ceux qu’ils ont déjà lus. Le nouveau, lui, doit les attirer et leur donner l’envie de le connaître.

— En gros, il faut qu’il ou elle sache se vendre ou, du moins, essaye.

— C’est cela… Et Pia avait trouvé tout de suite la manière de le faire. Quand les gens venaient à elle, elle les accueillait par un bonjour souriant, les laissait prendre son livre, l’examiner et lire la quatrième de couv’. La quatrième de couverture est le dos du livre, là où est résumée l’histoire, expliqua Lavoisier devant le regard interrogatif de Paoli. Puis elle attendait leurs questions et y répondait de façon à susciter leur envie de lire.

— Son premier livre est bien celui intitulé *Les perles noires*, n’est-ce pas ?

— C’est exact.

— N’est-ce pas au salon de Plouescat que vous l’avez proposé au public pour la première fois ?

— Si, c’est cela. La commune avait contacté des éditeurs dont je faisais partie pour une animation le temps d’un week-end. Hélas, pour eux, le festival de la bande dessinée d’Angoulême avait lieu en même temps.

— Pourquoi hélas ?

— Certains de mes confrères qui font de la bande dessinée en plus de leurs romans, ont préféré se rendre à Angoulême plutôt qu'à Plouescat.

— Alors, ça a dû être un fiasco…

— Plus ou moins, oui, pour les organisateurs, mais les éditeurs présents ont quand même bien tiré leur épingle du jeu. Sans doute, parce qu'il y avait moins de concurrence…

— Pia Saint James était-elle présente pendant les deux jours ?

— Non, elle n'est venue que le dimanche.

Paoli toussota dans sa main en cornet, Durand comprit qu'il allait prendre le relais.

— Excusez-moi, mais je voudrais qu'on revienne à Pia Saint James. Vous venez, en quelques mots, de nous décrire un jeune auteur plutôt sympathique et talentueux. Mais, que pouvez-vous nous dire de la jeune femme ?

— Sincèrement, peu de chose, car je ne pose jamais de questions d'ordre privé à mes auteurs. Bien sûr, je sais que la plupart d'entre eux ont une activité professionnelle en dehors de l'écriture, mais si vous me demandez le nombre d'enfants qu'ils ont ou leur passe-temps préféré, je serais bien incapable de vous répondre.

— Oui, je comprends bien, mais vous devez connaître leurs adresses…

— Ah ! Oui… Vous souhaiteriez que je vous donne celle de Pia Saint James ?

— Oui, s'il vous plaît.

— Un instant.

Clément Lavoisier appuya sur une touche de son téléphone et demanda à sa secrétaire de faire le nécessaire.

— Emma va vous l'apporter.

— Merci… Parlez-nous un peu des relations de Pia Saint James avec vos autres auteurs sur les salons.

— D'abord, sachez que tous les auteurs ne peuvent être présents en même temps. Cela dépend de l'éloignement entre leur lieu de résidence et le salon, mais également de leur disponibilité, certains ayant des obligations familiales ou professionnelles. Et puis, imaginez que tous les éditeurs amènent tous leurs auteurs, il faudrait un espace immense pour loger tout ce monde ! C'est impossible. Ceci pour vous expliquer que tous les auteurs de ma maison d'édition ne se connaissent pas, mais il arrive que certains se retrouvent sur plusieurs salons… C'est ainsi que Pia a côtoyé plusieurs fois Philippe et Maurice.

— Vous parlez de Philippe Merlus ?

— Oui et de Maurice Cardon. J'ai tout de suite vu que le courant passait bien entre Philippe et Pia. Par contre, avec Maurice, c'était juste courtois.

Après avoir brièvement toqué à la porte, Emma entra.

— Voici l'adresse de Pia, dit-elle en tendant une feuille aux policiers.

— Merci, Mademoiselle, dit Éric en la prenant.

Elle se retira, laissant un parfum de rose flotter dans la pièce.

— Vous disiez que le courant était bien passé entre Philippe Merlus et Pia Saint James…

— Oui… Ils bavardaient et plaisantaient beaucoup ensemble.

— Savez-vous s'ils se fréquentaient en dehors des salons ?

— Non. Je vous l'ai dit, la vie privée de mes auteurs m'est totalement inconnue. Si vous voulez une réponse, il faudra poser la question à Philippe. Tenez, voici son adresse.

Clément Lavoisier poussa une lettre sous les yeux des policiers. Le lieutenant Durand nota le renseignement sur la feuille que lui avait donnée Emma.

— Bien, Messieurs… fit-il d'un ton sous-entendant que l'entretien touchait à sa fin.

Le message passa, car les deux officiers de police se levèrent et se dirigèrent vers la porte.

*

Il était midi quand ils reprirent place à bord de leur voiture, Éric au volant. Alors que la voiture sortait du parking des éditions Lavoisier, François ferma les yeux car sa migraine avait gagné en intensité durant l'entretien. Il les rouvrit quelques instants plus tard à la sortie de Fouesnant.

— Tu as le téléphone de Merlus ?

— Tiens.

Paoli sortit son portable et composa le numéro que Durand venait de lui donner.

— Madame Merlus ? Bonjour ! Je voudrais parler à votre mari. Ah ! Il n'est pas là avant jeudi. A-t-il un téléphone portable et pouvez-vous m'en donner le numéro, s'il vous plaît ?

Elle avait dû répondre par l'affirmative, car il sortit carnet et stylo de sa poche intérieure de blouson. Il nota le renseignement et la remercia.

— Philippe Merlus participe à un congrès, à Rennes.

— A sa place, on pourrait contacter Maurice Cardon.

— Comment ? Je n'ai pas pensé à demander son adresse à Lavoisier…

— Cardon a une adresse électronique, je l'ai vue sur une page de garde d'un de ses bouquins. On pourrait lui envoyer un courriel, suggéra Éric.

— Tu pourras t'en occuper ?

— Pas de problème. Bon, changeons de sujet. Il est l'heure du déjeuner, que dis-tu d'un Mac Do ?

— Peu m'importe, je n'ai pas très faim.

Alors que la voiture traversait le bourg de Pleuven, François demanda à Éric de s'arrêter à la pharmacie encore ouverte.

— Ça ne va pas ?

— Migraine.

*

Mardi 28 janvier, heure du déjeuner.

En sortant de voiture au Mac Do, ils eurent la surprise de trouver David Marchand.

— Qu'est-ce que tu as fait de ton stagiaire ? lui demanda Éric Durand.

— Il déjeune avec Grincheux.

— Il a droit à un traitement de faveur ?

— Non, il paraît qu'ils sont parents.

Ils franchirent la porte du lieu de restauration rapide.

— Et vous ? Vous avez avancé ?

— Un peu.

— François aurait voulu rencontrer un auteur de Lavoisier, mais il est à Rennes, précisa Éric.

Ils passèrent leur commande et s'installèrent. David et Éric se mirent à attaquer leur déjeuner à belles dents.

— Tu ne manges pas ? remarqua David en reposant son verre.

— Excusez-moi.

François se leva, suivi des yeux par ses collègues.

— Il est malade ?

— Migraine.

— Ah bon ! Raconte-moi votre virée à Fouesnant.

L'absence de François dura presque dix minutes, pendant lesquelles Éric rapporta tout à David. Enfin le Corse revint s'asseoir à table et se prit la tête dans les mains.

— Veux-tu que je te ramène chez toi ? proposa Éric.

Il secoua lentement la tête pour répondre par la négative.

— Ça a l'air d'être une bonne crise, commenta David. Je ne t'ai pas vu dans cet état depuis un bon moment. Tu ferais mieux de rentrer te coucher. Bon, le temps d'avaler un café et…

— Et rien, coupa François. Ce n'est pas la première fois et…

— Et ce ne sera pas la dernière, je sais. Mais, là, franchement, tu n'es pas en état de bosser.

*

28 janvier, après-midi.

David poussa la porte de la chambre de François.

— Te voici arrivé.

— Mais, David… Je dois emmener Pierre chez le psy à 17 heures.

— Ne t'en fais pas, je t'appelle sur ton portable dans deux heures.

— Non… une heure.

— Ne discute pas et dors !

David fit l'obscurité dans la pièce et s'en alla sur la pointe des pieds.

En sortant de l'ascenseur, il croisa Marine Roussel et la salua.

— Bonjour David, comment ça va ?

— Bien, merci. Mais c'est François… Migraine carabinée… Je viens de le ramener.

— Ah ! fit-elle en pressant le bouton de son étage alors que les portes coulissaient déjà.

— Attends ! s'écria-t-il en empêchant leur fermeture. Sa voiture est restée au commissariat…

— Pigé ! Laisse-moi monter mes courses et je redescends.

— D'accord.

Le temps de deux voyages en ascenseur, Marine était de retour dans le hall. Elle suivit David jusqu'à sa Golf.

— Tiens, tu lis Pia Saint James, toi aussi ? fit-elle en voyant le livre sur le tableau de bord.

— Ce n'est pas à moi, mais à Éric.

— Il est génial, celui-là ! Je l'ai lu presque d'une seule traite. J'ai acheté son dernier titre, *Eaux rouges et ciel noir*, mais je me le réserve pour plus tard. J'ai même eu le droit à une dédicace, au salon de Beg-Meil, samedi matin.

— Ah ! Tu y es allée…

— François a dû y emmener Pierre, l'après-midi, je crois.

David pénétra dans la cour du commissariat et se gara près de la 206 CC. Il alla prendre la clef de voiture de François et la donna à Marine qui s'y était adossée. Elle déverrouilla le coupé, y prit place et alluma le moteur.

— J'ai laissé la porte de l'appartement de François ouverte. Tu n'auras qu'à poser sa clef de voiture sur la table de salon. Allez, ramène bien sa 206 au Corse !

*

François s'était endormi immédiatement après le départ de David. Ça avait été comme une descente de toboggan, une glissade vers les profondeurs d'un sommeil lourd et sans rêves.

Deux heures s'étaient écoulées quand son portable sonna sur sa table de nuit. Après avoir tâtonné deux ou trois fois pour l'attraper, il répondit.

— Oui ?

— C'est moi, David. Il est seize heures.

— Oui…

— Je te rappelle que Pierre a rendez-vous chez la psy.

— Oui…

Et François coupa la communication.

Cinq minutes plus tard, David composa à nouveau le numéro de François. N'obtenant pas de réponse, il fit celui de Marine Roussel en espérant que la jeune femme serait chez elle.

— Allô ?

— Ouf, tu es chez toi !

— Un problème ?

— François a dû se rendormir, il ne répond plus.

— Tu veux que j'aille voir ? Patiente un peu.

Marine posa son téléphone et se rendit chez son voisin. Elle avait posé la main sur la poignée et s'apprêtait à peser dessus, quand la porte s'ouvrit. Surprise, elle eut un petit mouvement de recul.

— Excuse-moi, François, je venais voir si… si tout allait bien… bredouilla-t-elle.

— On va dire oui, répliqua-t-il en fermant sa porte à clef.

— Je t'ai ramené ta voiture du commissariat, elle est sur la droite du bâtiment.

— Merci.

*

Mardi 28 janvier, début de soirée.

Quand la porte du cabinet s'ouvrit et que Pierre sortit de sa consultation, François se leva du fauteuil où il l'avait attendu et posa la revue qu'il avait feuilletée distraitement.

— Vous avez une minute, monsieur Paoli ? J'aimerais vous parler.

— Oui, bien sûr. Attends-moi là, dit-il à son fils.

Peu après que Pierre se fût installé sur le siège libéré par François, une femme s'assit en face de lui et sortit un journal de son sac. Elle avait dû le trimbaler toute la journée car les pages étaient assez chiffonnées. Mais cela n'empêcha pas Pierre de voir qu'un article était consacré au Festival du Livre de Beg-Meil. Malheureusement, de sa place, il ne pouvait rien lire en dehors du titre.

— Pierre, on y va.

L'enfant quitta le fauteuil et suivit son père.

Après quelques pas effectués sur le trottoir, il demanda :

— François, t'achètes jamais de revues ?

— Non, ça ne m'intéresse pas.

— Ah bon ? Tu en as pris une pour m'attendre, pourtant…

— Je me suis contenté de tourner les pages sans les lire.

— Et le journal, tu l'achètes pas non plus ? Jamais ?

— Non.

— Pourquoi ?

— Parce que les informations télévisées me suffisent. Et j'ai assez de collègues qui le lisent et m'en font des commentaires.

— Alors, c'est pour ça que t'achètes que des livres ?

— En gros, oui.

— Mais, est-ce que tu veux bien acheter le journal aujourd'hui ?

— Tu n'as pas bientôt fini tes questions ? J'ai mal au crâne…

François pressa le pas, obligeant Pierre à trottiner à sa droite.

— Tu m'as pas répondu… J'ai vu qu'il y avait un article sur les livres de Beg-Meil…

— Où tu as vu ça ?

— Dans le journal de la dame qui attendait son tour.

Ils allaient arriver à la voiture. A cinq mètres devant eux, le dernier marchand de journaux avant la maison. Pierre tenta une nouvelle fois sa chance.

— François… s'il te plaît… pour une fois… tu veux bien ?

— Je veux bien quoi ?

— Acheter le journal…

— Bon, va le chercher, soupira François en sortant de la monnaie de sa poche.

Le garçonnet disparut à l'intérieur de la boutique et en ressortit avec *Le Télégramme*.

— Merci, dit-il en rendant le reste de l'argent à François. Il était temps, c'était le dernier.

*

A peine arrivé à l'appartement, Pierre avait posé le journal sur la table et cherchait son article.

— Tu es si pressé de lire que tu n'as pas le temps d'enlever ton anorak et tes chaussures ? Allez, va te changer, lui ordonna François en ouvrant le frigo. Tu liras ton journal après le repas.

La mine un peu boudeuse, Pierre replia *Le Télégramme* et partit enlever son anorak et troquer chaussures contre chaussons. Quand il revint à la cuisine, le repas était servi.

— Ah ! C'est des œufs… dit-il en faisant la moue.

— Oui, c'est des œufs, et alors ?

— On a mangé de l'omelette à midi à la cantine.

— Eh bien, ce soir, c'est œufs sur le plat ! rétorqua François en se levant pour répondre au téléphone. Oui ! aboya-t-il dans l'appareil. Oh ! Éric, excuse-moi…

En tendant un peu le cou, Pierre le vit se laisser choir dans son fauteuil club en cuir fauve et se frotter le front tout en écoutant son correspondant. Il abrégea son espionnage, autant pour manger chaud que pour éviter une remontrance de son père. Il essuya son assiette avec un bout de pain qu'il donna à Copain, lequel n'en fit qu'une bouchée.

Sa conversation téléphonique achevée, François revint à la cuisine.

— Tes œufs sont froids…

— Ça ne fait rien, dit-il en donnant un yaourt à Pierre. Il n'y a plus de miel, tu veux du sucre ou de la confiture ?

— Du sucre. Merci.

Les œufs de François et le yaourt de Pierre furent avalés en silence, après quoi la table fut débarrassée.

— Maintenant, tu peux prendre ton journal, dit François en se mettant un café à réchauffer. Et tu vas même me lire l'article à haute voix.

— D'accord !

Pierre tourna les pages jusqu'à trouver celle de Fouesnant.

— Ça y est ! Le titre est : *Coup de maître pour un coup d'essai*.

— Je t'écoute.

Sans aucune hésitation ni défaut de prononciation, l'enfant lut la vingtaine de lignes consacrées au Premier Salon du Livre de Beg-Meil. On y citait quelques noms d'auteurs dont celui de Clémentine Roi et également certains noms d'éditeurs. On disait que le salon avait eu du succès malgré une météo maussade – à moins que ce ne fût grâce à elle – et que nombre de visiteurs satisfaits d'une telle manifestation en étaient repartis avec plusieurs ouvrages. Le prix du salon revenait à Pia Saint James pour son excellent *Eaux rouges et ciel noir*. Deux photos illustraient l'article : sur la première, on y voyait des enfants massés devant Clémentine Roi attendant leur dédicace, la deuxième représentait des membres des éditions Lavoisier.

— François, est-ce que je peux découper l'article ?

— Le journal est à toi, tu en fais ce que tu veux. Bon, je descends le chien. Je veux que tu sois couché quand je remonterai, compris ?

— Oui, répondit Pierre en prenant les ciseaux dans un tiroir.

*

Soir du 28 janvier, chez Paoli.

François siffla Copain. Le chien leva le nez du pied du lampadaire, huma le vent, puis se remit à flairer le fût de métal qui projetait sa lumière jaunâtre sur le bitume.

— Copain, aux pieds !

Après une hésitation, il obtempéra et rejoignit François qui retenait l'ascenseur.

Ils réintégrèrent l'appartement silencieux dont la porte fut verrouillée. François le traversa jusqu'à la chambre.

— Pierre, il est temps d'éteindre, dit-il.

— Le temps de finir mon chapitre…

— Combien de pages ?

— Une. Regarde.

— Bon, c'est d'accord.

François tira la porte et se rendit au salon qu'il éclaira d'une petite lampe halogène dont il régla l'intensité lumineuse au minimum.

Il était 21 heures, heure encore raisonnable pour téléphoner à Philippe Merlus.

Il prit son carnet et composa le numéro. Merlus répondit à la deuxième sonnerie.

— Oui, allô ?

— Bonsoir monsieur Merlus. Lieutenant Paoli, police de Quimper.

— Comment avez-vous eu mon numéro de portable ?

— Par votre femme. Désolé de vous appeler si tard, mais je n'ai pas pu le faire avant.

— Vous ne me dérangez pas. Mais, vous dites que vous êtes de la police ?

— Oui, c'est cela.

— Et c'est à quel sujet ?

— Pia Saint James. On l'a trouvée morte au pied du sémaphore de Beg-Meil.

— Pia ?

— J'ai rencontré votre éditeur commun… Clément Lavoisier. Il m'a dit que vous vous entendiez bien tous les deux…

— Oui… mais…

— Aussi aimerais-je vous entendre dès votre retour sur Quimper, le coupa Paoli.

— Mon congrès s'achève jeudi, vers 18 heures. Le temps que je quitte la ville et que je fasse le trajet de Rennes à Quimper, il sera bien 20 heures 30 ou 21 heures. Ça dépendra de ce que la route me réservera comme surprises.

— Dans cas, je vous attends vendredi matin à mon bureau. Bonsoir Monsieur.

— Bonsoir.

— Bon, Lavoisier et Merlus, c'est fait... Cardon a répondu positivement au mail que lui a envoyé Éric... Ça, c'est pour l'environnement de Pia, réfléchit François Paoli en se massant le front. Il va falloir attaquer celui de Clémentine Roi.

Son regard se perdit dans la pénombre de la pièce. Les questions qu'il se posait n'allaient certainement pas chasser sa migraine. Au contraire. Lorsqu'il se leva pour avaler deux comprimés, ses yeux se posèrent sur *Les émeraudes de la plage* de Clémentine Roi. Il prit le livre et alluma son ordinateur en espérant que les cachets feraient rapidement leur effet et que celui-ci tiendrait le temps de quelques recherches.

Dès qu'il obtint la connexion à Internet, il accéda au site des Éditions de la Lune dont il avait trouvé l'adresse sur l'une des pages de garde.

Il commença par la présentation et l'historique. Le directeur des Éditions de la Lune s'appelait Marcel Pouillot et son entreprise était située au nord de Quimper. La maison existait sous ce nom depuis une décennie et Marcel Pouillot en était le fondateur. Auparavant, c'était une petite imprimerie de cartes de visite et de faire-part en tous genres. A part le nom de l'éditeur, cette rubrique ne l'intéressait pas. Aussi passa-t-il à celle des auteurs et, là, François dénombra pas moins de vingt personnes. Il les passa en revue afin de lire leurs biographies. Mais les renseignements étaient succincts et ne faisaient état que des noms et âges des auteurs, des villes où ils habitaient et des titres qu'ils avaient déjà publiés. En cliquant sur le nom de Clémentine Roi, il apprit qu'elle était âgée de soixante-dix ans et qu'elle vivait à Beg-Meil. Mais, ça, il le savait déjà.

Il fit une courte pause pendant laquelle il ferma les yeux et se prit le front de la main gauche, puis changea de rubrique et passa les titres des Éditions de la Lune en revue. A chacun d'eux était consacrée une dizaine de critiques émanant d'enfants ainsi que le prouvait la simplicité des textes émaillés de fautes de frappe et d'orthographe. Il choisit cinq auteurs dont Clémentine et lut les avis des jeunes lecteurs sur des titres pris au hasard. Les trois premiers auteurs n'étaient pas prolifiques, seulement deux titres à leur actif, et les critiques mitigées voire défavorables. Le quatrième, Jacques Loiseleur, recevait des avis partagés ; six enfants aimaient assez ses histoires, pas les quatre autres. Il arriva à Clémentine et en vint rapidement à la conclusion qu'elle faisait l'unanimité ; toutes les critiques étaient bonnes et la plupart des gosses finissaient par : « Gros bisou. » Il n'en fut pas surpris, Pierre s'étant montré très enthousiaste lors de leur rencontre. Et s'il fallait une preuve supplémentaire de cet état de fait, la photo du journal était là pour en attester.

Un coup d'œil à sa montre lui indiqua qu'il avait réussi à passer une heure devant son écran grâce à ses deux comprimés. Bien sûr, il aurait mieux valu qu'il s'en dispensât, mais, malgré sa profonde lassitude, il était satisfait d'avoir rattrapé les heures perdues de l'après-midi. Il ferma son ordinateur portable et le posa par terre près de son fauteuil club. Il glissa vers le bord du siège, défit deux boutons de sa chemise, renversa la tête en arrière, ferma les yeux, laissa ses bras reposer sur les accoudoirs rebondis et étendit ses grandes jambes. Cette posture l'avait assez souvent aidé à se détendre et, parfois, l'avait conduit au sommeil. De fait, au bout d'un quart d'heure, François dormait.

*

Il s'éveilla en sursaut vers quatre heures du matin et chercha ce qui l'avait tiré des bras de Morphée. Ce n'était pas un de ses habituels cauchemars, il aurait été en sueur.

Une porte de l'immeuble qui aurait claqué ? Copain aurait aboyé. Pierre ? Il ne restait que cette éventualité. Il se leva de son fauteuil et alla pousser la porte de la chambre.

A la faveur de la lumière du couloir, il vit son fils assis au milieu du lit, en larmes. A ce moment-là, il se souvint de son bref entretien avec la psychologue et de l'avertissement qu'elle lui avait fait concernant la séance du jour.

— C'est fini, Pierre, je suis là… dit-il en le prenant contre lui.

Après lui avoir raconté que des rats géants le poursuivaient dans les bois et qu'il était tombé dans un trou, l'enfant calmé resta blotti contre lui pendant quelques minutes avant de réaliser la tenue vestimentaire de son père.

— Pourquoi t'es pas en pyjama, François ?

— Je me suis endormi au salon.

— Devant la télé ?

— Oui. Bon, on va remettre un peu d'ordre là-dedans, et tu vas te rendormir, d'accord ?

— Et toi, tu viens pas au lit ?

— Si.

*

Mercredi 29 janvier, chez Paoli.

Il était six heures quand François Paoli se réveilla. Depuis le cauchemar de Pierre, il n'avait réussi à dormir qu'une heure. Il quitta le lit en se massant la nuque et en prenant garde de ne pas déranger son fils, sortit de la chambre et passa dans la cuisine. Il soupira en voyant la cafetière vide.

Après avoir préparé la cafetière, il se doucha et enfila un peignoir. L'odeur du café frais le ramena à la cuisine. Il se servit et, comme il en avait souvent l'habitude, il but en regardant l'agitation matinale de la rue. Un bus s'arrêta, prit en charge ses passagers et continua son trajet. François s'éloigna de la fenêtre, se versa une deuxième tasse de café et mit la radio en sourdine. Comme les infos ne seraient données que dans vingt minutes, il avait largement le temps de se raser et de s'habiller ; bref, d'être prêt avant le lever de Pierre.

C'était chose faite. Il avait enfilé un pantalon, une chemise de flanelle et un shetland confortables, et cherchait une paire de chaussettes quand Pierre fit son apparition.

— Bonjour François.

— Bonjour. Déjà levé ? Il n'est que sept heures…

— Ah, j'ai pas regardé le réveil.

— Tu as oublié qu'on est mercredi et que tu n'as pas école ?

— Ben, j'ai fini de dormir. Et toi, si tu es déjà habillé, c'est que tu vas au travail ?

— Oui, répondit le père en enfilant ses chaussettes.

— Toute la journée ?

François regarda son fils : il avait un petit air triste.

— Qu'est-ce qui ne va pas ce matin, Pierre ? demanda-t-il en laçant ses chaussures.

— J'avais envie de faire une recette du livre de Clémentine, j'en ai vu une qui a l'air bonne. Mais si t'es pas là…

— Écoute, fiston… Je t'ai déjà expliqué que je ne peux pas avoir tous mes mercredis libres.

— Mais on n'en a eu qu'un depuis… depuis que…

Et Pierre fondit en larmes avant de disparaître. François attendit un peu et le rejoignit à la chambre.

— Madame Coadou va venir te garder. Tu pourras faire ta recette avec elle, si tu le souhaites.

— Non ! Tu avais dit qu'on ferait la première ensemble… Et même qu'on irait faire les courses tous les deux !

— Oui, c'est vrai, Pierre, mais je ne t'ai jamais dit que ce serait aujourd'hui.

— Et ce sera quand, alors ? Hein ?

Pierre attendit vainement une réponse, puis, fixant les yeux bruns de son père, s'écria :

— Ce sera jamais ! Jamais !

— Calme-toi, s'il te plaît, et réponds-moi. Quand je t'ai fait des promesses, est-ce que je les ai tenues, oui ou non ?

— Oui…

— Et est-ce que je t'ai promis d'être à la maison aujourd'hui ?

Silence de l'enfant accompagné d'une dénégation de sa tête baissée.

— Nous sommes donc d'accord. Allez, mouche-toi et viens prendre ton petit-déjeuner. Madame Coadou doit arriver dans trois quarts d'heure, annonça François en repartant à la cuisine.

Pierre se moucha, mais resta immobile.

— Qu'est-ce que tu attends ? Allez, cesse de bouder et bouge-toi un peu, le houspilla François, de retour à la porte de la chambre. Ton chocolat est servi.

— J'en veux pas ! Je veux pas de madame Coadou ! Je préfère rester tout seul avec Copain !

— Bon, ça suffit maintenant ! Que tu le veuilles ou pas, tu vas déjeuner et te préparer avant qu'elle arrive ! fit François en tirant son fils par le bras.

— Aïe ! Tu me fais mal ! Aïe !

— C'est de ta faute, tu n'as qu'à obéir ! répliqua-t-il en l'installant sans ménagement à table.

Les larmes aux yeux, la lippe tremblante, Pierre prit une de ses deux tartines et en déchiqueta un morceau. Mais les pleurs le submergèrent et l'emportèrent sur la mastication ; la bouchée de pain, informe et gluante, tomba sur la table. Il la reprit entre ses doigts, la remit dans sa bouche et avala une gorgée de chocolat pour la faire descendre.

Il s'attendait à une remarque de son père, mais celui-ci avait quitté la cuisine.

Après un petit-déjeuner laborieux, il se débarbouilla

et s'habilla. Il se présenta à la porte du salon et vit François, assis dans son fauteuil club, la tête dans les mains.

— Voilà, je suis prêt.

— Approche.

Un peu hésitant, l'enfant fit les quelques pas qui les séparaient.

— Tu as l'air bizarre… Ça va pas, François ? demanda-t-il en le dévisageant tandis que ce dernier lui arrangeait son col.

— Pas tellement, non.

— C'est à cause de moi, parce que je n'ai pas été gentil ? Je te demande pardon.

— Bon… il est temps que j'y aille.

Il se leva et enfila son blouson.

— François ! fit Pierre en tirant sur un des pans.

— Oui ?

L'enfant grimpa sur le fauteuil, passa ses bras autour de son cou et l'embrassa sur les joues.

— Je serai sage. Promis !

— Je sais, dit François en lui embrassant le front.

*

29 janvier, commissariat de Quimper.

Le lieutenant Marchand traversa la cour et entra dans le commissariat. Marie était déjà à son poste, prête à accueillir le public et à répondre au téléphone.

— Salut David !

— Bonjour Marie. François est déjà arrivé ?

— Oui. Tiens, c'est pour toi, dit Marie en lui tendant une enveloppe.

Marchand la remercia et monta au bureau de Paoli dont il ouvrit la porte.

— Salut ! fit-il en avançant dans la pièce.

— Bonjour David, dit-il sans lever le nez.

La main gauche au-dessus des yeux pour s'abriter du néon qui lui crachait sa lumière blafarde, le stylo dans la droite, Paoli inscrivait des noms sur deux colonnes.

— Ce n'est pas encore très brillant, ce matin, hein ? devina David Marchand en prenant la boîte de comprimés posée près de l'ordinateur.

— La journée a mal commencé.

— Raconte.

Paoli l'aurait peut-être fait, mais son téléphone sonna. Il appuya sur la touche de la ligne interne et décrocha. Marie le prévenait que Maurice Cardon était arrivé. Il la remercia et demanda à Marchand d'aller le chercher.

— Monsieur Cardon, annonça Marchand en lui cédant le passage.

— Bonjour Inspecteur.

— Bonjour monsieur Cardon… Lieutenant Paoli. Asseyez-vous, je vous prie.

Maurice Cardon retira son manteau et prit place. Une couronne de cheveux blonds délimitait sa calvitie. Devant ses yeux bleus, des lunettes à double foyer chevauchaient un nez fort surmontant deux lèvres minces.

— Merci de vous être dérangé, monsieur Cardon.

— Puis-je savoir le motif de cette convocation ?

— La mort de Pia Saint James.

Maurice Cardon se contenta d'un « Ah ! » laconique.

— Ça n'a pas l'air de vous surprendre, remarqua Marchand.

— Ça devrait ? Des tas de gens meurent tous les jours, de maladie ou sur les routes…

— Et aussi en Irak, à cause de la guerre, ou du sida ou de faim ! le coupa sèchement Paoli. Mais tuer une petite vieille qui fait le bonheur des enfants par ses récits, ce n'est pas courant !

Paoli réalisa alors qu'il avait parlé de Pia en évoquant Clémentine. Il fit la rectification nécessaire, puis attaqua ses questions :

— Étiez-vous au salon de Beg-Meil, le week-end dernier ?

— Oui, samedi, toute la journée, et dimanche matin.

— Qui était avec vous ?

— Samedi… il y avait Philippe Merlus, Marianne Genest, Pauline Joyeux, et Clément Lavoisier, notre éditeur. Pia Saint James était avec nous, samedi matin, mais pas l'après-midi. Dimanche matin, j'ai vu les mêmes à l'exception de Pauline et Pia.

— L'avez-vous déjà côtoyée à d'autres occasions ?

— Oui, comme d'autres auteurs, sur des salons.

— Savez-vous où elle habitait ?

— Non.

Voyant Paoli se masser la nuque et fermer les yeux, Marchand prit le relais.

— Vous dites que vous avez croisé Pia Saint James à quelques reprises sur des salons. Comment se passaient vos rencontres ?

— Comment voulez-vous qu'elles se passent ? Nous étions concurrents chez un même éditeur…

— Bien sûr, mais cela n'empêche pas obligatoirement la camaraderie pour ne pas dire l'amitié.

— Pas en ce qui me concerne. Elle était peut-être assez mignonne, physiquement parlant, mais elle se la jouait un peu trop à mon goût.

— Qu'entendez-vous par là, monsieur Cardon ? demanda Paoli, revenant dans l'interrogatoire.

— C'était ce genre de femme qui voulait qu'on la remarque et qui supportait peu la critique de ses ouvrages, je parle de la mauvaise, bien sûr.

— Bien sûr… répéta Paoli. Saviez-vous qu'elle avait un contrat d'exclusivité avec Lavoisier ?

— Non, je l'ignorais. Mais, à présent que vous le dites, ça expliquerait son attitude.

— Donc, d'après ce que vous venez de dire, vous n'aimiez pas Pia Saint James…

— Ne me faites pas dire ce que je n'ai pas dit.

— Cependant, vos propos le laissent clairement entendre.

— Disons plutôt que je ne l'appréciais pas beaucoup.

— Lors de vos rencontres, de quoi avez-vous parlé ensemble ?

— De quoi ? Ma foi… à part de la pluie, du beau temps et de l'ambiance du salon… Si c'est ce que vous voulez savoir, nous n'avons jamais abordé de sujets personnels, ce qui fait que si vous me demandez si elle était mariée, je ne pourrai pas vous répondre. Par contre, si vous vous adressez à Merlus, vous aurez plus de chance. Elle s'arrangeait toujours pour être placée à côté de lui.

— Comment vous entendez-vous avec lui ?

— Comme les autres.

— C'est-à-dire ?

— Merlus est un type sympathique.

— Lors d'un salon où vous étiez présents tous les deux, et pas Pia Saint James, vous est-il arrivé de parler d'elle ?

— Probablement, mais, vous savez, on passe très vite du coq à l'âne dans ce genre d'endroit. D'abord, parce que vous êtes là pour présenter vos livres. Ensuite, parce que le public vous fait oublier votre conversation précédente par ses questions, ses remarques ou ses attentes.

— Dernière question avant de vous libérer, monsieur Cardon... Où étiez-vous dans la nuit du samedi 25 au dimanche 26 janvier ?

— Chez moi. Nous avons fêté l'anniversaire de ma femme avec des amis jusqu'à quatre heures du matin.

— Eh bien, ce sera tout. Tu peux raccompagner Monsieur, David ?

Cardon se leva, salua Paoli et sortit derrière Marchand. Resté seul, Paoli composa le numéro du médecin légiste. Séverin Leclerc répondit à la troisième sonnerie.

— Ah, François ! J'attendais ton appel plus tôt.

— Tu as terminé l'autopsie de Pia Saint James ?

— Quasiment. Il ne manque que quelques résultats d'analyses biologiques.

— OK. Alors, de quoi est-elle morte ?

— De noyade.

— Noyade ?

— Consécutive à une immersion des voies respiratoires dans une flaque. J'ai trouvé de l'eau de mer dans ses poumons.

— Mais, l'autre jour, tu disais qu'elle...

— Je me souviens bien de ce que j'ai dit. Ceci est un premier complément d'information.

— Ah ! Donc…

— Elle a été assommée et on lui a plongé le nez dans une flaque. Mais, même si elle ne s'était pas noyée, elle ne s'en serait pas bien sortie… Les lésions cérébrales étaient irréversibles.

— Avec quoi a-t-elle été frappée ?

— Vraisemblablement, une barre de fer, comme Prosper Moreau.

— Ah ! Je l'avais un peu oublié, celui-là. Mais… tu t'avances, là, ou…

— Dis donc, pour qui me prends-tu ? C'est le résultat de mon travail, cher ami, ironisa Séverin. Mêmes trajectoires de frappe, mêmes impacts à peu de chose près, même violence…

— Tu veux dire que les deux victimes ont été frappées aux mêmes endroits de façon identique ?

— Exactement. A la différence que Prosper Moreau a été roué de coups sur tout le corps, alors que la petite vieille, pardon, Pia Saint James, se reprit Séverin, n'a été frappée qu'aux épaules et à la tête.

— Ce qui fait de Prosper Moreau et Pia Saint James les victimes d'un même tueur…

— A 99 %, oui. En principe, tu devrais me voir demain soir, je t'apporterai mon rapport.

— Merci. Tu as fait du bon boulot, Sev. A demain !

— Bonne journée !

David Marchand revint alors que François Paoli raccrochait.

— Avec qui étais-tu au téléphone ?

— Séverin. D'après lui, Pia Saint James et Prosper Moreau auraient été tués par la même arme.

— Et par le même individu, j'imagine…

— C'est ce que pense Sev.

Paoli se leva de son bureau pour se servir un café.

— Tu en veux ? proposa-t-il à son collègue.

— Volontiers. Merci. Mais, dis-moi, quel lien y a-t-il entre un cafetier et un écrivain ?

— Tu oublies que le cafetier en question était fan de romans policiers et qu'il en possédait plusieurs de l'écrivain. Rappelle-toi aussi que toutes les dédicaces qui lui ont été faites par Pia Saint James ont été arrachées de ses livres et déchirées.

— Je m'en souviens, mais c'est mince comme trait d'union.

— Il faudra faire avec, c'est tout ce qu'on a pour le moment. Pour en revenir à Cardon, David, que penses-tu de ce type ?

— Si tu me le demandes, c'est que quelque chose t'a chiffonné…

— Pas toi ?

— Si. Il ne m'a pas plu du tout. De l'instant où il est entré à celui où il est sorti, il n'a pas eu un seul mot sympathique pour Pia Saint James. D'ailleurs ça ne lui a fait ni chaud ni froid quand tu lui as annoncé la nouvelle.

Ils avalèrent leur café et posèrent les tasses près de la cafetière.

— J'y pense… Éric et toi n'êtes pas allés au domicile de Clémentine Roi ?

— Pas encore, mais ça ne saurait tarder… Auparavant, j'aimerais bien rencontrer son éditeur, Marcel Pouillot.

*

Quimper, 29 janvier, Éditions de La Lune.

Paoli et Durand traversèrent le petit parking des Éditions de la Lune. Ici, pas de peinture sur les murs, pas de grosses lettres en couleurs au-dessus de la porte. Le crépi était d'un gris sale, peu accueillant, et les portes et huisseries peintes en rouge lie de vin. Dans le renfoncement de la porte, sous le bouton de sonnette, une petite plaque en laiton était gravée au nom de Marcel Pouillot, éditeur.

— On ne dirait pas qu'on fait des livres pour gosses derrière ces murs, remarqua Éric à juste titre.

— Il paraît que l'habit ne fait pas le moine… Attends d'être entré pour juger, suggéra François en sonnant.

Ils durent patienter cinq minutes avant que l'éditeur lui-même vînt leur ouvrir.

— Bonjour monsieur Pouillot.

— Bonjour Messieurs, entrez.

Marcel Pouillot, âgé d'une petite cinquantaine d'années, essayait de dissimuler un embonpoint naissant sous un gilet de laine. Une chevelure poivre et sel qu'il portait presque aux épaules, deux fossettes de part et d'autre d'une grande bouche, deux yeux d'un noisette pétillant, il avait l'air aimable. Il les conduisit à son bureau et les invita à s'asseoir.

— Puis-je vous offrir quelque chose ? Thé, café, jus de fruit ?

Paoli et Durand acceptèrent un café, Pouillot préféra un thé.

Il se tourna vers deux énormes Thermos desquelles il fit couler les boissons.

— Pauvre Clémentine ! soupira-t-il en faisant le service. Si ce n'est pas malheureux de s'en prendre à une petite vieille si gentille ! Les gosses l'adoraient, vous savez... Elle leur manquera beaucoup.

Sitôt servi, Paoli fit descendre deux comprimés avec une gorgée de café.

— Migraine ? articula silencieusement Durand.

Il hocha positivement la tête puis s'adressa à Pouillot.

— Pour commencer, monsieur Pouillot, il faut que je vous fasse part d'un détail important. Clémentine n'était pas la petite vieille que vous croyiez.

— Je sais. Elle n'avait que trente ou trente-deux ans mais elle apparaissait en public sous le déguisement d'une grand-mère.

— Vous saviez ! fit le lieutenant Durand, étonné.

— C'est moi qui l'ai suggéré.

— Pourquoi ?

— Pour deux raisons. La première, histoire de marketing. Pour attirer le jeune public aux Éditions de la Lune, il nous fallait une image de confiance. La seconde est que Clémentine était également éditée chez Lavoisier, sous le pseudo de Pia Saint James.

— Qu'entendez-vous par histoire de marketing ?

— Vous buvez du café et mangez des laitages, je suppose. Donc, vous connaissez ces produits utilisant le dessin d'une grand-mère joviale, garantie d'un savoir-faire d'autrefois. Eh bien, c'est comme ça que l'idée nous est venue. Et comme vous avez dû le voir, ça marche ! Enfin... ça marchait, se reprit-il.

Pouillot plongea le nez dans sa tasse de thé.

— Depuis quand éditiez-vous ses récits ?

— Notre collaboration a commencé il y a deux ans et demi. Elle m'avait adressé un tapuscrit que j'ai fait lire à mes neveux et nièces. Croyez-moi, je n'ai jamais vu un livre circuler aussi vite de main en main avec autant de plaisir. Et faire l'unanimité ! Mais pour être plus sûr de moi, je l'ai prêté à une de mes filles qui est institutrice en lui demandant de le lire à ses élèves. Les gosses ont adoré ! Alors, je me suis lancé et nous avons signé un contrat.

— Donc, à cette époque, elle était déjà chez Clément Lavoisier…

— C'est exact. Elle ne s'en était pas cachée, d'ailleurs. Pour moi, cela ne posait aucun problème, nos lignes éditoriales étant totalement différentes.

— Quelle a été votre réaction quand elle vous a dit qu'elle écrivait déjà des polars ?

— J'ai commencé par la féliciter, puis je lui ai demandé ce qui la poussait à écrire pour un lectorat plus jeune. « Parce que j'aurais aimé lire ce que j'ai envie de leur raconter et aussi parce que j'ai besoin de sortir de mes ambiances noires de temps en temps » m'avait-elle répondu. Et d'ajouter que la littérature enfantine avait besoin d'un petit dépoussiérage. Non qu'elle reniât les Contes des frères Grimm ou de Charles Perrault, mais elle trouvait qu'à l'heure de l'Internet, il fallait parler aux enfants de choses de leur temps.

— Si nous mettons à part, le côté marketing du déguisement de Clémentine Roi, il nous reste le fait qu'elle était éditée chez Lavoisier. Pensez-vous que ce dernier aurait mal pris de voir son auteur à votre stand lors d'un salon du livre ?

— Ça ne lui aurait peut-être pas plu.

— Et vous de voir Clémentine en Pia Saint James au sien, ça vous faisait quel effet ?

— Franchement, ça m'amusait. Clémentine me prévenait toujours de ses dates de dédicaces « Pour ménager la chèvre et le chou, sans oublier les paysans », disait-elle en riant.

— La chèvre et le chou étant ses éditeurs… mais les paysans ?

— Ses deux lectorats, adultes et enfants.

— Ah, oui !

— Elle voulait satisfaire tout le monde. Et, ma foi, elle y parvenait plutôt bien.

— Abordons, à présent, le sujet du maquillage, si vous voulez bien. Quand le médecin légiste a découvert la supercherie du masque, nous avons pensé à un maquillage de cinéma.

— C'est exactement cela.

— Comment se l'est-elle procuré ?

— Grâce à une cousine qui travaille dans les coulisses du septième art. Lorsque nous avons eu l'idée de l'image de la grand-mère, Clémentine a contacté sa cousine. Annick Roi a accepté de venir faire les essais de grimage ici même. Elle a apporté moult crèmes et fards, ainsi que plusieurs perruques et accessoires. Je me rappelle que nous avons passé une après-midi de rires ce jour-là.

Marcel Pouillot ouvrit un tiroir et en sortit une carte de visite qu'il présenta au lieutenant Durand.

— Tenez, si vous voulez vérifier mes propos, voici son nom, son adresse et son téléphone.

— Merci, monsieur Pouillot. Savez-vous si quelqu'un a prévenu la famille de Clémentine de son décès ?

— Non, aucune idée. Clémentine n'avait plus que sa mère à laquelle elle rendait visite de temps en temps à Saint-Malo où elle est hospitalisée à cause de sa maladie d'Alzheimer. Elle avait perdu son père alors qu'elle n'avait que quinze ans, je crois.

— J'ai visité votre site Internet, hier soir, plaça Paoli, et j'ai vu que Clémentine habitait à Beg-Meil.

— C'est exact. Une charmante chaumière à l'angle du Chemin Creux et de la route des Dunes.

— Donc, vous êtes déjà allé chez Clémentine... Clémentine était à votre stand le samedi après-midi.... Comment était-elle ?

— Légèrement plus excitée que d'habitude car *Eaux rouges et ciel noir* avait obtenu le prix du salon. Vous avez dû voir le bandeau l'annonçant autour de son livre.

— Effectivement.

— Mais les organisateurs voulaient quelque chose de public. Il s'agissait d'un chèque de 1000 euros et de la première de couv', mise sous verre et encadrée avec, en dessous, la mention « *Prix du Premier Salon de Beg-Meil* ». Cela s'est fait dans l'après-midi du dimanche, au plus fort de l'affluence du public.

— Mais, à cette heure-là, Pia Saint James était morte... remarqua Paoli. Qui a reçu le prix à sa place ?

— Clément Lavoisier. Lorsqu'un auteur primé est absent, c'est son éditeur qui le prend, charge à lui de le lui donner ultérieurement.

Éric Durand toussota, puis dit :

— Le corps sans vie de Clémentine a été découvert et identifié dimanche matin. Mais, dites-nous, à quelle heure avez-vous été informé de sa mort ?

— Dimanche soir, après la fermeture du salon. Nous étions en train de remballer nos invendus quand le maire et le capitaine de gendarmerie Cresson ont fait leur entrée sous le barnum. Ils avaient l'air grave de ceux qui viennent vous annoncer une mauvaise nouvelle. Dès qu'ils l'ont fait, un silence de consternation générale s'est installé. On peut dire que ça a été un sacré choc !

*

Après l'entretien, Marcel Pouillot leur fit visiter les Éditions de la Lune et le lieutenant Durand put constater que derrière la façade austère du bâtiment se cachaient des pièces gaies.

— Et voici notre bibliothèque ! Elle est ouverte le mercredi après-midi aux enfants de familles défavorisées, moyennant un droit d'entrée d'un euro par enfant et par mois, et sur présentation d'une carte délivrée par les services sociaux.

— C'est généreux de votre part, monsieur Pouillot, mais on doit certainement trouver vos livres dans les bibliothèques municipales auxquelles ces enfants peuvent accéder.

— Bien sûr, mais en plus du prêt des livres, nous leur organisons des rencontres avec les auteurs. Les mômes sont tellement curieux ! Et leur curiosité n'a d'égale que leurs exigences.

— Mais… nous sommes mercredi et il n'y a pas d'enfant.

— Vous n'avez pas dû faire attention en arrivant, mais nous avons collé une affichette à l'entrée disant que c'était fermé exceptionnellement. Question de décence. Suivez-moi, je vais vous montrer l'atelier d'imprimerie et d'infographie.

— Ah ! Parce que vous imprimez vos livres ?

— On n'est jamais mieux servi que par soi-même, Lieutenant.

Marcel Pouillot les guida vers l'arrière du bâtiment.

— La construction de cette partie date de l'époque où j'ai racheté l'affaire. Il me fallait de la place pour mes machines ainsi qu'un entrepôt pour mes livres.

Paoli et surtout Durand trouvèrent cette visite intéressante. Alors qu'ils avaient pris congé et qu'ils regagnaient leur voiture, Paoli revint sur ses pas.

— J'ai oublié de vous poser une question importante. A part vous, monsieur Pouillot, qui était au courant du déguisement de Clémentine Roi ?

— En dehors d'Annick, sa cousine, et de moi, évidemment, Jacques Loiseleur et Charles Mallet qui font partie des Éditions de la Lune depuis le début. Si elle a dévoilé sa véritable identité à quelqu'un d'autre en qui elle avait toute confiance, c'était son droit.

— Bien, je vous remercie, monsieur Pouillot dit Paoli en lui serrant la main.

Il monta à bord de la voiture qu'Éric Durand avait amenée à sa hauteur.

*

29 janvier, bureau de Vincent Duval.

Après une brève concertation, ils décidèrent de reporter la visite de la chaumière de Clémentine Roi après le déjeuner et rentrèrent directement à l'hôtel de police. A peine avaient-ils franchi la porte que le commissaire Duval les convoqua dans son bureau.

— Marchand m'a dit que vous étiez aux Éditions de la Lune.

— Oui, nous en revenons à l'instant.

Duval écouta attentivement Durand et Paoli, puis se carra dans son fauteuil.

— Donc, pour l'instant, notre seule certitude est que la victime avait deux identités.

— C'est cela, Patron, et c'est pourquoi nous avons rendu visite à ses deux éditeurs.

— David et moi avons reçu Maurice Cardon, ce matin, et j'ai donné rendez-vous à Philippe Merlus pour vendredi. Tous deux sont édités par Clément Lavoisier.

— Et sa famille ? Vous avez pensé à rencontrer la famille ?

— Clémentine Roi n'avait plus que sa mère qui est atteinte de la maladie d'Alzheimer.

— Marcel Pouillot nous a donné l'adresse de sa cousine… C'est elle qui a fourni le maquillage, précisa Durand.

— Je compte sur vous pour la contacter dans les meilleurs délais. Sinon… vous êtes allés au domicile de la victime ?

— Pas encore.

— Ah ! Et pourquoi ça ?

— Pour une raison toute simple, c'est que nous n'en connaissions pas l'adresse. Marcel Pouillot vient de nous la donner.

— Eh bien, j'espère qu'il est dans vos intentions de vous y rendre et d'y emmener une équipe ! Et pour ce qui est du cafetier, Prosper Moreau, où en êtes-vous ?

— On n'a pas avancé, avoua Paoli. Les dépositions et les témoignages recueillis jusqu'à présent ne nous ont pas fourni d'éléments susceptibles de nous diriger vers une piste quelconque.

— Donc, vous n'avez pas encore de suspect et encore moins de mobile.

— Non, mais il existe un lien entre sa mort et celle de Clémentine Roi. Tous deux ont été tués de la même façon et l'arme utilisée est identique dans les deux cas : une barre de fer rouillée.

— Une barre de fer rouillée ? Et vous êtes sûr de ça ?

— C'est ce qu'ont déterminé les analyses, Patron. Séverin Leclerc doit déposer son rapport demain soir.

— Une barre de fer rouillée... répéta Duval, méditatif. Pas banale, comme arme. D'habitude, on roue les gens de coups pour leur donner une correction et ils n'en meurent pas forcément. Or, tout se passait bien au Comptoir & Polars et Clémentine Roi avait l'air d'une vieille dame tranquille. A part l'acte d'un déséquilibré, je ne vois pas...

— Attendez, Patron, le coupa Paoli en levant la main. Vous êtes en train de perdre de vue qu'elle était une jeune femme de trente-deux ans qui écrivait des romans policiers sous le pseudonyme de Pia Saint James.

— Et alors, quelle différence cela fait-il ?

— Alors, il se peut fort bien que ce ne soit pas Clémentine, mais Pia, qu'on ait frappée à mort.

— Quel sac de nœuds ! J'en ai les neurones tout embrouillés ! Bon, je vous libère, c'est l'heure du déjeuner.

Paoli et Durand sortirent du bureau de leur supérieur.

— C'est vrai qu'on a un peu délaissé ce pauvre Prosper, dit Éric en attaquant la descente de l'escalier. Remarque, c'est un peu de ma faute, aussi. Je t'ai embarqué sur autre chose et…

— Bah ! Laisse tomber, Éric. De toute façon, avec Grincheux, il faudrait toujours être au four et au moulin en même temps. Et, puis, on n'avait rien pour s'orienter.

Arrivé en bas, Paoli s'arrêta à la fontaine, se servit un gobelet d'eau et fit descendre deux comprimés.

— Toujours la migraine ? s'informa Durand.

— Hélas !

*

Beg-Meil, mercredi 29 janvier, après-midi.

Les lieutenants Durand et Paoli traversèrent Beg-Meil et prirent la Route des Dunes. Après avoir repéré la chaumière de l'écrivain, ils rangèrent leur voiture et attendirent l'arrivée de l'équipe technique en faisant quelques pas. Ils avaient choisi d'écourter leur déjeuner pour profiter un peu de l'air marin qu'ils respiraient goulûment.

— Tu sais quoi ? Je ne sais pas ce que je donnerais pour m'affaler dans un vieux transat en toile à l'abri du vent, un bon pull douillet sur le dos, avec un petit rayon de soleil qui m'obligerait à fermer les yeux ! Et je resterais me faire bercer par le bruit des vagues…

— Ouais, ben… désolé de briser ton rêve, François. Voilà les gars qui arrivent.

— OK, quand faut y aller, faut y aller ! soupira Paoli.

Ils traversèrent le parking et se rendirent à la chaumière entourée d'un jardin clos par un mur de pierre dont la hauteur devait avoisiner le mètre. Après s'être salués, les deux officiers et l'équipe technique franchirent le portillon. Une allée de maërl coupait le jardin en deux parties inégales, bordées de buis, et conduisait à la porte d'entrée. Tandis que l'un des hommes exerçait son talent de serrurier, Paoli regarda le jardin. Le buis lui donnait un charme désuet que complétaient un vieux camélia rouge et deux hortensias qui portaient encore leurs fleurs fanées de l'été passé. A deux mètres du seuil de la maison, trois rosiers portaient les traces d'une taille récente ; en témoignaient la présence d'un sécateur oublié dans l'herbe ainsi que quelques morceaux de bois sec.

— Voilà, Lieutenant, c'est ouvert.

— Merci.

Un deuxième homme ouvrit une valise dans laquelle chacun plongea la main pour se trouver un équipement : gants, protections pour chaussures, combinaisons. Paoli, Durand et les trois hommes de l'équipe technique eurent vite fait de revêtir leur tenue et de disparaître dans la maison dont la porte fut refermée.

— Tu as vu ? On dirait vraiment l'intérieur d'une vieille dame ! fit Éric Durand.

— Non seulement, je vois, mais je sens !

— Oui, cette odeur de cire ne va pas arranger ta migraine, mon pauvre vieux…

Autour d'eux, tout n'était que décor à l'ancienne : tapisseries fleuries, lourds rideaux coordonnés, meubles anciens, vieux tapis usés et napperons en dentelle. Une horloge comtoise dont les aiguilles arrêtées indiquaient 10 heures 20, dominait un confiturier de sa hauteur. Près de la cheminée, deux fauteuils étaient disposés près d'une table basse sur laquelle avaient été oubliées une tasse et une théière en faïence. Un peu plus loin, une table ronde au plateau ciré accueillait quatre chaises à l'assise en paille. Adossé à un mur, se tenait un vaisselier garni de quelques assiettes dépareillées, fendues ou ébréchées.

Paoli traversa la pièce et poussa une porte, puis une autre.

— La cuisine. Et ici, la chambre, dit-il.

— Tout est d'une propreté à faire pâlir d'envie plus d'une ménagère, constata Éric.

— C'est peut-être trop propre pour être honnête, avança l'un des techniciens.

— Hé, Lieutenant, venez voir ! appela un autre. J'ai trouvé un escalier derrière cette porte.

Paoli l'emprunta, suivi de Durand. Arrivé sur la dernière marche, il dut ouvrir une nouvelle porte. Un décor totalement différent de celui du rez-de-chaussée s'offrait à eux. Si le passé régnait en maître en bas, ici place était faite à la modernité.

Les murs et le sol étaient clairs, les meubles contemporains. D'après les signatures qu'il déchiffra au bas des toiles et pour les avoir vus lors d'expositions à Pont-Aven, Paoli conclut que les tableaux accrochés aux murs étaient les œuvres récentes de peintres locaux. Il poussa la première porte sur sa droite, celle d'une chambre, spacieuse et bien claire, mais désordonnée : des vêtements jonchaient le sol, le lit était défait et la penderie ouverte.

— Voyons ce qu'il y a derrière les autres portes, dit-il à Durand.

La seconde, à droite, au bout du couloir, s'ouvrit sur un bureau bien ordonné. Dans un coin de la pièce, une chaise avait été rangée sous un meuble supportant un ordinateur et son imprimante. A côté, sur une étagère, un dictionnaire voisinait avec des livres d'histoire, de synonymes, de grammaire et d'orthographe. En dessous, des boîtes de rangements dont l'identification permit aux deux officiers de police de savoir qu'elles contenaient des articles de journaux.

— On y reviendra, poursuivons.

La pièce suivante était une deuxième chambre. Le matelas nu, retourné en bout de lit, des couvertures pliées sur le sommier, l'armoire aux portes ouvertes sur des étagères et une penderie, vides, leur suggérèrent qu'il s'agissait d'une chambre d'amis.

— Sans intérêt, décréta Paoli en la refermant.

— Ici non plus, ce n'est pas intéressant : ce sont les WC, dit Éric Durand à la porte voisine. Il ne reste plus que celle-ci.

Il l'ouvrit. C'était une kitchenette dans les tons mimosa et tilleul dont l'électroménager était constitué d'un percolateur, d'une bouilloire électrique, d'un four à micro-ondes et d'un réfrigérateur surmonté d'une partie congélateur.

— Tout ce dont une jeune femme célibataire et très occupée, comme Pia Saint James, peut avoir besoin, en conclut Durand.

— Ouais, bon, on a fait le tour du propriétaire, redescendons, déclara le lieutenant Paoli.

— Tu veux dire le tour “des” propriétaires. En bas, Clémentine, en haut, Pia.

En bas, les trois hommes s’étaient déjà mis au travail et faisaient, qui des photos des lieux, qui des relevés d’empreintes que le troisième répertoriait avec précision. François Paoli et Éric Durand passèrent à la chambre de Clémentine Roi.

Elle était constituée de meubles des années trente : un lit, une armoire à trois portes avec miroir central, un chevet au-dessus en marbre rose.

— Va chercher quelqu’un pour qu’il s’occupe des draps, demanda Paoli à Durand.

— D’accord.

Pendant que le technicien récoltait toutes sortes de particules d’origine humaine ou textile, François Paoli et Éric Durand firent l’inventaire de l’armoire. Elle contenait quelques robes, des châles, deux tailleurs et un manteau sombre : des tenues de dame âgée.

— Et regarde dans ce tiroir, de la lingerie de grand-mère ! s’exclama Éric en soulevant quelques culottes en coton défraîchi. La panoplie complète de Clémentine Roi ! Comment pouvait-elle pousser le sens du détail à ce point-là ? C’est ahurissant !

— Tu l’as dit !

— J’en ai fini avec le lit, Lieutenant.

— OK, on passe à l’étage.

Paoli, Durand et les techniciens s'étonnèrent du changement radical de décor.

— Bon, même chose qu'en bas pour le lit. Et vous, passez-moi la salle de bains au crible, ordonna-t-il aux deux autres.

— Mais… on n'a pas vu de salle de bains, objecta Éric à François.

— Et cette porte dans la chambre, sur quoi crois-tu qu'elle donne ? Tu paries ? Dix contre un qu'il s'agit de la salle de bains privée de Clémentine, dit-il en l'ouvrant.

— La vache ! T'as vu le luxe ?

La pièce devait occuper un quart de la surface de l'étage. Une mosaïque aux divers tons de bleu décorait le mur contre lequel étaient installées une baignoire à remous et une cabine de sauna. Sur un autre mur, un séchoir électrique disparaissait sous un peignoir, un drap de bain et deux serviettes. Le meuble qui servait de coiffeuse était encombré de divers produits de beauté et de maquillage dont certains n'étaient pas rebouchés.

— En voilà du bordel ! s'exclama-t-on dans le dos de Paoli. Ça risque de prendre du temps !

— Eh bien, vous prendrez tout le temps nécessaire, quitte à faire des heures sup' ! s'écria-t-il en revenant dans la chambre. Je veux que vous releviez toutes les traces possibles. Je veux savoir combien de personnes ont fréquenté ces lieux ! Et quand vous aurez fini dans la salle de bains et la chambre, vous me ferez la kitchenette ! Faites-moi parler cette maison ! Compris ?

Paoli quitta la salle de bains et traversa la chambre.

Stupéfaits par ce brusque changement d'humeur du

Corse, les hommes interrogèrent le lieutenant Durand du regard et du menton.

Éric se contenta de hausser les épaules et commença la fouille de l'armoire.

Au bout de cinq bonnes minutes, il l'abandonna et rejoignit François dans le bureau de Pia Saint James. Il avait allumé l'ordinateur, mais se tenait à la fenêtre, lui tournant le dos.

— Je sais d'où Clémentine tenait son pseudonyme, dit Éric. La plupart de ses vêtements portent la marque Saint James.

— Ah ! fit François, laconique.

— Et, tu t'en doutes, sa lingerie n'a rien à voir avec celle d'en bas. Des coordonnés en dentelle, en veux-tu, en voilà, de la soie...

Éric, se rendant compte que son collègue ne l'écoutait pas – réfléchissait-il ou sa migraine le faisait-elle souffrir davantage ? – interrompit son énumération et s'approcha de l'ordinateur. Il ranima l'appareil qui venait de se mettre en veille.

— Elle utilisait Internet, mais je ne peux pas y accéder, son mot de passe n'est pas enregistré. Voyons ce qu'elle a comme fichiers-documents... Merde, ils sont protégés ! Bon, eh bien, je ne vois qu'une solution : débrancher la tour et l'embarquer pour la confier à Michel Le Du. Lui seul saura nous dire ce que cette machine a dans le ventre. Qu'en dis-tu ?

— Hum !

— Pas plus ? OK, alors, je fais ce que je viens de dire.

Éric éteignit l'ordinateur et débrancha les éléments raccordés à l'unité principale.

— T'as jeté un coup d'œil aux caisses ? demanda-t-il en se baissant.

— Non.

— Non ? s'étonna Éric en voyant une coupure de journal dans la main gauche de François. Et ça, alors, où l'as-tu trouvé ?

— Sous le clavier de l'ordi.

— Je peux voir ?

François tendit le bout de papier à Éric… L'article titrait : *« Attaque et vandalisme au Comptoir & Polars »* et rapportait les maigres détails que la police avait bien voulu divulguer à la presse.

— Elle pensait peut-être s'en servir pour une future intrigue policière, avança Éric. Beaucoup d'auteurs agissent ainsi ; ils se servent de faits divers des journaux et ils "brodent" autour.

Ne recevant pas d'écho à ses propos, le lieutenant Durand reporta son attention sur le contenu d'une caisse. Il y trouva des exemplaires du magazine *Psychologie* dans lesquels étaient insérés des articles de journaux ainsi que des notes et des références historiques. Il venait de découvrir la manière dont Pia travaillait. Il la remit en place et plongea la main dans une autre. Plus petite que la précédente, elle contenait un mélange hétéroclite de papiers personnels tels que lettres, factures, relevés bancaires et photos. Il la mit de côté dans le but de l'emporter, puis attrapa le troisième carton dans lequel des magazines de décoration et de jardinage avaient dû servir de source d'inspiration pour l'aménagement de la chaumière et de son jardin.

Éric se releva ; François n'avait pas bougé.

— C'est bizarre.

— Quoi ?

— Dans tout ce que je viens de fouiller, je n'ai trouvé que du travail de Pia. Rien concernant celui de Clémentine, dit-il en se tournant vers une petite bibliothèque.

Le meuble était fait de cinq étagères, chargées de livres et d'une vitrine surmontant trois tiroirs. Il ouvrit celui du haut : du papier, des stylos, des pastels. Il le repoussa et tira celui du milieu. D'une chemise cartonnée dépassaient des feuilles manuscrites et quelques dessins.

— Tiens, tiens, fit-il, songeur. Viens voir, François.

Cette fois, le lieutenant Paoli consentit à quitter la fenêtre. Dans la chemise ouverte que tenait Éric, les feuilles manuscrites l'étaient de deux écritures différentes et, au bas de certaines, figuraient les deux lettres P et M.

— Ça fait penser à des paraphes, émit Éric. Une signature, tu crois ?

— Possible.

— Mais… mais, on a déjà vu ces deux lettres quelque part ! Mais, oui, ça me revient, c'était sur son agenda ! Tu m'as même fait remarquer que…

— Je m'en souviens, oui, abrégea Paoli en remettant la feuille paraphée qu'il avait prise dans la chemise. Descends tout ce qui peut nous être nécessaire à la voiture, je vais voir où en sont les gars.

— D'accord.

Tandis que le lieutenant Durand s'exécutait, Paoli se rendit à la chambre de Pia. Un seul des techniciens osa lever le nez quand il entra.

— On a trouvé des préservatifs dans la poubelle de la salle de bains.

— Combien ?

— Trois.

— Et au niveau des empreintes, combien de sortes ?

— D'après mes premières observations, elles pourraient être au nombre de trois. Mais, ça, vous ne le saurez de façon certaine qu'une fois qu'on les aura étudiées. On les a relevées dans les deux pièces, ici et dans la salle de bains.

— Bon travail, merci.

— Et on a aussi trouvé cette bouteille de champagne sous le lit. Par contre, aucun verre n'a été utilisé. J'ai vérifié dans la kitchenette, les six flûtes sont toutes à leur place.

— Et le bouchon ?

— Dans la poubelle, sous l'évier. La bouteille a dû être débouchée là-bas et ils l'auront bue ici.

— Bien, je vous laisse continuer.

*

François descendit du logement de Pia et revint dans celui de Clémentine.

— J'ai chargé la voiture, je t'attendais pour visiter le garage, lui dit Éric.

— OK, allons-y !

Ils sortirent de la maison, la contournèrent sur la droite et allèrent au garage. La porte à deux vantaux n'était pas fermée à clef. Éric tira sur les deux panneaux de bois et la voiture de Clémentine apparut à la lumière du jour.

— Elle est verrouillée, constata François après avoir essayé d'ouvrir une portière.

— Tu veux que j'aille chercher la clef ?

— Non, laisse tomber.

Ils allèrent jusqu'au fond du garage. Là, quelques bouteilles de vin rangées par régions viticoles constituaient ce qui devait être la cave de Clémentine : des vins d'Alsace, quelques grands crus de Bourgogne et de Bordeaux, mais aussi des vins du pays de Loire. A côté se dressait un if sur lequel séchaient d'anciennes bouteilles à champagne.

Ils continuèrent leur visite. Le mur de droite était occupé par du matériel de jardinage et divers paquets de graines, désherbant ou engrais, rangés sur des étagères.

— C'est curieux, dit Éric en saisissant une bêche, je ne me l'imagine pas du tout en train de manier ça ou un râteau.

— Parce qu'elle était petite ?

— Oui, et aussi à cause du poids des outils. Et je ne te parle pas du diamètre des manches ! Si tu veux mon avis, elle employait quelqu'un pour entretenir son jardin. On trouvera peut-être ce renseignement dans le dossier que nous a donné Cresson.

— Bon, on ferme et on se tire !

Le garage refermé, les deux officiers de police remontèrent dans leur voiture, Éric au volant. Il proposa de prendre un café au Bar de la Sirène avant de rentrer à Quimper.

Dès qu'ils franchirent la porte, les rares clients les regardèrent s'asseoir à une table près de la baie vitrée. Nul doute que chacun savait qui ils étaient et la raison de leur présence à Beg-Meil. Le patron servit une bière qu'il venait de tirer, puis vint prendre leur commande.

— Deux cafés, s'il vous plaît.

— Dites, est-ce que vous connaissiez Clémentine Roi ?

— De nom, oui, mais pas physiquement.

— Vous saviez qu'elle habitait Beg-Meil ?

— Il paraît.

— Comment ça, tu ne savais pas, Louis ? s'étonna un consommateur à une table voisine. Sa chaumière fait l'angle avec le Chemin Creux et la Route des Dunes.

— Moi, Monsieur, je m'occupe de mes affaires et pas de celles des autres ! Parce que, figure-toi que j'ai autre chose à faire qu'à commérer en buvant les sous de mon chômage !

— Ho, Louis, t'énerve pas ! Et d'abord, je ne commère pas, comme tu dis !

— Je ne m'énerve pas, Gérard, mais je te signale que personne ne t'a rien demandé. Alors, s'il te plaît, reste tranquille.

Le dénommé Gérard haussa les épaules, s'alluma une cigarette avant de lever une dernière fois son verre de rouge pour le vider. Il laissa de la monnaie sur la table et prit la direction de la sortie.

— Ne bouge pas, je reviens, dit Paoli à Durand.

Il sortit derrière Gérard et le rattrapa quelques mètres plus bas, en direction de la cale.

— Je peux vous parler ?

— Oui…

— Vous connaissiez Clémentine Roi ?

— Si vous voulez savoir si je l'ai déjà croisée, ma réponse est non. D'ailleurs, ça fait pas longtemps que je m'en suis fait la réflexion. C'est vrai, quoi ! On ne peut pas dire qu'on se marche sur les pieds à Beg-Meil en hiver ! Eh ben, j'l'ai jamais vue dans un commerce, même pas au pain !

— Mais, alors, comment se fait-il que vous sachiez où elle habitait ?

— C'est mon cousin... C'est lui qui fait le jardin chez la vieille quand y a besoin. Évidemment, en cette saison, y a rien à faire, mais...

— Et il s'appelle comment, votre cousin ?

— Jo Ménard.

— Où puis-je le trouver ?

— Là, maintenant ? Où il est, Jo ? A la montagne, avec sa femme. Sont partis depuis quinze jours et doivent y rester encore quinze autres.

— Merci, lui dit Paoli en lui tournant le dos pour regagner le bar.

Son café l'attendait. Éric Durand avait posé la soucoupe sur la tasse pour qu'il ne refroidisse pas trop vite.

— Tu avais raison, Éric. Clémentine avait un jardinier.

*

Quimper, soirée du mercredi 29 janvier.

François Paoli ne fit qu'un bref passage à l'hôtel de police. Sa journée avait été bien chargée et la migraine ne l'avait pas quitté malgré les comprimés qu'il avait pris.

Avant de rentrer chez lui, il fit une halte à son bar préféré, La Chope, et s'assit à un bout du bar.

— Bonsoir ! Qu'est-ce que je te sers ? lui demanda Marcel.

— Un double, sans glace.

Marcel se tourna vers la bouteille de whisky et versa deux doses dans un verre qu'il posa devant François.

— T'as l'air crevé, mon pauvre vieux !

— Et j'ai aussi la chanson !

— C'est toi qui es chargé de l'affaire du Comptoir & Polars ?

— Ouais !

— Et ça donne quoi ? Tu avances ?

— Bof ! fit François avant d'avaler un long trait d'alcool.

— C'était un chic type, ce Prosper.

— Tu le connaissais ?

— Un peu… Il m'avait invité à la crémaillère de son bar. Plus tard, il nous est arrivé de nous croiser dans des foires-expositions ou chez des fournisseurs, et aussi de nous dépanner mutuellement en bière ou en café. C'est pas ce con d'Antoine qui l'aurait fait ! Celui-là, tu ne peux rien lui demander ! Excuse-moi, on m'appelle.

Marcel tira deux demis pression et traversa la salle pour les servir.

— Et la femme de Prosper ? reprit Paoli quand il fut revenu.

— Josiane ? Je ne peux pas t'en dire grand-chose, vu qu'elle s'occupait jamais des affaires de Prosper. Elle ne savait jamais combien de fûts de bière il avait en stock. Remarque, je dis ça, mais c'est logique, elle n'était jamais au bar.

— Comment le sais-tu ?

— J'ai deux ou trois clients qui fréquentaient le Comptoir de Prosper autant que ma Chope. Eh bien, ils n'ont jamais vu sa femme, ni à la caisse ni derrière le comptoir ! Pourtant, les soirs où il y avait des causeries avec des auteurs et qu'il y avait foule, elle aurait pu lui donner un coup de main. Eh bien, non ! Prosper était tout seul à se démener.

— Même le jour de sa crémaillère ?

— Même ce jour-là ! La seule chose que je l'ai vue faire, c'est lever le coude pour descendre son champagne.

— T'as pas tellement l'air de la porter dans ton cœur.

— Pour le peu que je la connais, non. Tu bois un autre ? demanda Marcel en pointant le menton vers le verre vide de François.

— Non, merci. T'as pas changé tes prix ? Alors, payetoi, dit-il en posant un billet sur le comptoir.

Marcel ouvrit son tiroir-caisse et lui rendit sa monnaie.

— Je te vois rarement l'après-midi, mais je te préviens que ce sera fermé demain. Je vais aux obsèques de Prosper.

— OK, c'est noté. Ciao, Marcel !

— Kénavo !

*

Il monta chez lui. Madame Coadou était en train d'enfourner un plat.

— Bonsoir !

— Bonsoir, monsieur Paoli. Voilà, je vous ai fait un hachis parmentier.

— Il ne fallait pas vous donner cette peine, voyons.

— Ça ne m'a pas dérangée. Et puis, j'ai eu l'aide de Pierre.

— Où est-il ?

— Dans son bain. Il vient d'y entrer. Bon, je vais vous laisser, dit-elle en prenant son manteau.

— Tenez, voici ce que je vous dois.

— Mais… c'est trop, monsieur Paoli !

— Non, c'est juste assez. Allez, ne discutez pas et gardez tout !

— Bon… merci. Bonsoir, Monsieur.

— C'est moi qui vous remercie. Bonsoir.

François raccompagna madame Coadou et donna deux tours de verrou derrière elle. Puis, il entra au salon, ôta son blouson et son pull qu'il jeta sur son club en cuir fauve et s'étendit de tout son long sur le canapé. La chemise à moitié ouverte, les yeux au plafond, l'avant-bras gauche sur le front, il croisa les jambes. Il avait un peu de temps devant lui, avant que le hachis soit cuit et que Pierre sorte de l'eau, et voulait en profiter pour se détendre. Mais des détails de son enquête soulevaient autant de questions qui l'en empêchaient. Il ferma les yeux, comme si celles-ci avaient été inscrites au plafond comme celles d'un problème sur un tableau d'école et, qu'incapable d'y répondre, il ne voulait plus les voir.

— François, tu dors ? Le four s'est éteint, ça doit être prêt. J'ai mis le couvert.

— C'est bien, j'arrive, dit-il en s'asseyant et en se massant la nuque.

Il suivit son fils à la cuisine où le labrador montait la garde devant le four. De ses yeux allumés de gourmandise, le chien suivit le trajet du plat, du four à la table, avant de s'installer près de Pierre et de poser son museau sur ses genoux.

Le hachis de madame Coadou avait beau être bon, François toucha à peine à son assiette. Il en considérait le contenu de la même façon qu'il avait regardé le plafond, comme si le problème du tableau noir s'était déplacé. Il repoussa son assiette.

— T'aimes pas ?

— Si, mais je n'ai pas très faim.

— Ta journée était dure ?

— Assez difficile, oui.

Aux réponses brèves de son père, Pierre comprit qu'il n'avait pas intérêt à insister sous peine de se faire rabrouer. Il se tut et mangea.

— Et toi, ta journée ? demanda François en se mettant un café à chauffer.

— Pas mal.

Et Pierre de résumer sa journée en quelques phrases et de conclure par :

— J'ai même pas eu le temps de lire *Le voyage de Sam et son chat* !

— Eh bien, tu vois que tu peux passer un mercredi sans moi !

— Oui, mais j'aurais quand même préféré que tu sois là.

— Je sais, dit François en emportant sa tasse au salon. Tiens, fais-moi plaisir et va me faire couler un bain.

— D'accord ! Je te mets de la mousse dedans ?

— Non. Il doit rester de l'essence de lavande, mets-en un peu.

Il s'absenta et revint s'asseoir près de son père.

— Ça coule toujours car j'ai pas ouvert le robinet en grand. T'as pas allumé la télé ?

— Non, mais je t'autorise à la regarder, le temps que je trempe.

Sur ce, il abandonna Pierre et partit prendre son bain. Il en sortit une demi-heure plus tard et passa son peignoir.

— Allez, fiston, il est l'heure de se coucher.

— Clémentine Roi ! répondit Pierre à la question qui venait d'être posée à un candidat d'un jeu télévisé. Allez, dis la réponse 4 ! C'est celle-là, la bonne ! Allez, la 4 !

— Joséphine Roi, réponse 3, annonça le candidat. Et je valide.

— Voyons le résultat, dit l'animateur. Hélas, ce n'est pas ça. Il s'agissait de Clémentine Roi.

— Quel nul, c'était “fastoche” ! exulta l'enfant en éteignant le poste sous l'injonction muette de son père.

*

Nuit du 29 au 30 janvier, chez Paoli.

Son bain lui avait fait du bien et il s'était endormi rapidement. Mais, à 3 heures du matin, François se réveilla. Après s'être tourné et retourné plusieurs fois dans l'espoir de se rendormir, il capitula et se leva. Il traversa le salon et ouvrit la porte-fenêtre du balcon. Bien que l'air de la nuit fût frais et qu'il ne portât qu'un pyjama, il sortit. Il resta quelques instants à regarder les rares fenêtres éclairées et à écouter les bruits éloignés des voitures de quelques noctambules. Il se ramassa au premier frisson qui lui parcourut le dos et retourna se coucher. Mais le vide qu'il croyait avoir fait dans son esprit, sur le balcon, se combla rapidement de toutes les questions qu'il se posait. Et la première d'entre elles était : qui était PM ?

Il se releva et, cette fois, s'assit à la table de la cuisine. Il traça les deux consonnes sur un bout de papier. Tout en les crayonnant, il se mit à réfléchir à voix basse :

— P et M… PM ou MP ? Voyons… On a rencontré Michel Paulin au sémaphore et Marcel Pouillot des Éditions de la Lune, ce qui fait deux fois MP.

Il écrivit les deux noms et les rassembla d'une accolade en face de MP.

— J'ai téléphoné à Philippe Merlus, un de ses confrères chez Lavoisier… et il y a aussi feu Prosper Moreau : deux fois PM.

Autre accolade en face de PM.

— Si je récapitule, ça fait quatre mecs pour une nana à deux visages dont deux ont un lien direct avec elle : Marcel Pouillot avec Clémentine Roi, Philippe Merlus avec Pia Saint James. Pour ce qui est des deux autres… Paulin la voyait du haut de sa tour de guet et Moreau lui avait acheté des livres.

Il reposa son crayon, se leva comme si le fait de dominer physiquement les données du problème allait être source d'inspiration pour le résoudre, mais dut se rendre à l'évidence : cela faisait trop d'inconnues !

*

Jeudi 30 janvier.

Le radio-réveil avait fini de fonctionner depuis un moment déjà quand le lieutenant Paoli émergea de son sommeil.

Il était 7 heures 30 et la place, près de lui, était vide. Il se redressa un peu et se frotta les yeux. Aux bruits lui parvenant, il devina que son fils était à la cuisine et prenait son petit-déjeuner. Il rejeta la literie et s'assit au bord du lit.

Un regard par la fenêtre, accompagné d'un long soupir de lassitude : il aurait donné cher pour rester sous sa couette.

François arriva dans la cuisine, torse nu, en traînant les pieds.

— Bonjour François.

— Bonjour.

Il mit son café à réchauffer et se laissa choir sur une chaise.

— T'as encore mal à la tête ? s'inquiéta Pierre en le dévisageant.

— Plus ou moins.

— C'était important, le bout de papier sur la table ?

— Pourquoi me demandes-tu cela ?

— Ben… Quand j'ai refermé la porte du frigo, il s'est envolé et Copain l'a ramassé. Mais, au lieu de me le donner, il l'a mâchonné.

— Ce n'est pas grave. Je me souviens de ce que j'avais écrit dessus.

— Ah, ouf ! Ton café est chaud, annonça l'enfant à la sonnerie du micro-ondes. Je te le donne ?

François fit oui de la tête, puis lui désigna la salle de bains d'un geste digne d'un bon auto-stoppeur. Pierre posa le bol devant lui et disparut.

Dix minutes plus tard, le père croisa le fils et se mit sous la douche.

*

30 janvier, 8 heures 30, bureau de Paoli.

Il déposa son fils à la garderie et se rendit à l'hôtel de police. David Marchand arriva juste après lui, suivi de près par Éric Durand. Les trois hommes se serrèrent la main.

— On peut se voir tout de suite et se faire un briefing ? demanda le lieutenant Paoli.

— Si tu veux.

Éric et David suivirent François à son bureau. Là, il leur fit un exposé aussi complet que possible des éléments dont tous trois disposaient.

— D'après ce que tu viens de nous dire, François, il semblerait que Clémentine Roi ait voulu et réussi à passer inaperçue dans un petit bourg comme Beg-Meil, dit David.

— Jusqu'à ce qu'elle se fasse tuer au pied du sémaphore, compléta Éric.

— Et pourquoi a-t-elle aménagé sa maison en deux appartements totalement différents s'accordant à ses deux personnalités d'auteur ?

— D'autant que la partie la plus visible, puisque facilement accessible, est le rez-de-chaussée aménagé pour Clémentine, la petite vieille.

— Ça signifierait qu'elle avait adopté son look de grand-mère pour la vie de tous les jours et que, de ce fait, elle se déguisait en Pia Saint James ?

— Et voilà, vous êtes arrivés au même point que moi, conclut le lieutenant Paoli qui avait suivi le raisonnement de ses deux collègues. C'est-à-dire nulle part, on tourne en rond.

— Fais-moi signe quand tu tourneras en carré, plaisanta David. Plus sérieusement, que suggères-tu ?

— D'abord que nous lisions le rapport transmis par le capitaine Cresson, quitte à retourner sur le terrain pour le vérifier ou le compléter, voire refaire l'enquête de proximité.

— La refaire ? Tu rigoles !

— J'en ai l'air ?

David secoua négativement la tête. François reprit :

— Avant de nous rendre là-bas, il nous faut des copies de portraits de Clémentine Roi et de Pia Saint James.

— Je vais les faire tout de suite, dit Éric.

Il s'empara de deux photos découpées dans des journaux et sortit de la pièce.

— Ne me dis pas que nous allons faire le tour de Beg-Meil, tous les trois, pour demander aux gens s'ils connaissent Pia ou Clémentine !

— Pas tout le bourg, David. Seulement le quartier où elle vivait. C'est plutôt mort à cette époque. On aura vite fait de rencontrer les résidants à l'année.

— Bon, admettons... Mais que penses-tu tirer de ça ?

— Peut-être rien, je te le concède, mais c'est la seule idée que j'ai pour le moment. Maintenant, si tu en as d'autres, je suis tout ouïe.

Éric revint avec les photocopies.

— Tiens, David. Et voici pour toi, François.

Chacun empocha ses feuilles, puis le lieutenant Paoli attrapa le rapport de gendarmerie du capitaine Cresson. Quand il eut écarté les comptes rendus relatifs à la découverte du cadavre, il ne lui restait que quatre procès-verbaux en main.

— Voici ce qu'il en est de l'enquête de proximité, les gars. Ces deux-ci ont été signés par les hommes du sémaphore, ce qui fait qu'il ne nous reste que ces deux-là. Vous ne trouvez pas ça un peu léger ?

— Si, évidemment, admit le lieutenant Marchand.

— N'oublie pas qu'on était dimanche, jour de grasse matinée pour les uns et de messe pour les autres, et que c'était le Salon du Livre, observa Éric. Si ça se trouve, ils ont sonné à plusieurs portes sans succès.

— Pas faux.

— Bon, et alors, qui ont-ils vu et interrogé ?

— Une habitante de la Résidence de la Mer et un voisin du Chemin Creux, lut Paoli sur le haut des deux pages. Aucun d'eux n'a vu ni entendu quoi que ce soit d'anormal samedi soir.

*

Beg-Meil, matinée du jeudi 30 janvier.

Ils abandonnèrent la Scénic de service sur le parking. Les lieutenants Marchand et Durand s'engagèrent dans le Chemin Creux, Paoli partit le long de la Route des Dunes. Il prit sur la droite et marcha jusqu'au terrain militaire auquel aboutissait la route en impasse. Là, il sonna aux portes des deux propriétés voisines sans succès. Il revint sur ses pas, ignora la Résidence du Sémaphore dont les volets étaient clos et poursuivit en direction du Chemin de Kerlosquen. Il pénétra dans l'enceinte de la Résidence de la Mer et grimpa la volée de marches de l'entrée.

— Bonjour. Vous cherchez quelqu'un ? entendit-il, alors qu'il lisait les noms sur les boîtes aux lettres.

— Bonjour, Monsieur. Lieutenant Paoli, police de Quimper. Vous habitez ici à l'année ?

— Oui, depuis que j'ai pris ma retraite, l'été dernier.

— Alors, il vous est peut-être arrivé de croiser l'une de ces femmes... dit-il en exhibant les deux portraits.

— Les deux. J'ai vu les deux. La vieille habite la chaumière qui fait l'angle, là.

— Et la jeune ? Vous l'avez vue souvent ?

— Deux ou trois fois, au volant d'une Opel Corsa rouge, jamais à pied.

— Vous est-il arrivé de parler à la vieille dame ?

— Bonjour... bonsoir... pas plus. Mais ma femme a eu l'occasion de bavarder une ou deux fois avec elle.

— Votre nom est-il Dumoulin ?

— En effet. Pourquoi ?

— Les gendarmes ont déjà pris son témoignage, répondit François en consultant ses notes. Pouvez-vous me dire combien d'appartements sont occupés en ce moment ?

— Deux. Au dernier étage, il y a monsieur Bertout, un videur de boîte de nuit. Il est certainement en train de dormir à cette heure-ci. Au second, vous trouverez mademoiselle Daumier. Tenez, c'est cette sonnette, ici.

— Ce sera tout, monsieur Dumoulin, merci.

François Paoli sonna chez Juliette Daumier.

— Oui, qu'est-ce que c'est ?

— Lieutenant Paoli, police de Quimper. Je voudrais vous parler, puis-je monter ?

— Je vous ouvre.

Un déclic se fit. François entra et monta au deuxième étage. Juliette Daumier l'attendait à sa porte.

— Je ne vais pas vous déranger longtemps, Mademoiselle. Voulez-vous regarder ces photos et me dire si vous connaissez ces personnes ?

— Ça, c'est la vieille du coin, je l'ai aperçue plusieurs fois dans son jardin, mais je ne connais pas son nom. Et l'autre, c'est Pia Saint James. J'ai tous ses livres, alors, pensez si je connais !

— Vous n'avez jamais vu Pia par ici ? Sur la route ou sur la plage ?

— Non, et ça ne risque pas, Pia habite Paris. Un instant.

Mademoiselle Daumier prit un livre dans sa bibliothèque.

— Ça, c'est son tout premier livre, un roman, bien écrit, mais elle a bien fait de changer de style et de passer au roman policier. Lisez l'intérieur du rabat, Lieutenant. Il est écrit qu'elle vit et travaille dans le quartier de Montmartre. D'ailleurs, vous voyez, cette photo la montre devant le Sacré-Cœur.

— De quand date ce roman ?

— Un peu plus de quatre ans. On me l'avait offert pour mon anniversaire et il venait tout juste de paraître. Non, croyez-moi, si j'avais eu l'occasion de croiser Pia, je serais allée à sa rencontre et je l'aurais félicitée pour ses polars.

— Elle était présente au Salon du Livre, le week-end dernier, vous ne saviez pas ?

— C'est vrai ? Quel dommage ! Je suis rentrée de Martinique, dimanche soir.

— Bien, je vous remercie, Mademoiselle. Bonne journée !

Paoli hésita un instant, puis se décida à monter au dernier étage. Il parcourut le couloir en entier avant de trouver l'appartement de Bertout. Il sonna une fois, puis une deuxième.

A son troisième coup de sonnette, la porte s'ouvrit sur un colosse aux cheveux coupés en brosse, ne portant qu'un caleçon.

— Excusez-moi de vous déranger, monsieur Bertout, mais j'ai juste quelques questions à vous poser.

— C'est à quel sujet ?

— Vous connaissez ces femmes ? demanda François en montrant sa carte de police d'une main et ses copies de l'autre.

— Vous savez, moi, je bosse la nuit et je dors une partie de la journée. Alors…

— Prenez le temps de regarder.

— Celle-ci, c'est la petite vieille de la chaumière au coin du Chemin Creux. L'autre…

Il bâilla à nouveau, se frotta les yeux et observa attentivement la photo de Pia.

— Sa tête me dit quelque chose. Attendez… Mais, oui, elle est venue au club où je travaille, Le Trèfle Rose.

— Quand ?

— Oh, là, là, vous me posez une colle ! Je fais encore la différence entre le jour et la nuit, mais entre les différents jours de la semaine et les dates, faut pas trop m'en demander…

— Une semaine, un mois ? Vous rappelez-vous si elle était accompagnée ou si elle était seule ?

Bertout fouilla dans sa mémoire sans quitter le portrait de Pia des yeux.

— Ça doit faire une dizaine de jours, à peu près. Je vois tellement de monde passer ! Oui, c'est ça… affirma-t-il après un silence de réflexion. Ça me revient car, ce soir-là, il y avait une soirée spéciale Tropiques et ça a été assez chaud comme ambiance. Elle était accompagnée d'un copain. Le gars boitait, il me semble…

— Est-ce que vous les avez vus quitter la boîte de nuit ?

— Non, je ne reste pas tout le temps à la porte. De temps en temps, je fais le tour du club pour voir si tout se passe bien, expliqua Bertout. Ça permet de faire circuler un peu le sang et d'intimider quelques clients qui importunent les jeunes femmes. Et il y en a eu, ce soir-là !

— Et la petite vieille, quand l'avez-vous vue la dernière fois ?

— Samedi midi, enfin, début d'après-midi, plutôt. J'en suis sûr parce que je ne travaillais pas samedi soir. Et quand je ne travaille pas le soir, je ne me couche pas le matin en rentrant.

— Et où l'avez-vous vue, monsieur Bertout ?

— Dans le Chemin Creux. Nous nous sommes croisés, elle allait vers le port. Je l'ai saluée, elle m'a rendu un sourire, c'est tout.

— Connaissez-vous Jo Ménard ?

— Qui ?

— Jo Ménard.

— Non, désolé, ça ne me dit rien. Vous savez, les noms des gens… Si je n'ai pas directement à faire à eux, j'y attache peu d'importance. Et si j'ai été sélectionné au club en tant que videur, ce n'est pas uniquement pour ma carrure, mais parce que je suis plutôt assez bon physionomiste. Ça aide à repérer les emmerdeurs et, la fois suivante, à les refouler. Qui est Jo Ménard ?

— Le jardinier de la petite vieille.

— Ah ! J'ai dû l'apercevoir de dos un jour, mais c'est tout.

— Bon. Merci de m'avoir accordé ces quelques instants. Au revoir, Monsieur.

— Au revoir.

Bertout ferma sa porte et Paoli ressortit. Il continua à longer la Route des Dunes, mais les maisons étaient closes, villégiatures en repos de propriétaires encore en activité et, probablement, éloignés d'elles. Il fit demi-tour vers la chaumière. Une voiture était garée devant. Une femme en sortit et la verrouilla. La voyant sur le point de pousser le portillon, il prit le pas de course.

— Hé, attendez !

La femme, surprise, se tourna vers lui.

— Bonjour. Lieutenant Paoli, police, se présenta-t-il en sortant sa carte. Qui êtes-vous, Madame, et que venez-vous faire ici ?

— Annick Roi. Je viens rendre visite à ma cousine.

— Je peux vérifier ?

Elle plongea la main dans son sac et prit sa carte d'identité dans son portefeuille. Il l'examina et la lui rendit.

— Il y a un problème, Lieutenant ?

— A ce que je sais, en dehors de sa mère malade, vous êtes la plus proche parente de Clémentine Roi, n'est-ce pas ?

— Oui… fit Annick avec une pointe d'interrogation inquiète dans la voix.

— Alors, c'est à vous que je dois annoncer la pénible nouvelle, Madame.

— Il est arrivé quelque chose à Clémentine ? Un accident ?

Paoli opina et la prit par le bras.

— Pas exactement. Votre cousine a été tuée.

— Que dites-vous ? On… on a tué Clémentine ? Mais… c'est…

— On a trouvé son corps sur les rochers, au pied du sémaphore. Venez, ne restons pas là. C'est une clef de sa maison que vous avez en main ?

— Oui…

Il la lui prit, ouvrit la porte de la chaumière et s'effaça pour la laisser passer.

Ce ne fut qu'une fois entrée qu'Annick s'effondra en larmes. Paoli la fit asseoir et alla lui chercher un verre d'eau.

Elle le remercia entre deux reniflements.

— Je… j'étais venue lui faire une surprise… la féliciter pour son prix. Et… et aussi lui apporter quelques nouveaux produits de maquillage pour… pour…

Annick ne put retenir ses pleurs. La sentant incapable de répondre à d'autres questions, Paoli se les réserva pour plus tard.

— Je ne vais pas vous importuner plus longtemps, Madame, mais nous devrons nous revoir.

— Vous voulez m'interroger ?

— Disons plutôt vous auditionner. Préférez-vous que je revienne ou…

— Je me déplacerai, ça me changera les idées.

— Tenez, voici ma carte avec le numéro de téléphone de mon bureau et celui de mon portable.

*

30 janvier, fin d'après-midi, commissariat de Quimper.

Le lieutenant Paoli venait juste d'entrer dans son bureau en compagnie de ses collègues, Marchand et Durand, quand on frappa à la porte.

— Entrez !

— Salut tout le monde ! lança Séverin Leclerc à la cantonade.

— Salut Séverin !

— Tenez, je vous apporte le rapport d'autopsie de Clémentine Roi, dit-il en posant le document. Je n'ai pas trouvé trace de drogue ou de médicaments, mais d'alcool, si.

— Beaucoup ?

— Pas mal, oui.

— Donc, la bouteille de champagne qui a été trouvée sous son lit a été bue peu de temps avant sa mort.

— Il n'y a pas que ça. Elle était enceinte et a eu un rapport sexuel avant sa mort.

— Consenti ou non ?

— Je n'ai relevé aucune marque de violence, et elle n'avait rien sous les ongles permettant de dire le contraire. Je lui ai fait un lavage vaginal que j'ai mis sous scellés en cas d'analyse d'ADN.

— De combien, la grossesse ?

— Un mois, environ. Outres les prélèvements habituels, j'ai ponctionné des cellules du fœtus au cas où… Ça aussi, c'est sous scellés.

— Tu as bien fait.

— Bon, il est temps que je me sauve.

— Merci de t'être dérangé. Ciao, Sev !

— Ciao ! fit-il en sortant.

— Éric, est-ce que les prélèvements effectués à son domicile ont été envoyés à analyser ?

— Oui, j'ai vérifié en début d'après-midi. Pour ce qui est des différents relevés de traces, les examens sont en cours et Michel Le Du devrait s'occuper de la tour informatique dès demain.

— Ah ! Je croyais qu'il avait déjà commencé.

— Non, Grincheux lui avait donné autre chose à faire.

— De toute façon, je ne pense pas que cette tour nous apprenne grand-chose.

— On ne sait jamais avec les arcanes de l'informatique, François…

— Ouais ! Quoi qu'il en soit, notre prochaine priorité est de découvrir pourquoi Clémentine Roi se faisait passer pour une petite vieille, jusqu'à meubler son rez-de-chaussée en accord avec son âge supposé.

— A l'évidence, pour se cacher. Si elle a choisi un trou comme Beg-Meil pour habiter, ça signifie qu'elle voulait éviter quelqu'un ou qu'elle en avait peur.

— Oui, David, mais qui ? Et si elle voulait vraiment se cacher, pourquoi a-t-elle choisi une maison en bordure de route ? Si j'avais été à sa place, j'aurais pris quelque chose de plus discret, dans un chemin ou une petite route moins passante.

— Tu trouves, toi, qu'il y a beaucoup de passage à cet endroit ? Pas moi.

— En hiver, sans doute, mais en été, c'est plus fréquenté.

— Que t'a dit sa cousine ? demanda Éric.

— La pauvre, elle était tellement choquée que j'ai préféré la laisser tranquille aujourd'hui.

— Enfin, moi, si je fais le bilan de notre balade à Beg-Meil, c'est qu'elle ne nous a servi à rien. En tous cas, maintenant, tu ne peux plus dire que les hommes de Cresson n'ont pas fait leur enquête de proximité, François. Bon, je rentre. Salut, les mecs, à demain !

— Salut David !

Après le départ du lieutenant Marchand, les lieutenants Paoli et Durand firent un peu de tri dans tout ce qu'ils avaient récolté comme témoignages. Puis ils se penchèrent sur le rapport d'autopsie de Séverin Leclerc. Mais ce dernier leur avait dit l'essentiel.

— Appelle le labo, Éric, et demande s'ils ont eut le temps de commencer.

— D'accord.

Le temps pour Paoli de descendre un grand verre d'eau, la communication était finie.

— Pour la bouteille de champagne, c'est déjà fait. Il y a deux sortes d'empreintes digitales sur le corps de la bouteille, mais Fabien est incapable de dire à qui elles appartiennent car il n'a pas d'éléments de comparaison. Sev aurait oublié de lui donner le relevé de celles de Clémentine. Mais, bon, tu sais comment est Fabien...

— Ouais, Séverin et lui doivent avoir le gène de la distraction en commun, sourit Paoli. Ce ne sont pas celles de Clémentine qui m'intéressent, elles y sont sûrement. Ce sont les autres !

— Il m'a dit avoir fait des prélèvements d'ADN au niveau du goulot.

— Distrait, peut-être, mais consciencieux. On ne peut pas lui enlever ça.

— Pour les trois capotes, les résultats devraient tomber en milieu de semaine prochaine.

— Je l'espère bien. D'ici là, il va nous falloir établir l'emploi du temps de Clémentine et interroger tous ceux qu'elle aura vus ou fréquentés.

— On sait au moins une chose. C'est qu'elle était au Salon du Livre de Beg-Meil, samedi. Le matin en tant que Pia Saint James, l'après-midi en mémé Clémentine. Ce qui veut dire, qu'elle s'est éclipsée à l'heure du déjeuner pour se transformer.

Paoli hocha la tête en signe d'approbation.

— Un résidant de l'immeuble voisin l'a vue, le changement s'était déjà fait. Bon, je crois qu'on va en rester là pour ce soir, Éric. Je peux compter sur toi, demain matin, pour auditionner Philippe Merlus ? Je trouve David un peu tiède sur cette affaire.

— Tu sais bien que c'est pas son truc, les bouquins.

Paoli rangea ses dossiers, éteignit son bureau et le ferma.

*

Les deux hommes descendirent, saluèrent le permanent de nuit qui arrivait et sortirent.

— Au fait, Pilou… il sait que Clémentine est morte ? demanda Éric au milieu de la cour.

— Il vaudrait mieux que tu oublies ce diminutif et que tu l'appelles Pierre.

— Conseil de la psy ? Compris, j'oublierai.

— A propos de ta question… S'il le sait, ça ne vient pas de moi, je ne lui ai rien dit.

— C'était dans les journaux, ce matin. Dans l'*Ouest-France* en page régionale et deux fois dans *Le Télégramme*, l'une à la rubrique des faits divers et l'autre à la page de Fouesnant. Ah ! C'est vrai que tu ne prends aucun canard…

— Alors, il doit être au courant, ne serait-ce que par l'un de ses copains d'école.

— Ça va faire un sacré choc à tous les gosses qui aimaient les histoires de Clémentine.

— A qui le dis-tu… Déjà que Pierre est fragile et que sa reconstruction ne se fait pas sans mal…

— Allez, bonsoir François, à demain !

— Salut Éric !

Paoli s'assit dans son cabriolet et médita quelques instants avant de démarrer. Il était plus que temps de récupérer son fils !

*

Soirée du 30 janvier, parc voisin de l'habitat de Paoli.

Dès que la porte fut ouverte, Pierre accueillit François et Copain en profita pour filer à l'ascenseur.

— Je crois qu'il est pressé de sortir.

— Je peux redescendre avec toi ? demanda l'enfant.

— Allons-y, dit François en donnant deux tours de verrou.

Arrivés en bas, père et fils contournèrent le bâtiment et empruntèrent une allée tandis que le chien se précipitait vers un arbre pour y lever la patte. Une fois que ce fut fait, Copain revint trotter près d'eux.

— Tu n'es pas très bavard ce soir, Pierre.

— Toi non plus.

— Tu as raté ton devoir de français ?

— Non, je l'ai réussi. J'ai tout bien répondu. J'ai eu la meilleure note de la classe.

— C'est bien, je te félicite. Et pendant les récréations, à quoi as-tu joué avec tes copains ? Au foot ?

— Un peu. J'aime pas trop le foot.

François l'aurait bien aiguillé sur le thème des livres, et, par là, abordé le sujet Clémentine, mais il préférait que cela vienne de Pierre. Et celui-ci ne semblait guère disert.

— J'ai froid !

— Eh bien, va courir avec Copain ! Je continue par cette allée.

C'est vrai qu'il ne faisait pas chaud. François releva son col et enfonça les mains dans ses poches. Au loin, Pierre courait derrière Copain qui avait trouvé un vieux ballon crevé. Le chien laissait son jeune maître s'approcher de lui, puis démarrait subitement, entraînant l'enfant dans une nouvelle course.

— Pierre, on rentre ! Copain !

Il attendit d'être rejoint avant de faire demi-tour.

— Ça y est, je me suis bien réchauffé !

— Tu as vu comme le ciel est dégagé ? Ça ne m'étonnerait pas qu'il gèle demain.

— Tu devines ou t'as entendu ça au poste ?

— A ton avis ?

Pierre fit mine de réfléchir, mais, très vite, haussa les épaules en disant :

— J'sais pas, moi ! Peut-être que ton flair de policier sert aussi pour la météo !

— Ha, ha, ha ! Je ne l'avais pas encore entendue, celle-là ! s'esclaffa François. Je vais te dire… c'est David qui en a parlé ce midi après avoir écouté la radio.

— Ah ! Donc, j'avais presque raison, pour le poste…

— Allons, dépêchons-nous de rentrer.

Il prit la main de son fils et l'entraîna à vive allure vers le bâtiment.

*

30 janvier, chez Marine Roussel.

Marine Roussel entra derrière eux dans le hall tiède.

— Salut les mecs ! fit-elle, joyeusement. Fait pas chaud, hein !

— Pas très, non. Mais qu'est-ce qu'il fiche cet ascenseur ?

— Ça doit encore être la vieille du deuxième qui a oublié de le débloquer.

— Tu veux que j'aille voir ? demanda Pierre.

— Non, ça y est, il se remet en marche.

L'ascenseur arriva et s'ouvrit. Tout le monde y prit place et Marine appuya sur le bouton de l'étage.

— Vous venez prendre un verre ? demanda-t-elle.

— Ce ne serait pas de refus, mais j'ai le dîner à faire.

— Je suis sûre que tu dois avoir une pizza ou un plat cuisiné quelconque au congélateur, non ?

— Oui, c'est vrai, admit François.

— Alors, venez ! dit-elle en ouvrant sa porte.

Les Paoli et leur chien entrèrent au salon et s'assirent. Marine ouvrit son bahut, prit des verres, la bouteille de whisky et une autre de jus de pomme. Elle fit le service, puis ouvrit un sachet de chips et s'assit.

— Allez-y, servez-vous !

Trois mains plongèrent à tour de rôle dans le sachet.

— Tiens, j'ai vu Marcel, le patron de La Chope, annonça Marine après une gorgée de whisky.

— Où ça ?

— On s'est croisé devant le cimetière de Penhars. Il revenait d'un enterrement.

— Ah, oui, celui de Prosper Moreau. Vous vous êtes parlés ?

— Deux, trois mots en vitesse. Tu penses, avec ce froid de canard, on n'avait pas tellement envie de rester causer, mais Marcel m'a dit de te dire de passer à son bar, demain.

— Thomas m'a dit que son père devait aller à l'enterrement de monsieur Moreau, plaça Pierre.

— Tu es sur l'affaire ? demanda Marine à François.

— Sur celle-là et d'autres… répondit-il en coulant un regard vers son fils, mais Pierre continua à siroter son jus de pomme sans réagir.

— Et toi, ta journée ?

— Oh, dure ! On a commencé à attaquer les bilans de l'an passé chez certains clients et j'avoue que ce n'est pas de la tarte ! A force de fixer des colonnes pleines de chiffres, j'ai l'impression d'avoir les yeux en roue libre !

— C'est pour ça que t'avais envie d'un verre et que tu nous as invités… en déduisit Pierre.

— Et oui, voilà ! Et aussi, parce qu'un des collègues zélés de François m'a collé un papillon sur mon pare-brise.

— Pigé ! fit celui-ci en hochant la tête. Motif ?

— Soi-disant, entrave à la circulation des piétons. Pourtant, je te jure que j'ai bien fait attention en me garant. Les gens avaient la place pour marcher entre ma voiture et le mur d'en face. Et puis, je n'en avais que pour cinq minutes, le temps d'acheter un bouquin pour une nièce.

— Et, pas de pot, le fonctionnaire est juste passé pendant que tu étais à l'intérieur de la librairie…

— Ben, oui.

— Va me chercher ton papillon, je m'en occuperai.

Marine se leva. En attrapant son sac à main pour y prendre sa contravention, elle fit tomber son journal.

Aussitôt, le chien se leva, le ramassa et l'apporta à Pierre.

— Ce n'est pas à moi, Copain. Donne à Marine !

— Ce n'est pas grave, j'ai fini de le lire. Récompense-le donc pour l'avoir ramassé.

— C'est dans celui-là qu'on dit que Clémentine est morte ?

— Clémentine Roi ? C'est elle dont tu parles ?

Pierre opina en reprenant son verre.

— Quand je pense que je viens d'acheter un de ses livres pour ma nièce. Incroyable !

— C'est Jules et Thomas qui m'ont dit ça à la récré. Même que Thomas, il se demandait ce qu'il achètera comme livre la prochaine fois qu'il aurait une bonne note…

*

Même soir, plus tard, chez les Paoli.

Le repas était fini. François lavait la vaisselle et Pierre l'essuyait.

— Dis-moi, Pierre...

— Quoi ? C'est pas assez bien essuyé ?

— Si, si... c'est bien. Dis-moi, qu'est-ce que ça t'a fait quand tu as appris que Clémentine était morte ?

— Ça m'a fait bizarre... parce que je l'ai vue l'autre jour à Beg-Meil et qu'on a parlé un peu ensemble. C'est triste, parce qu'on n'aura plus aucune histoire d'elle.

— Et tes copains, qu'est-ce qu'ils en disent ?

— Thomas croyait que c'est parce qu'elle était vieille qu'elle est morte. Mais Jules a lu le journal et il a dit que c'était faux, qu'on l'avait tuée.

— Malheureusement, c'est Jules qui a raison.

Pierre rangea les couverts et poussa le tiroir.

— C'est pas juste ! J'aimais beaucoup Clémentine. Elle était gentille, elle écrivait pour les enfants et elle faisait des beaux dessins. Elle ne faisait pas de mal ! Pourquoi on l'a tuée, François ?

— Pour l'instant, personne ne sait, mais l'enquête est commencée. C'est moi qui la mène et David et Éric m'aident, dit-il en s'essuyant les mains.

— Ah ! Alors, vous allez trouver qui a fait ça ? demanda Pierre, à demi-soulagé, à demi-confiant, les yeux embués de larmes naissantes.

Réalisant l'état de son fils, François se pencha et lui souleva doucement le menton.

— Oui, on trouvera. Je te le promets.

Puis, d'un ton plus léger, il ajouta :

— Tu veux bien que je regarde la télé avec toi ?

— Tu veux voir les dessins animés ? Tu aimes ça ?

— Oui, pourquoi ? Allez, allume le poste !

François avait fait mouche. Il avait réussi à détourner l'esprit de son fils vers un sujet moins grave.

*

Pierre dormait, Copain qui avait fait son tour du soir, également ; François veillait toujours et méditait dans son fauteuil préféré, face aux images silencieuses de la télévision. La réaction qu'avait eue l'enfant, était venue conforter son idée, à savoir qu'on ne pouvait en vouloir à une vieille femme comme Clémentine Roi.

— C'est donc Pia qu'on a tuée, en conclut-il. Et celui qui l'a fait, savait qu'elle se déguisait. Il va falloir se pencher sérieusement sur son entourage.

Il éteignit le téléviseur et partit se coucher.

VI

Vendredi 31 janvier, 9 heures à l'hôtel de police.

Le lieutenant Paoli grimpa l'escalier et ouvrit la porte de son bureau. Il fit sursauter l'homme qui l'attendait.

— Vous êtes Philippe Merlus ?

L'homme opina et saisit la main que l'officier de police lui tendait.

— Bonjour. Je suis le lieutenant Paoli. J'espère que vous n'avez pas trop attendu...

— Non. J'ai juste eu le temps de m'asseoir.

Comme le lui demanda Paoli, Merlus déclina son identité. Il avait trente-huit ans et travaillait pour une marque de cosmétiques. Mince et élancé, le teint mat, les cheveux châtains bien coupés, le regard vert, le nez droit, le menton volontaire, il avait tout pour séduire.

— Bien. Ainsi que je vous l'ai dit au téléphone, je suis chargé d'enquêter sur le meurtre de Clémentine Roi ou, si vous préférez, Pia Saint James.

— Je connaissais son véritable nom, Lieutenant, mais il me sera plus facile de vous parler d'elle si vous l'appelez Pia. C'est ainsi qu'elle voulait que je l'appelle et que je l'appelais.

— A votre guise.

On toqua à la porte et le lieutenant Durand entra.

— Salut François ! Bonjour, monsieur Merlus. Je suis le lieutenant Durand.

— Bonjour, Lieutenant. Il me semble vous avoir vu récemment…

— Au Salon du Livre de Beg-Meil. Je vous ai acheté un livre et nous avons discuté un peu.

— Ah, oui, ça me revient ! Et vous, vous étiez avec un petit garçon.

— C'est ça. Je constate que vous êtes physionomiste. Bien, si tu es prêt, nous allons pouvoir commencer, dit Paoli à Durand.

— C'est bon.

— Monsieur Merlus, d'après ce que l'on nous a dit, vous sembliez bien vous entendre avec Pia…

— C'était le cas, en effet.

— Depuis quand la connaissiez-vous ?

— Depuis le salon de Plouescat. Je m'en souviens bien, car Pia et moi étions les deux nouveaux de la maison Lavoisier et c'était notre premier salon.

— Comment cela s'est-il passé ?

— Dans l'ensemble, assez bien, et Pia aurait pu vendre plus si elle avait été là le samedi.

— Sauriez-vous, par hasard, où elle se trouvait le samedi ?

— A Angoulême. C'est sous son crayon qu'est né le personnage de Kiko.

— Comment signait-elle ses dessins ? Saint James ou Roi ?

— Ni l'un ni l'autre. Plume. Elle les signait Plume.

— C'est elle qui vous l'a dit ?

— Oui.

— Quand ?

— Pendant le déjeuner que nous avons partagé à Plouescat. Comme nous nous étions retrouvés sur une table à l'écart, nous en avons profité pour faire un peu connaissance.

— Je suis d'assez près l'actualité littéraire et presque tout ce qui s'y rapporte, intervint Durand, mais je ne me souviens pas avoir vu de photo de Plume dans un journal, un magazine ou apparaître son visage à la télévision.

— C'est aussi la remarque que j'avais faite à Pia. Elle m'avait répondu qu'elle refusait d'être filmée ou photographiée.

— Pour quelle raison ?

— Je ne lui ai pas demandé. Pourquoi l'aurais-je fait ? Après tout, c'était son droit.

— De quoi avez-vous parlé pendant ce déjeuner ?

— Essentiellement du salon et de livres.

— Vous n'avez pas abordé de sujets plus personnels comme vos vies privées, par exemple ?

— Très peu.

— Pourquoi ?

— D'abord, parce que j'avais senti une certaine réticence de sa part. Et puis, j'aime qu'une femme garde une partie de son mystère. Cela la rend plus intéressante que si elle vous déballe sa vie en cinq minutes.

— Et par la suite ?

— J'ai appris qu'elle avait quitté Paris pour s'installer en Bretagne. Pour se rapprocher de sa mère malade, m'a-t-elle dit un jour, et parce que la ville ne lui convenait plus à cause du bruit, de la pollution, de l'insécurité…

— Vous venez de dire en Bretagne. Ne saviez-vous pas qu'elle s'était établie à Beg-Meil ?

— Je ne l'ai su qu'il y a un an.

— Vous êtes-vous déjà rendu chez Pia Saint James ?

— Oui, cela m'est arrivé.

— Souvent ?

— Quelquefois.

— A quelles occasions ?

— Vous avait-elle invité ou y êtes-vous allé de votre propre initiative, histoire de lever un peu plus le voile de son mystère ? insista Paoli.

— Je vous rappelle que je suis marié ! s'offusqua Philippe Merlus.

— Les deux ne sont pas incompatibles. Alors ?

— La première fois que je suis allée chez elle, c'était pour fêter le 10 000e exemplaire d'un de ses romans policiers.

— Qui d'autre était là ?

— Sa cousine, Annick, et un couple d'amis de Brest.

— Leurs noms ?

— Désolé, je ne m'en souviens pas. Je ne les ai vus que ce soir-là.

Songeant aux deux appartements de la victime, Paoli demanda à Merlus où la réception avait eu lieu.

— En bas. Ce fut comme un pique-nique car elle nous a servi un repas froid dans la grande pièce qui était toujours en travaux. Pia avait dressé la table sur des planches posées en travers de tréteaux et un drap servait de nappe. Nous étions assis sur des sièges de camping et des caisses.

— Et la deuxième fois, monsieur Merlus ?

— C'était pour son entrée aux Éditions de la Lune, en compagnie de Marcel Pouillot et de trois autres personnes, sans oublier Annick. Lorsque je suis arrivé, le dernier, c'est elle qui m'a ouvert en me disant que Clémentine n'était pas tout à fait prête. Tout de suite après les présentations, j'ai compris pourquoi.

— Pia est arrivée déguisée en Clémentine ?

— Exactement. Annick avait fait du beau travail. La transformation la rendait méconnaissable. A un détail près : les mains. Pia avait de belles mains, fines et délicates. Pas du tout celles d'une personne âgée, desséchées et marquées de taches brunes de vieillesse.

— D'où l'idée de faire porter des gants à Clémentine, lors de ses séances de dédicaces aux Éditions de la Lune…

— Oui.

— Et cette fois, l'aménagement du bas était achevé…

— Oui, mais… comment le savez-vous ?

— Intuition, lui rétorqua assez sèchement Paoli. Un tel décor a dû vous surprendre, non ?

— Un peu, oui. Pia était une jeune femme si dynamique que cet aménagement ne collait pas avec sa personnalité.

— La soirée se passe… Marcel Pouillot et ses amis s'en vont… Et vous, quand êtes-vous parti ? interrogea Durand.

— N'avez-vous pas attendu le départ d'Annick pour rester un peu avec Pia ?

Philippe Merlus garda le silence.

— Monsieur Merlus, je vous ai posé une question, j'attends votre réponse.

— C'est Pia qui me l'a demandé. J'étais sur le point de m'en aller, quand elle m'a retenu. Elle a attendu que sa cousine ait démarré pour refermer la porte et se jeter à mon cou. C'était si inattendu que je n'ai pas réagi.

— Vraiment ? fit Paoli en échangeant un regard avec Durand.

— Vous croyez vraiment que nous allons gober ça ? Ne serait-ce pas vous, plutôt, qui avez attendu le départ de la cousine pour prendre Pia dans vos bras ?

— Son déguisement vous aura excité et…

— Je ne vous permets pas ! s'emporta Merlus en se levant. Comment osez-vous proférer de telles insinuations ?

— Calmez-vous et rasseyez-vous ! lui intima Paoli.

Il laissa passer quelques secondes afin que la tension baisse.

— Donc Pia vous retient chez elle et se jette à votre cou. Et ensuite ?

— Puis-je avoir un verre d'eau ?

Le lieutenant Durand s'absenta un instant et revint avec un verre et une bouteille d'eau. Merlus le remercia, se servit et avala le contenu du verre d'un trait.

— Après m'avoir embrassé, Pia m'a pris par la main et m'a fait monter à l'étage. Là, elle m'a poussé dans sa chambre et… et…

— Et quoi, monsieur Merlus ? demanda Durand pour l'inciter à poursuivre.

— Elle a ouvert ma chemise et mon pantalon, et m'a demandé de lui faire l'amour.

— Ce que vous avez fait ?

Nouveau silence de Merlus.

— L'avez-vous fait ?

— Avez-vous accédé à la demande de Pia et lui avez-vous fait l'amour ? redemanda Paoli.

— Elle insistait. Elle multipliait ses baisers et, surtout, ses caresses pour m'exciter. Mais…

— Mais ?

— Je ne pouvais pas. Son déguisement me bloquait, même si je savais qu'en dessous se cachait une jolie jeune femme. Elle a dû s'en rendre compte, car elle m'a emmené jusqu'à la salle de bains.

— Elle n'avait pas besoin de vous pour se démaquiller… Pourquoi l'a-t-elle fait ?

— Je ne sais pas. Peut-être pour me prouver que c'était bien elle dans ces vêtements de grand-mère…

— Alors, petit à petit, la métamorphose a eu lieu et le vilain petit canard s'est transformé en cygne. La mémé Clémentine a cédé la place au corps nu et désirable de la jeune Pia…

— Elle s'est mise sous la douche, m'a tendu l'éponge et m'a demandé de lui laver le dos. Pendant que je m'exécutais, elle a pris mon autre main et…

— Et là, vous n'avez pas pu vous retenir. Vous vous êtes dévêtu et l'avez rejointe sous l'eau.

— J'aurais voulu vous y voir !

— Allons, allons, monsieur Merlus, le calma Durand.

Philippe Merlus desserra sa cravate et se resservit un verre d'eau dont il but la moitié.

— Elle était désirable et je la désirais. Et elle se montrait entreprenante. Il aurait fallu être de marbre pour ne pas succomber ! Nous sommes revenus à la chambre et nous avons fait l'amour toute la nuit.

— Pourtant, tout à l'heure, quand mon collègue a suggéré la possibilité d'une liaison entre Pia et vous, vous l'avez réfutée. Pourquoi ?

— Parce que Pia en était l'initiatrice.

— Et, selon vous, cela fait une différence ? Qu'en dis-tu, François ?

— Pour moi, il n'y en a pas, le résultat est le même.

— D'accord, nous étions amants, admit enfin Philippe Merlus. Mais j'avais prévenu Pia qu'elle ne devait rien attendre de moi dans l'immédiat, que…

— Même en cas de grossesse ? le coupa Paoli.

Là, les yeux de Merlus s'arrondirent d'incompréhension.

— Quoi ? Que dites-vous ?

— Pia était enceinte. D'un mois, environ, selon le médecin légiste.

— Je… je n'en savais rien. Elle ne m'avait rien dit.

L'expression de Merlus changea. Son regard se suspendit dans le vide puis s'embua. Il oublia où il était et les deux officiers de police qui l'observaient.

D'un claquement de doigts, Paoli le ramena à la réalité.

— Si l'on effectue un petit calcul et qu'on remonte le temps, un mois avant la mort de Pia, c'était Noël. Où étiez-vous et qu'avez-vous fait pour Noël, monsieur Merlus ?

— Comme d'habitude. Nous sommes allés dans la famille de ma femme, en Alsace.

— Combien de temps avez-vous passé là-bas ?

— Quatre jours. Nous avons quitté Quimper le lundi et nous sommes rentrés le vendredi.

Paoli ouvrit un tiroir de son bureau et en sortit l'agenda de Pia.

— Reconnaissez-vous cet objet ?

— C'est un agenda.

— Celui de Pia, précisément. Je l'ai feuilleté et deux lettres correspondant à vos initiales apparaissent relativement régulièrement.

Il énuméra les dates, levant de temps à autre les yeux vers Merlus.

— Ces dates évoquent-elles quelque chose pour vous ?

— Non, aucune. Ce mois-ci, je n'ai vu Pia qu'une fois et c'était au Salon de Beg-Meil.

Merlus fouilla ses poches. Il en sortit son agenda.

— Tenez, si vous voulez vérifier, dit-il en le tendant.

Paoli l'ouvrit. Merlus y avait noté ses déplacements et rendez-vous professionnels, ainsi que ses visites chez son dentiste.

— Cela ne prouve pas grand-chose. Vous pouviez très bien être à Vannes dans la journée du 10 janvier, date à laquelle vos initiales sont inscrites dans l'agenda de Pia, et la rejoindre le soir.

— Vous êtes sourd ? Je vous répète que je ne l'ai vue que samedi dernier !

— Je veux bien, monsieur Merlus, mais comment pouvez-vous me le prouver ?

— Je ne peux pas, répondit Merlus à mi-voix, au bout d'un moment.

— Soit. Mais alors, dites-nous comment étaient fixés vos rendez-vous avec Pia.

— En général, c'était elle qui m'appelait sur mon portable et nous en discutions.

— Je me vois donc dans l'obligation de vous demander de nous le remettre afin de l'interroger.

Merlus sortit son portable de sa poche intérieure et le posa sur le bureau.

— Vous venez de dire qu'en général c'était elle qui vous téléphonait, mais vous avez bien dû le faire aussi, j'imagine, dit Durand.

— Quelquefois mais, la plupart du temps, je l'appelais pour m'excuser.

— Vous excuser ?

— Il m'est arrivé d'avoir des contretemps et des empêchements. C'était la moindre des choses de la prévenir.

Paoli se leva, fit quelques pas et revint poser une fesse sur le coin de son bureau, obligeant Merlus à lever les yeux.

— Que savez-vous de l'entourage de Pia ? Vous en avait-elle parlé ?

— Un peu. Je sais que sa famille se limite à sa mère malade et à sa cousine Annick, qu'elle a un couple d'amis à Brest et qu'elle avait gardé de bons contacts avec le scénariste de Kiko.

— Son nom ?

— Je ne connais que son pseudonyme : Sacha.

— Donc, à votre connaissance, personne ne portant les mêmes initiales que vous ?

— Non.

— Savez-vous si Pia voyait un autre homme que vous ? J'entends par là si elle couchait avec un autre…

— J'avais saisi le sens de votre question. Non, je ne sais pas. Rien dans son comportement ne m'a fait soupçonné quoi que ce soit.

— Jamais ?

Merlus secoua la tête de droite à gauche.

— Comment auriez-vous réagi si vous l'aviez deviné ?

— Je suis marié, Pia était libre… Qu'aurais-je pu lui dire ? Je n'avais aucun droit sur elle.

— Peut-être, mais cela aurait pu vous rendre jaloux quand même.

Il ne répliqua pas. Paoli se décolla du bureau et tint un bref conciliabule avec Durand avant de dire :

— Eh bien, ce sera tout pour aujourd'hui, monsieur Merlus. Veuillez relire vos déclarations et signer ici, en bas.

— Puis-je vous demander quelque chose, Lieutenant ?

— Faites.

— J'aimerais voir Pia une dernière fois. Est-ce possible ?

— Je n'y vois pas d'objection. Je peux vous accompagner à la morgue, si vous voulez.

— Ah ! Elle est à la morgue…

— Ce n'est pas un endroit facile, d'où ma proposition.

— D'accord.

*

31 janvier, morgue de Quimper.

Paoli et Merlus sortirent de voiture. L'officier de police présenta un petit pot de baume à son compagnon.

— Mettez en un peu sous votre nez, vous serez moins incommodé par les odeurs.

Une fois que ce fut fait, Paoli sonna et ils entrèrent.

— Bonjour Séverin !

— Tiens, François ! Comment va ?

— Ça va. Voici monsieur Merlus, il voudrait voir Clémentine Roi. C'est possible ?

— Oui, pas de problème. Suivez-moi.

Séverin les conduisit devant une grande armoire réfrigérée dont il ouvrit un tiroir. Le corps était couvert d'un drap.

— Vous êtes prêt ? demanda-t-il à Philippe Merlus.

Ce dernier hocha la tête en silence. Lentement, les cheveux, puis le front et le reste du visage de la morte apparurent. Merlus eut un léger malaise. L'ayant pressenti, Paoli le retint par le bras.

— Pia… Ma petite Pia…

Merlus aurait bien caressé les cheveux blonds de Pia, mais sa main ne fit que planer au-dessus, incapable de s'y poser. Des larmes perlèrent à ses yeux et roulèrent sur ses joues.

D'un regard, Paoli fit comprendre à Leclerc que cela suffisait. Et, tandis que le légiste rabattait le drap et refermait le tiroir, il entraîna Merlus hors de la pièce. Il le fit asseoir, prit deux gobelets de café au distributeur et en donna un à Merlus qui le remercia.

— Je l'aimais, Lieutenant… Jamais, je n'aurais fait de mal à Pia… J'en étais incapable…

— Je sais, monsieur Merlus.

Il s'essuya les yeux, but une gorgée. Le gobelet dans les mains, le regard perdu dans le vide, il avait l'air accablé.

Cependant, il reprit la parole :

— Cet enfant qu'elle portait... il se peut qu'il soit de moi. Peut-être était-ce ce qu'elle avait à me dire, samedi, mais les circonstances ont fait que nous n'avons pas eu l'occasion d'être seuls. A l'heure du déjeuner, elle s'est excusée auprès de Lavoisier et a quitté le groupe. Elle est rentrée chez elle pour se grimer en mémé Clémentine, car elle signait aux Éditions de la Lune l'après-midi. Je ne l'ai pas revue depuis samedi. Il était un peu plus de midi trente.

Il avala le reste de son café et ajouta :

— Vous devez me croire, c'est la vérité.

— Vous rendez-vous compte que vous venez de contredire ce que vous m'avez dit dans mon bureau ? Au sujet du bébé...

— J'en suis conscient. Mais Pia avait des cycles irréguliers.

— Et vos rapports n'étaient pas protégés ?

— Au début, ils l'étaient toujours, mais il m'est arrivé d'oublier mes préservatifs.

Il se leva pour jeter son gobelet dans la poubelle, imité par Paoli. C'est alors que le médecin légiste apparut.

— Ça va mieux, Monsieur ?

— Oui, merci.

— Bon. Tu as quelques minutes, François ?

— Un instant, Sev, je reviens.

Il ramena Merlus à la voiture.

— On va vous ramener au commissariat. Il se peut que j'aie besoin de vous revoir, un de ces jours.

— Je suis à votre disposition, Lieutenant. Vous pourrez me joindre à ce numéro, ajouta-t-il en donnant une carte de visite à Paoli.

— En ce qui concerne votre portable, il vous sera rendu dès que nos services auront fait le nécessaire. Au revoir, monsieur Merlus.

— Au revoir, Lieutenant.

Paoli rentra dans la morgue où l'attendait le légiste.

— C'était son amant. Ça se voit comme le nez au milieu de la figure. Maintenant, je suis sûr que tu vas me demander une recherche en paternité.

— C'est pour ça que tu m'as retenu ?

— Non. Pour ça. Ce sont les affaires personnelles de Prosper Moreau. Elles ont été oubliées le jour de la mise en bière.

Après en avoir fait l'inventaire, Séverin Leclerc donna le sac plastique dans lequel il les avait rassemblées à Paoli.

— Tu n'as pas pensé à contacter sa femme pour les lui remettre ?

— Dis donc, c'est pas le bureau des objets trouvés, ici ! Et j'ai bien autre chose à faire que…

— Bon, bon, ne t'emballe pas pour si peu. Je vais les emporter, ça te fera un peu moins de foutoir.

— Du foutoir ? Où tu vois du foutoir, toi ?

— Tu y es tellement habitué que tu ne le vois plus.

— Tu veux que je te dise ? Ça me rassure, ce bordel ! Ça "sent" la vie ! Ce n'est pas comme à côté où tout est nettoyé et désinfecté quand les tiroirs sont fermés.

— Tu veux que je te dise, Sev ? Tu devrais aller plus souvent dans des endroits conviviaux.

— Tels que les bars, c'est ça ?

— Ou les restaurants. Depuis quand ne t'es-tu pas assis à une bonne table ?

— Ouais, ça fait un bail ! reconnut le jeune médecin légiste.

— Il faut que je redescende, j'ai du pain sur la planche, déclara Paoli en pesant sur la poignée.

— Hé ! Tu veux la recherche de paternité ou non ?

— Fais-la faire, ça peut être utile. Bon, je t'appelle et on se fait une bouffe ?

— Quand tu veux ! Salut !

*

31 janvier, bureau de Durand.

Revenu à l'hôtel de police, le lieutenant Paoli fit part de sa conversation privée avec Merlus au lieutenant Durand.

— Donc, si Merlus a dit la vérité, ça veut dire que Clémentine voyait quelqu'un d'autre, en déduisit Éric Durand, puisqu'on a deux sortes d'empreintes sur la bouteille de champagne et qu'elles sont fraîches.

— Pour ma part, je crois Philippe Merlus. Ses réactions ont été tout à fait logiques et normales et il n'a fait aucune difficulté pour nous confier son portable. Et, à bien y réfléchir, vu la nature de leur relation, Clémentine aurait dû seulement noter P au lieu de PM sur son carnet.

— Supposons qu'il ait appris l'existence d'un rival… Il a très bien pu suivre Clémentine et…

— Je t'arrête tout de suite, Éric. Si tel était le cas, il aurait plutôt tué son rival que la femme qu'il aimait.

— Tu dis ça à cause des larmes qu'il a versées ? Tu sais, il peut très bien avoir joué la comédie !

— Non, je ne pense pas. Il n'est pas assez fort pour ça, psychologiquement. Je l'ai bien observé. Du moment où je suis entré dans mon bureau et que je l'ai fait sursauter à celui où il est parti de la morgue, il m'a donné l'image d'un homme sincèrement accablé par la disparition de sa maîtresse. Cela dit, la jalousie peut très bien être le mobile et nous serions en face d'un crime passionnel dont le coupable pourrait être le rival de Merlus. Ça, ça tient la route.

Avisant le sac en plastique rapporté par Paoli, Durand lui demanda ce qu'il contenait. Paoli vida le contenu sur le bureau.

— Ce sont les affaires de Prosper Moreau. Un mouchoir, sa chaîne, son alliance, sa chevalière en or et son agenda.

— Eh bien, en voilà un autre de PM ! fit le lieutenant Durand en montrant la chevalière gravée aux deux initiales de son propriétaire défunt.

— Oui, mais celui-là, on ne peut plus l'interroger, rétorqua Paoli en ouvrant l'agenda. Tiens… c'est curieux.

— Quoi ?

— C'est un agenda scolaire. Il débute au mois de septembre dernier. Le genre d'article que l'on trouve à la rentrée dans les grandes surfaces.

Il tourna les pages jusqu'à celles de l'emploi du temps.

— Toi qui fréquentais le Comptoir & Polars, tu peux me dire à quoi correspondent ces hachures du lundi matin et du jeudi après-midi ?

— A des périodes de fermeture. Au début de son commerce, il fermait les dimanches et lundis. Mais quand tu lis certains bouquins comme des thrillers, par exemple, quarante-huit heures d'affilée sans pouvoir y mettre le nez, c'est trop long. Des clients lui en avaient fait la remarque et Prosper avait accepté de changer ses horaires.

— Ah ! D'accord.

— Je n'ai jamais vu un type aussi conciliant que lui.

— Te rappelles-tu quand il a pris ses vacances, l'an dernier ?

— Il a dû fermer une semaine à la fin avril et une autre à la mi-novembre. Je crois que c'est tout.

— OK, ça colle avec ce que j'ai sous les yeux. Et ces week-ends marqués d'un trait de surligneur, ça te dit quelque chose ?

— Montre d'un peu plus près, je ne vois pas.

Le lieutenant Durand prit l'agenda et passa en revue les diverses dates.

— Je ne pense pas me tromper en te disant qu'ils correspondent à des salons du livre. Pour ces deux-ci, en tous cas, j'en suis sûr. C'était à Carhaix et au Relecq-Kerhuon, j'y suis allé. On pourra vérifier aisément en demandant la liste complète au Centre Régional du Livre, si tu veux.

— Bof ! Je ne suis pas certain que cela serve à grand-chose, mais fais comme tu le sens, répliqua Paoli en se servant un café.

Il s'approcha de la fenêtre et porta la tasse à ses lèvres. Dehors, il faisait froid, et les rares passants marchaient d'un pas pressé.

— François, viens voir !

Paoli prit le temps de finir son café avant de quitter sa place.

— Regarde… Prosper a eu des rendez-vous avec un certain P et c'était toujours à 9 heures trente ou 13 heures 30, heures auxquelles son bar était fermé. Par contre, il n'a pas noté le lieu.

— Ça peut vouloir dire qu'il recevait ce P chez lui. Mais… attends un peu…

Il posa sa tasse sur le bureau d'Éric Durand et fonça à son bureau d'où il revint avec l'agenda de Pia Saint James.

Il posa les deux carnets côte à côte et tourna les pages pour les comparer pendant que son collègue jouait avec un stylo. Les dates portant les initiales PM du carnet de Pia correspondaient à celles notées P de Prosper Moreau.

— Eh bien, voilà ! exulta-t-il. On sait maintenant que Prosper et Pia se voyaient.

— C'est bizarre… Je ne l'imaginais pas capable de tromper sa femme, dit Éric en se rappelant le cafetier.

— Alors, pourquoi l'aurait-il vue aussi souvent ?

— Merde ! Foutu stylo ! s'écria le lieutenant Durand en recevant de l'encre sur les doigts.

Il sortit pour aller se laver les mains.

— Je sais ! dit-il à son retour. Tu te souviens de ce que Sev a mis dans son rapport d'autopsie de Prosper ? Il disait qu'il avait de l'encre sur les doigts. Et toi-même, suite à cette déclaration, tu as pensé qu'il n'était pas impossible qu'il se soit mis à écrire.

— Oui…

— Eh bien, si ça se trouve, Prosper rencontrait Pia pour des besoins d'écriture, pas pour la bagatelle ! Qu'en dis-tu ?

— Hum ! fit Paoli, dubitatif. Et les préservatifs trouvés chez elle, alors qu'en fais-tu ?

— Pour l'instant, rien. Nous devons attendre les résultats des tests ADN. Mais, franchement, je serais bien étonné si on y découvrait celui de Prosper. Non, c'était pas son genre de tromper sa femme ou, alors, il le faisait avec la lecture.

— Bon, laissons ça de côté pour le moment, et allons donc interroger les voisins de Prosper. Si Pia s'est effectivement rendue chez lui, il y en a sûrement un ou une qui l'aura vue.

*

31 janvier, voisinage du Comptoir & Polars.

Le lieutenant David Marchand, libéré de son stagiaire, s'était joint à eux. Il gara la voiture de service à quelques mètres du Comptoir & Polars dont on avait baissé les rideaux de fer.

— David, tu te charges du voisin handicapé. Éric, tu vois chez les commerçants et moi, je vais chez madame Moullec.

Marchand et Durand acquiescèrent et les trois hommes se séparèrent.

Paoli sonna chez madame Moullec. Celle-ci lui ouvrit immédiatement la porte.

— Bonjour, Madame. Vous me reconnaissez ? Je suis le lieutenant Paoli.

— Oui, bien sûr ! Bonjour ! Vous avez de la chance, je viens juste de rentrer des commissions. Mais, entrez, voyons, ne restez pas dehors par ce froid de canard !

Paoli la remercia et referma soigneusement la porte derrière lui.

— Par ici, lui dit la septuagénaire en l'emmenant dans sa cuisine. Asseyez-vous.

Là, il put constater que madame Moullec avait une vue imprenable sur le bar.

— Voulez-vous boire quelque chose de chaud ?

— Ne vous dérangez pas pour moi, Madame.

— Non, non, ne vous inquiétez pas ! J'ai l'habitude de prendre un petit café quand je rentre de mes courses.

— Alors, je veux bien.

— Mais ne restez donc pas debout, vous êtes si grand que vous me donnez le tournis !

François Paoli s'assit sur une chaise, avec un petit sourire au coin des lèvres.

— Vous n'êtes pas venu en simple visite de courtoisie, j'imagine ? émit madame Moullec en allumant sa cafetière électrique. Je vous ai vu arriver avec vos deux collègues. Alors, je vous écoute.

— Vous dites que vous venez de rentrer. Est-ce votre heure habituelle ?

— Oui, à cinq minutes près, en plus ou en moins. Ça dépend de ma hanche. Si elle ne me fait pas souffrir, je suis un peu plus tôt.

— Le lundi matin, aussi, vous allez aux commissions ?

— Surtout le lundi matin, mais ce jour-là, c'est l'hypermarché. J'y vais en taxi. Voyez-vous, depuis que je suis veuve, mes deux enfants m'invitent chacun à tour de rôle pour le repas du dimanche midi. Si bien que je n'ai rien à manger le lundi. Quand mon mari était encore de ce monde, je cuisinais plus et on avait des restes que j'accommodais. Maintenant, dès le lundi matin, je dois garnir mon frigo.

— Et c'est toujours pareil, tous les lundis matins ?

— Oui, Inspecteur, répondit-elle en servant le café. Et ça tombe bien, parce que le lundi, la rue n'est pas très animée. Au moins, là, je vois du monde, dit-elle en sortant deux tasses de son buffet.

— Je comprends.

— Maintenant que le bar est fermé, c'est devenu presque aussi mort le lundi après-midi que le matin. Quand Prosper vivait, il y avait un petit va-et-vient. Ça me distrayait un peu.

— Que faites-vous de vos après-midi, madame Moullec ?

— Après les informations de la 2, il y a l'inspecteur Derrick, vous savez. Mais, comme les épisodes sont diffusés en boucle et que je les ai quasiment tous vus, je suis l'épisode en faisant ma vaisselle. Ensuite, je m'installe là où vous êtes, pour faire mes mots croisés.

— Excusez-moi, j'ai pris votre place.

— Non, non, Inspecteur, restez assis, là, dit-elle à Paoli en train de se lever. Pour tout vous dire, c'était la place de mon mari quand il faisait ses mots croisés et il remplissait toujours ses grilles sans problème. Un jour qu'il me manquait un mot, j'ai pris le dictionnaire et, sans m'en rendre compte, je me suis assise à sa place. Et j'ai complété mes cases en un rien de temps. Enfin, presque, j'exagère un peu. Mais, depuis ce jour, je fais mes mots croisés à cette place.

— Et quand vous levez le nez de votre journal, vous voyez les gens passer dans la rue.

— Non seulement je les vois mais je les regarde. Il est bon, de temps en temps, de quitter sa grille des yeux. Pendant ce temps-là, le cerveau travaille inconsciemment. Et, quand vous vous replongez dans vos définitions, les solutions vous viennent comme par miracle.

— Avez-vous déjà vu cette personne venir au Comptoir & Polars ? lui demanda-t-il en sortant la photo de Pia de sa poche.

— Mais… c'est Pia Saint James ! s'exclama madame Moullec. J'ai lu deux de ses romans chez Prosper. Formidables !

— Oui, mais l'avez-vous vue entrer dans le café ?

— Non. Vous pensez bien que si tel avait été le cas, je me serais empressée de traverser la route pour aller lui dire tout le bien que je pense de ses polars !

— Jamais ? Réfléchissez bien…

Madame Moullec baissa le nez vers sa tasse, comme si la noirceur de son café allait lui restituer des images du passé. Mais elle le releva en secouant négativement la tête.

— Je vais être honnête, Inspecteur, je ne me souviens pas l'avoir jamais vue entrer en face. Mais, bon, elle a très bien pu passer pendant que je me concentrais sur ma grille ou venir aux heures où j'étais absente.

— Effectivement, c'est une possibilité, approuva Paoli.

— Il ne faudrait tout de même pas croire que je suis une de ces commères qui passent leur temps à la fenêtre à surveiller les allées et venues des autres ! fit-elle mine de s'indigner, car madame Moullec avait parlé en souriant et non en fronçant les sourcils.

— Je n'ai jamais dit ni pensé cela, madame Moullec.

— Cela dit, puisque ma fenêtre de cuisine donne sur la rue, juste en face du café de ce pauvre Prosper, et que c'est la pièce où je passe le plus de temps, il était normal que vous y ayez pensé.

— Dites-moi, vous qui fréquentiez le Comptoir & Polars assidûment, y alliez-vous les soirs où Prosper faisait venir des auteurs ?

— Et comment que j'y allais ! C'était ma grande sortie du mois. J'en profitais, pour m'octroyer une petite mirabelle. C'est mon péché mignon.

— Qui avez-vous vu ?

— En tant qu'auteurs, vous voulez dire ?

Paoli acquiesça en reposant sa tasse.

— A vrai dire, je ne pourrai pas vous citer tous les noms, mais les deux derniers à avoir accepté l'invitation de Prosper étaient Maurice Cardon et Philippe Merlus. J'ai trouvé Merlus très sympathique. Après la lecture d'une nouvelle, il s'est prêté de bonne grâce au jeu des questions du public.

— Pas Cardon ?

— Moins. D'ailleurs, il n'était pas resté aussi longtemps que Merlus.

— Et Pia Saint James ? Elle n'a jamais participé à ce genre de café littéraire ?

— Non. Pourtant, j'ai demandé à Prosper de la faire venir. Et je n'étais pas la seule. Mais, pour je ne sais quelle raison, elle a refusé. Peut-être de la timidité…

— Et cette dame, l'avez-vous vue ?

Cette fois, Paoli sortit la photo de Clémentine Roi affublée de sa perruque et de ses lunettes de grand-mère.

— Non, sa tête ne me dit rien, Inspecteur.

*

Au même moment avant de sonner chez le voisin handicapé des Moreau, le lieutenant Marchand lut le nom de la personne à qui il rendait visite : Georges Buisson. La porte était pleine, à l'exception d'un œilleton de surveillance percé légèrement au-dessus de la poignée. On tourna la clef et la porte s'ouvrit.

— Bonjour monsieur Buisson. Pouvez-vous m'accorder quelques instants ? demanda-t-il en exhibant sa carte.

— Ah, la police ! Entrez.

David Marchand fut introduit dans une vaste pièce où de larges espaces permettaient une circulation aisée du fauteuil roulant.

— Asseyez-vous, je vous en prie, l'invita Buisson.

— Merci. Pouvez-vous regarder cette photo et me dire si vous avez vu cette jeune personne ?

— Un instant, il faut que je mette mes lunettes.

Georges Buisson plongea la main dans sa poche-poitrine et en sortit une paire de demi-lunes qu'il posa sur son nez.

— Oui, elle est venue voir Prosper à quelques reprises.

— Vous souvenez-vous des heures auxquelles elle se présentait à sa porte ?

— Une fois, je l'ai vue de bonne heure. Enfin, ce que je considère de bonne heure pour moi, c'est entre 9 et 10 heures. Je ne suis pas du matin. Et deux ou trois fois, il était largement passé une heure de l'après-midi.

— La voyiez-vous repartir ?

— Je ne passe pas le temps à ma fenêtre, Lieutenant. J'ai autrement plus intéressant à faire.

— C'est-à-dire ?

— Je vais au gymnase pour jouer au basket avec d'autres handicapés, ou à la bibliothèque ou bien encore au cinéma, ou alors je fais mes courses. Et les jours où je ne sors pas, voici ce que je fais…

Buisson fit faire un quart de tour à son fauteuil, replia un petit paravent et désigna une maquette en construction sur une table.

— C'est un ketch. Je viens d'en finir les membrures et la coque et j'ai commencé le pont.

— Joli travail, le complimenta Marchand qui s'était levé. Mais, il est de belle taille… Comment allez-vous faire pour les mâts et le gréement ?

— La table peut tourner et je peux faire varier sa hauteur grâce à cette commande.

— Très astucieux. Mais, revenons à cette jeune femme, dit Marchand en se rasseyant. Venait-elle toujours seule ?

— Les fois où je l'ai vue, oui, et elle portait une espèce de porte-documents.

— Aux heures que vous m'avez indiquées, madame Moreau était-elle là ?

— Non. Elle commence son travail aux Petites Floralies Quimpéroises à 9 heures et l'après-midi à 1 heure et demie.

— Ça ne vous a paru bizarre que Prosper reçoive la visite d'une jeune femme en l'absence de sa femme ?

— Si, un peu, bien sûr. Mais je n'ai jamais pensé qu'il pouvait avoir une maîtresse.

— Pourquoi, monsieur Buisson ?

— Je ne sais pas, c'est une idée, comme ça.

— Est-ce que vous avez des voisins au-dessus de chez vous ?

— Un jeune couple, oui. Mais ils sont absents dans la journée. Je les entends descendre vers 8 heures et ils ne rentrent qu'à 6 heures du soir. Lui est mécanicien, je crois, et elle, elle travaille dans une crèche maternelle en ville. De temps en temps, ils descendaient prendre un verre au Comptoir. Si vous voulez les interroger, vous serez obligé de revenir.

— Je ne pense pas que cela s'avérera nécessaire. Bien, je crois que ce sera tout, monsieur Buisson. Je vous remercie. Si, par hasard, un détail quelconque vous revenait au sujet de cette femme, voici le numéro auquel vous pouvez me joindre.

David Marchand donna sa carte et prit congé.

*

Pendant ce temps, dans les commerces voisins.

Le lieutenant Durand poussa la porte d'un opticien. Deux vendeurs s'occupaient de clients en mal de recouvrer une meilleure vue, un troisième vint à sa rencontre.

— Bonjour Monsieur. C'est pour une paire de lunettes ?

— Ça viendra sans doute un jour, mais pas aujourd'hui. Je suis de la police et je voudrais vous poser quelques questions. Avez-vous vu cette personne entrer au Comptoir & Polars ?

Le vendeur prit la photo et l'examina.

— Non, désolé.

— Vos collègues, peut-être ?

Il fit signe à l'un d'eux qui s'excusa auprès de sa cliente. Il connaissait Pia Saint James grâce aux articles de presse, mais ne l'avait jamais vue en chair et en os, que ce soit de près ou de loin.

— Et vous ? Avez-vous vu cette femme ? demanda Éric Durand au troisième.

— Je la vois tous les soirs, au dos du polar que je suis en train de lire.

— Je voulais dire dans la rue…

— Non, je ne l'ai jamais vue passer.

Éric Durand sortit de chez l'opticien et entra dans la boutique contiguë de vêtements pour enfants. Ici non plus personne n'avait vu Pia Saint James. Et pas plus dans le magasin de vaisselle voisin que chez le coiffeur d'à côté.

Il rattrapa Marchand et tous deux revinrent à la voiture où les attendait Paoli.

— Alors ?

— Chou blanc ! Et vous ?

— Madame Moullec déclare ne pas l'avoir vue passer.

— Elle est bel et bien venue, pourtant. Buisson m'a même donné des horaires approximatifs.

— 9 heures 30 et 13 heures 30 ?

— Oui, c'est ça.

— Alors, c'est que Pia est venue par ailleurs que cette rue. Allons voir !

Les trois officiers de police dirigèrent leurs pas vers la cour du Comptoir & Polars.

— Vous avez perdu quelque chose ?

— Ah ! Monsieur Buisson… En dehors de cette entrée, existe-t-il un autre passage permettant d'accéder à la cour ?

— Oui. Cette porte verte, là…

— Est-ce par elle que venait Pia Saint James ?

— Qui ça ?

— La jeune femme dont je vous ai montré la photo tout à l'heure.

— Ah ! Oui… oui, elle venait par la porte verte.

Marchand le remercia et ouvrit la porte. Elle donnait sur un passage assez étroit que les trois policiers empruntèrent. Sa longueur était celle des deux pignons d'immeubles qui la délimitaient.

— Des murs aveugles, commenta Marchand en levant le nez vers les murs sans fenêtres. Inutile de perdre notre temps à interroger les gens des immeubles.

— Tu connaissais ce passage, Éric ? demanda Paoli.

— Non, je n'avais aucune raison de le prendre.

En arrivant au bout de ce couloir glacial, ils débouchèrent sur un petit parking entouré de bâtiments réservés à des bureaux.

— Pratique pour se garer et gagner la cour du Comptoir sans se faire voir.

— Rien ne nous dit que Pia venait en voiture. Elle pouvait très bien utiliser un taxi qui la déposait ici, puis suivre le passage jusqu'à la porte verte.

— Ou laisser sa voiture sur le quai. On n'est qu'à cent mètres de l'Odet, dit Durand. Aux heures où elle venait, elle ne devait pas avoir trop de difficultés à trouver une place.

— Ouais… Mais quoi qu'il en soit, si elle empruntait le passage de la porte verte, c'était certainement pour passer inaperçue… Ça ne fait aucun doute. Bon, rentrons.

*

Vendredi 31 janvier, commissariat, 14 heures.

Les trois officiers de police revenaient d'une brasserie où ils avaient déjeuné, quand le commissaire Duval les convoqua dans son bureau. Au ton de son « Alors, Messieurs ? », ils comprirent que leur supérieur attendait sinon un résultat, du moins des progrès. Ce fut Paoli qui se colla à l'exercice du rapport. Quand il eut fini, Vincent Duval se pencha en avant, posa les coudes sur son bureau, se croisa les mains et passa ses pouces sous son menton.

— Bien, dit-il.

Puis plus rien. Il semblait réfléchir. Il abandonna sa posture et s'adossa à son fauteuil.

— Je vais faire activer le labo et les Télécom, ça nous permettra déjà de savoir si Merlus a dit la vérité. En attendant les résultats, je pense qu'il serait utile que vous rencontriez d'autres auteurs des Éditions Lavoisier qui se seraient trouvés sur les mêmes salons que Saint James, Merlus et Cardon. Ils vous apprendront peut-être quelque chose. Lieutenant Durand, vous vous en chargez ?

— D'accord.

— Bon. Si votre idée est que Pia Saint James et Prosper Moreau se rencontraient pour autre chose que le sexe…

— Nous pensons qu'ils se voyaient pour des travaux d'écriture, Patron, plaça Paoli.

— C'est ce que je voulais dire. Donc, vous retournez immédiatement au Comptoir et au domicile de Moreau pour les perquisitionner.

— Qu'en est-il du disque dur de l'ordinateur de Pia ?

— Michel Le Du a réussi à ouvrir la boîte à lettres électronique.

— Et ?

— Il a trouvé un courriel qui dit : « Fais attention à toi ! ».

— C'est à double sens, prévention ou menace émit Marchand. Ça peut aussi bien vouloir dire « Prends soin de toi » que « Ton heure approche ! » ou quelque chose dans ce genre. Qui l'a envoyé ?

— Pour l'instant, on ne sait pas. Il a été envoyé à partir d'un portable. Le Du y travaille.

— De quand date-t-il ?

— Du 10 janvier.

— Est-ce le seul courriel que ce mystérieux correspondant lui ait adressé ?

— S'il y en a eu d'autres, l'ordinateur les a effacés car il était programmé pour ne garder le courrier électronique que pendant deux jours. Celui-ci était stocké dans les archives.

— Donc, ça signifie que Pia y tenait, sinon il aurait été détruit comme les autres. A mon avis, ce n'est pas une menace.

— Nous serons fixés quand Le Du aura trouvé l'expéditeur. C'est tout pour le moment, Messieurs. Au travail !

*

Au Comptoir & Polars, 15 heures.

Paoli et Marchand entrèrent dans le bar. Ensemble, ils firent le tour de la salle en scrutant et sondant la plinthe en bois. Mais celle-ci étant bien pointée au mur, ils en déduisirent qu'elle ne dissimulait aucune cachette. Ils passèrent derrière le bar et ouvrirent tous les placards qu'ils fouillèrent à l'aide de torches et de leurs mains : rien. Ils déplacèrent quelques bouteilles sans plus de résultat.

— Où vas-tu ? demanda Marchand.

— Aux toilettes !

— T'es allé pisser avant qu'on vienne ici.

— Je n'y vais pas pour ça. Je vais les visiter.

Paoli se dirigea vers les toilettes et commença par les WC hommes. Un urinoir faisait face à un lavabo qui jouxtait un cabinet. Il y entra, passa la main derrière le réservoir de la chasse d'eau, puis regarda dedans : rien.

Des toilettes-hommes, il passa à celles des femmes. Elles comportaient un lavabo et deux cabinets. Il poussa la porte de celui de droite et recommença son manège pour un résultat identique.

Il entra ensuite dans celui de gauche, légèrement plus spacieux que son voisin. Outre la cuvette, il contenait un placard fermé à clef. Paoli étudia les portes et ressortit du WC.

— Tu as trouvé quelque chose ?

— Un placard. Je cherche quelque chose qui me servirait de levier pour l'ouvrir.

— Un couteau ? proposa Marchand en sortant le sien de sa poche.

— Pas assez solide, mais donne-le-moi toujours. Je vais dévisser cette barre de seuil en laiton.

— Laisse, je vais le faire.

Deux minutes plus tard, Paoli insérait la barre de seuil entre les deux portes et forçait dessus. Apparurent des rouleaux de papier toilette, des produits nettoyants et désodorisants. Il croyait avoir ouvert le placard en vain, quand il remarqua l'épaisseur anormale de l'étagère. Les doigts repliés, il passa la main dessous et tira.

— Ça y est, David… j'ai trouvé ! Sev avait raison. Regarde, un stylo à encre, des recharges et un manuscrit en cours d'écriture.

— Sacré Sev ! Il faudra que je lui tire mon chapeau.

— Et surtout que tu lui fasses des excuses pour avoir mis sa parole en doute, oui !

— En tous cas, c'est un drôle d'endroit pour ranger un manuscrit. Un placard de chiottes, faut le faire !

— Il devait écrire en cachette.

— C'est quoi comme genre ?

— Curieux…

— C'est nouveau ? Ça vient de sortir ?

— Non, je disais curieux, parce qu'on dirait une écriture à deux mains.

— Prosper a écrit des deux mains ?

— Tu fais exprès de ne pas comprendre ou quoi ? Tiens, regarde ! Les feuilles manuscrites de Prosper alternent avec des feuilles rédigées par une autre personne. Et, je te parie un restau' chinois contre une pizza que cette écriture est celle de Pia.

— Et tu crois vraiment qu'on les aurait tués pour ça ? Je sais bien que la vie ne vaut pas très cher pour certains, mais là… ça dépasse mon entendement !

— Rassure-toi, le mien aussi ! répliqua Paoli en mettant le contenu du tiroir dans un sac.

— Maintenant qu'on a trouvé ça, tu crois qu'il faut qu'on monte quand même ? Josiane Moreau doit être au travail à cette heure, cela nous forcerait à fracturer sa porte. Ça ferait désordre !

— Ouais, tu as raison. On reviendra plus tard, quand elle sera rentrée, ça me permettra de lui poser quelques questions.

— On rentre au commissariat ?

— Pas tout de suite. Marine m'a dit hier que Marcel voulait me voir.

— Alors, direction La Chope !

VII

31 janvier, café La Chope, 16 heures 30.

Marchand et Paoli entrèrent dans La Chope et s'installèrent au zinc. Marcel était en train de mettre un nouveau fût de bière en perce.

— Salut Marcel !

— Salut les gars ! Je finis ça et je suis à vous.

— Prends ton temps, on s'octroie une petite pause.

— Ça y est ! Alors, qu'est-ce que je vous sers ?

— Pour moi, ce sera un café, répondit Paoli.

— Un demi panaché.

— Tu voulais me parler ?

— Oui. Comme tu sais, je suis allé aux obsèques de ce pauvre Prosper. Comme j'étais arrivé assez tôt, je me suis installé au bord central de la troisième rangée de droite. De là, je pouvais assez bien voir les proches de Prosper qui étaient devant, à gauche : sa femme Josiane, son frère que j'ai vu deux fois et d'autres membres de sa famille. A la fin de la cérémonie, alors que je passais le goupillon, j'ai vu Josiane remettre un bout de papier à un homme. Ç'aurait été l'inverse, je n'aurais pas été trop surpris, mais, là, ça m'a un peu intrigué. J'étais obligé d'avancer, donc je l'ai fait et je suis sorti. Mais quand j'ai été dehors, j'ai pris tout mon temps pour boutonner mon manteau, ce qui m'a permis d'observer le type en question. Tout le monde avait un air de circonstance ou neutre. Pas lui. Il m'a semblé le voir esquisser une sorte de sourire en franchissant le porche de l'église. Il a fendu la foule et s'est dirigé vers une moto.

— Une moto ? Quelle marque ? Quelle cylindrée ?

— Une Kawasaki, GPZ 500S.

— Dis donc, c'est précis, ça !

— Je connais le modèle parce qu'un cousin de ma femme vient d'en acquérir une et il est venu de Rouen dessus. C'est une belle “bête”.

— Tu n'as pas vu son immatriculation, par hasard ?

— Hélas ! Des groupes s'étaient formés devant moi et le type n'a pas traîné.

— Tu penses ! De quelle couleur était le carénage ?

— Bleu. Excusez-moi, je vais prendre une commande.

— Eh bien, ça, pour une info, c'est une info ! fit Marchand.

— Ouais, tu l'as dit !

Quand Marcel eut reposé son plateau, il revint auprès des deux policiers.

— Dis donc, Marcel, le type à la moto… tu pourrais nous en faire une description ?

— Assez grand, baraqué, pas loin des quarante ans, blond, avec une grande mèche peignée en travers du crâne. Pour la couleur des yeux, désolé, j'étais trop loin.

— Ce n'est déjà pas si mal.

— Oui, grâce à toi, nous tenons une piste, renchérit Paoli. Bon, on te laisse. A plus !

— C'est ça, à plus tard !

*

31 janvier, commissariat de police, 17 heures 15.

Paoli et Marchand traversèrent le hall d'entrée et montèrent. Ils avaient à peine mis le pied à l'étage que la voix du commissaire Duval s'éleva derrière eux.

— Eh bien, déjà rentrés au bercail ?

— Comme vous voyez, Patron ! Et pas bredouilles, en plus de ça !

— Que brandissez-vous dans ce sac ?

— Un manuscrit.

— Cela confirme donc votre théorie, Paoli. Montrez-moi ça.

Vincent Duval s'en empara et entra dans son bureau. Paoli et Marchand l'y suivirent. D'un regard, Duval fit signe de fermer la porte. Il ouvrit le manuscrit et le feuilleta avant de le rendre à Paoli et de dire :

— Le message que Le Du a trouvé dans les archives de l'ordinateur provient du portable de Philippe Merlus. Aussi je vous ordonne d'aller chercher ce monsieur, Paoli, et de le ramener ici pour une petite garde à vue.

— Mais…

— Vous contestez ma décision ?

— Je ne la conteste pas, je ne la comprends pas, c'est différent.

— Vous avez oublié la teneur du message, sans doute. Il disait : « Fais attention à toi ».

— Non, je ne l'ai pas oubliée, mais on dirait que vous avez allégrement franchi le pas qu'il y avait entre la mise en garde et la menace. Et ça, en trois heures de temps !

— Mais qu'est-ce qui vous prend, Paoli ?

— Il me prend que je ne crois pas Philippe Merlus capable d'avoir menacé Pia Saint James parce qu'il l'aimait ! Voilà ce qu'il me prend !

— Calme-toi, François, intervint David Marchand.

— C'est ça ! Je vais me calmer ! Ailleurs ! s'écria-t-il en claquant la porte.

Pendant quelques secondes, Vincent et David restèrent interdits.

— Vous y comprenez quelque chose, Marchand ?

— Absolument rien, Patron.

Duval se leva et alla se planter à la fenêtre.

— Puisque Paoli n'a pas l'air d'accord, c'est vous qui irez chercher Merlus. Tenez, reprenez ce truc, dit-il en donnant le manuscrit à Marchand. Vous pouvez disposer.

David Marchand sortit. Parvenu devant le bureau de son ami, il faillit frapper à la porte. Mais il renonça et se rendit dans le sien.

Une fois la porte fermée, il s'assit, posa les pieds sur son bureau et se mit à réfléchir. Il n'avait pas assisté à l'audition de Merlus et, par conséquent, en ignorait la teneur. Mais l'idée du double sens du message était de lui et François Paoli avait choisi l'idée de la prévenance au lieu de celle de la menace. D'un autre côté, l'auteur du message étant Merlus, il était logique que Duval voulût l'entendre s'expliquer sur ce sujet. David soupira : il avait l'impression d'être entre l'arbre et l'écorce, tiraillé par l'ordre du commissaire et son amitié pour le Corse.

Il se rassit normalement, prit le téléphone, le reposa, le reprit et appela le bureau de François. Celui-ci mit du temps à répondre.

— Qu'est-ce que tu veux ? demanda-t-il avec une certaine agressivité.

— J'aimerais consulter le rapport d'audition de Merlus avant d'aller le chercher.

— Quoi ? Répète !

— Tu as très bien entendu, François. Grincheux m'envoie à ta place.

La conversation fut interrompue, Paoli avait raccroché. Il poussa violemment la porte de Marchand.

— Il n'est pas question que tu ailles chercher Merlus sans moi ! Je t'accompagne !

— Alors, reprends-toi !

Marchand qui avait contourné son bureau pesa sur l'épaule gauche de Paoli et le força à s'asseoir.

— Sois honnête, deux minutes, François. Tu ne sais rien de Merlus que ce qu'il a bien voulu te dire, n'est-ce pas ?

— Exact, mais ce type n'avait aucune raison de menacer Pia et il ne l'a pas fait ! Je le sens !

— Ah, nous y voilà ! Ton fameux flair !

Paoli fusilla Marchand de ses yeux bruns.

— Que Grincheux veuille questionner Merlus au sujet de ce message, je peux comprendre, mais avoue qu'il n'y a pas besoin d'une garde à vue pour ça ! C'est absurde ! Tu veux que je te dise, David ? A passer tant de temps dans la paperasse, Grincheux oublie complètement le côté humain des gens. Les sentiments, il ne sait plus ce que c'est. Voilà !

— Bon, ça y est ? Tu as fini ? Alors, allons à ton bureau et montre-moi le procès-verbal d'audition de Merlus.

*

Finalement, ne voulant en aucune façon cautionner la décision de Duval, Paoli avait laissé Marchand se rendre tout seul chez Merlus et s'était enfermé dans son bureau. Il aurait pu prendre dans l'annuaire les coordonnées des vendeurs de motos dépositaires de la marque Kawasaki, et les contacter, mais il préféra relire les déclarations de Philippe Merlus.

Il interrompit sa lecture pour réfléchir aux visites de Clémentine chez Prosper.

Si elle prenait le passage de la porte verte, c'est qu'elle voulait être discrète.

Curieuse discrétion, si on pense qu'elle venait sous sa véritable apparence à Quimper alors qu'elle se déguisait pour vivre à Beg-Meil ! Et puis à quoi attribuer cette discrétion ?

Au fait qu'elle rendait visite à un homme marié ? S'il n'avait pas trouvé le manuscrit, c'est à ça que Paoli aurait tout naturellement songé. Mais, voilà, il était là, sous ses yeux.

Il se frotta le visage, puis se rejeta en arrière. Plusieurs questions se posaient, mais tant qu'il n'aurait pas les résultats du labo, des Télécom et des vendeurs de motos, il n'avancerait pas.

Il jeta un coup d'œil à sa montre,18 heures, l'heure de partir récupérer Pierre à la garderie pour aller chez la psychologue.

Il quitta son bureau et dévala l'escalier.

*

Samedi 1er février, 10 heures 30, domicile de Paoli.

Après un sommeil entrecoupé de larges périodes d'insomnie, François se leva. En arrivant dans la cuisine, uniquement vêtu d'un pantalon de pyjama, il trouva un petit mot de son fils : « *J'ai déjeuné, je t'ai fait du café, je descends jouer avec Copain.* »

Tout en buvant son café, il regarda par la fenêtre et vit, effectivement, Pierre et son chien jouer avec un ballon. L'enfant avait dû l'apercevoir, car il agita la main droite.

Il posa sa tasse vide et s'apprêtait à se doucher quand son portable sonna.

— Et merde, fait chier ! râla-t-il en entendant la sonnerie attribuée à son travail.

Il prit l'appareil dans sa poche de blouson et répondit. C'était David Marchand.

— On a une tuile, François.

— De quel genre ?

— Philippe Merlus a tenté de se suicider.

— Quoi !

— Je suis à l'hôpital, tu peux me rejoindre ?

— Je fais au plus vite.

Il ferma son portable et fonça au balcon d'où il ordonna à Pierre de remonter. Puis, sans passer par la case “Toilette et rasage”, il sauta dans ses vêtements de la veille et sortit de l'appartement.

— Où tu vas ? demanda Pierre en sortant de l'ascenseur.

— David m'a appelé, répondit-il en sonnant chez Marine.

— Tiens, les Paoli ! fit-elle en ouvrant sa porte.

— Tu peux me garder Pierre ? Il faut que je file !

Elle n'eut pas le loisir de répondre, il avait bondi dans l'ascenseur qui redescendait déjà. Marine fit une petite grimace à Pierre et le poussa chez elle.

— Ah, ton père ! Est-ce que tu crois qu'il connaît sa chance de m'avoir comme voisine ?

— Il faudra que tu lui demandes, répondit Pierre, sagement.

*

Samedi 1er février, hôpital de Quimper, 11 heures.

François Paoli courut aux urgences. En le voyant arriver, David Marchand lâcha sa revue et se leva.

— Ah ! Te voilà ! Salut François !

— Où est-il ? Comment va-t-il ? questionna immédiatement Paoli.

— Dans cette salle. On s'occupe de lui.

— Comment ça s'est passé ?

— Dans la nuit, Merlus a réclamé un thé. On le lui a donné dans une tasse.

— Une tasse ? Pas un gobelet ? Mais qui a fait ça ?

— Le stagiaire. C'était sa première nuit au poste. Comme il n'y avait plus de gobelets en plastique au distributeur, il est allé faire le thé dans notre pièce. Et il s'est servi d'une de nos tasses qu'il a apportée à Merlus. D'après lui, Merlus aurait prétexté que la boisson était trop chaude pour ne pas l'avaler devant lui. Et comme on l'appelait, il n'est pas resté attendre.

— Et Merlus en a profité pour briser la tasse et s'ouvrir les veines.

— C'est ça. Je ne te dis pas dans quel état est Grincheux.

— Je devine.

— Lieutenant Marchand ?

— Oui. Alors, docteur ?

— Nous allons le garder jusqu'à lundi.

— Bien. Nous allons devoir poster un homme devant sa porte.

— Est-ce que je peux le voir ? demanda Paoli.

— Pas de problème. Allez-y.

Paoli pénétra dans le box de Merlus. Son teint avait pâli et ses traits étaient tirés.

— Bonjour monsieur Merlus.

— Lieutenant Paoli... répliqua-t-il faiblement.

— Pourquoi avez-vous fait ça ? demanda Paoli en baissant les yeux vers les poignets bandés du blessé.

— On voulait à tout prix me faire dire que j'avais menacé Pia. Je ne l'ai pas fait, Lieutenant. Il faut me croire.

— Je veux bien vous croire, mais rendez-vous compte de la portée de votre geste ! On va penser que, puisque vous vous êtes senti coincé et que vous ne vouliez pas parler, votre seule issue était de vous entailler les veines.

— Je ne pouvais pas supporter l'idée qu'on m'accuse d'avoir menacé Pia. Et puis, pourquoi l'aurais-je fait ? Je l'aimais, je vous l'ai dit.

— Une dernière question avant de vous laisser vous reposer. Saviez-vous que Pia travaillait sur un manuscrit avec un propriétaire de bar du nom de Prosper Moreau ?

— Elle m'avait dit qu'elle avait un projet littéraire, mais je ne savais pas de quoi il s'agissait. Le jour où elle l'a évoqué, j'ai vu une lueur étrange dans les yeux. Elle avait un regard pétillant d'ordinaire, mais pas autant que ce jour-là.

— Philippe ! s'exclama une femme en entrant.

Paoli s'effaça pour lui céder la place auprès du lit de Merlus.

Au moment de sortir, il lança un regard en arrière par-dessus son épaule. Le blessé avait détourné son visage et fermé les yeux. Paoli ferma la porte.

— C'est la femme de Merlus, dit Marchand en pointant le menton vers la salle.

— Tu crois que je ne m'en suis pas douté ?

— Elle n'était pas là quand je suis allé chercher Merlus, hier soir, pas plus que quand on a voulu la prévenir, cette nuit. D'après ce qu'il nous a dit, elle assistait à un départ en retraite. Tu t'en vas ?

— Merlus est sous surveillance médicale, bientôt policière, notre présence n'est pas indispensable, rétorqua Paoli en allant vers la sortie.

David Marchand dut presser le pas pour le rattraper.

— François !

— Quoi ?

— Je peux t'offrir un café ?

François Paoli l'observa : David Marchand avait l'air un peu embarrassé de celui qui cherche à se faire pardonner.

— D'accord.

— On le prend à la cafétéria, en bas ?

Ils sortirent de l'ascenseur et fendirent un petit groupe

de consultants du samedi matin. David régla les consommations et ils s'installèrent à une table, près de la baie vitrée.

— Comme tu dois t'en douter, Grincheux n'est pas très à l'aise après ce qui s'est passé.

— Ne crois pas que ça me fasse plaisir.

— Non, je sais. Excuse-moi, dit-il en sortant son portable. Oui, j'écoute. Oui... oui... D'accord, Patron. A tout à l'heure ! La garde à vue de Merlus est interrompue.

— C'est son geste qui a influencé la décision de Grincheux ?

En guise de réponse, David haussa l'épaule gauche.

— Tiens, voilà madame Merlus qui part, remarqua François.

— Elle n'est pas restée bien longtemps.

— Ça ne m'étonne pas.

— Non, c'est sûr, vu la forme de son mari...

— Moi, je dirais plutôt que c'est leur couple qui n'est pas en super forme.

— Qu'est-ce qui te fait dire ça ?

— Quand elle est entrée, elle s'est contentée de dire son prénom et ne l'a pas embrassé. Et lui s'est détourné d'elle.

— Vu son état de faiblesse, ça ne signifie pas grand-chose.

Devant la fixité des yeux du Corse, il s'empressa d'ajouter :

— Ah, oui, ton flair ! Mais, dis-moi, tu penses qu'elle était au courant de la liaison que son mari entretenait avec Pia Saint James ?

— Ça, il faudra le lui demander. Mais tu sais aussi bien que moi que, dans ces cas-là, c'est le principal concerné, le dernier informé.

— Donc, tu ne serais pas contre le fait d'avoir une petite conversation avec madame Merlus, histoire d'en avoir le cœur net ?

— Non, je suis pour, mais... plus tard.

François Paoli termina son café et se leva.

— Tu rentres ? lui demanda David Marchand en l'imitant.

— A moins que tu aies quelque chose contre.

— Non, non, rien.

Ils sortirent sur le parking de l'hôpital.

— Je suis de permanence ce matin, je pense commencer les recherches sur la Kawa bleue.

— Bonne idée. Ce sera toujours ça de fait pour lundi.

Les deux hommes se séparèrent pour prendre leurs voitures respectives. Si Marchand quitta l'enceinte de l'hôpital assez rapidement, il n'en fut pas de même pour Paoli qui avait épié madame Merlus depuis qu'elle avait franchi les portes coulissantes du hall. Il l'avait vue se diriger vers une Ford Fiesta rouge à bord de laquelle elle avait pris place mais qui n'avait pas encore bougé. Prenant l'air de celui qui ne sait plus où il s'est garé, il passa devant la Fiesta. Sa conductrice avait un téléphone portable collé à l'oreille. Elle le referma et mit le contact.

Paoli se hâta vers sa voiture. Après avoir dû attendre qu'un automobiliste âgé eût fini sa manœuvre, la 206 CC pointa enfin sa calandre sur l'avenue Yves Thépot. Un coup d'œil de chaque côté, la Fiesta était arrêtée au feu rouge des Quatre-Chemins.

Était-ce l'attitude de madame Merlus dans la chambre de son mari ou le fait de l'avoir vue téléphoner dans sa voiture qui le décida ? Ou bien les deux ? Quoi qu'il en fût, il se dit qu'une petite filature serait peut-être utile.

Elle tourna à gauche, rue Émile-Zola, puis descendit la rue de l'Université jusqu'au rond-point de Kérustum. Là, elle prit la route de Bénodet jusqu'à l'hypermarché et s'engagea sur sa bretelle d'accès. Paoli crut qu'elle allait se garer pour aller faire ses courses, mais elle ressortit du parking et prit la direction de la piscine. Ne voulant pas se faire repérer, il resta à distance raisonnable de la Fiesta.

*

1er février, piscine de Quimper.

Madame Merlus arrêta sa voiture sur le parking de la piscine. Elle en sortit un petit sac de sport qu'elle passa sur son épaule droite et se dirigea vers l'entrée du bâtiment. Selon toute apparence, elle venait profiter du calme de ce matin froid de février pour nager.

Paoli jeta un coup d'œil par-dessus son épaule droite. Ses affaires étaient là. Il les empoigna et sortit de voiture, puis se dirigea vers le bâtiment. Il s'acquitta de son droit d'entrée, passa aux vestiaires où il se changea rapidement, puis se dirigea vers le grand bain.

Quelques têtes affublées de lunettes de natation ou d'un masque, apparaissaient et disparaissaient au gré des mouvements effectués par les nageurs ; pas facile d'identifier la femme dans ces conditions…

— Ce sera peut-être plus facile dans l'eau, se dit-il en réglant son masque.

Il attendit que deux nageurs s'éloignent avant d'effectuer son plongeon. Il enchaîna trois longueurs de crawl, puis, faisant mine d'avoir un problème d'ajustement du masque, il rejoignit le bord en espérant pouvoir mieux repérer la femme de Philippe Merlus. Le hasard lui donna un petit coup de pouce. Une nageuse vint à côté de lui et souleva ses lunettes de piscine : c'était elle.

— Excusez-moi, Monsieur. Je viens de perdre mon bracelet et je ne sais pas plonger. Auriez-vous l'amabilité d'aller me le chercher au fond du bassin ?

Elle ne semblait pas avoir reconnu l'officier de police devant lequel elle était pourtant passée très près à l'hôpital.

— Bien sûr. Dites-moi à peu près où il se trouve et je vais vous le chercher.

— Là-bas, vers le milieu, le renseigna-t-elle en pointant le doigt à la surface de l'eau.

François Paoli remit son masque en place et partit en brasse coulée. A chaque immersion, il scrutait le fond carrelé du bassin. Quand il eut repéré le bijou, il prit une profonde inspiration et plongea, tel un canard. Il ramassa le bracelet qui était en fait une gourmette gravée du prénom Simone, refit surface et rapporta le bijou à sa propriétaire.

— Tenez, Madame.

— C'est très gentil à vous. Merci beaucoup.

— Je vous en prie.

L'échange de propos qu'ils eurent, permit à Paoli d'apprendre qu'elle était secrétaire et qu'elle venait nager de temps en temps. Ces quelques minutes confirmèrent sa première idée, à savoir qu'elle ne l'avait pas reconnu.

— A mon tour de m'excuser, dit-il.

— Pourquoi ?

— Pour ça ! fit-il en s'éloignant du bord dans une gerbe d'eau.

Simone Merlus admira sa technique, puis se mit à l'eau.

Au bout de vingt minutes d'une nage intense, François émergea sur le bord du bassin. Il retira son masque et se passa la main sur le visage afin d'en éliminer le maximum d'eau. Il scruta la surface de l'eau mais ne vit pas le maillot noir et orangé de Simone Merlus. Elle était sortie du grand bain. Douche et rhabillage ne durèrent guère plus de quinze minutes au bout desquelles, François sortit sur le parking. La Ford Fiesta de Simone Merlus s'y trouvait toujours. Midi approchant, il décida qu'il était temps pour lui de rentrer.

*

Samedi 1er février, déjeuner à La Table Gourmande.

A son retour, François invita Marine à déjeuner.

— Je te dois bien ça, lui dit-il. Et je te laisse le choix du restaurant.

— Alors, cher voisin, j'aimerais que tu m'emmènes à la Table Gourmande.

— Je ne connais pas. Où est-ce ?

— A la sortie de Quimper, sur la route de Concarneau. Ça s'est ouvert au début décembre et, d'après ce que j'ai entendu dire, on y mange très bien.

— Eh bien, allons voir par nous-mêmes ! Le temps que Pierre et moi nous changions, on se retrouve devant l'ascenseur, d'accord ?

— D'accord !

Moins de dix minutes plus tard, tout le monde prenait place à bord de la 206 CC.

Après la traversée de la ville, François prit la vieille route de Concarneau. La Table Gourmande était située sur la droite, juste après une concession automobile. Il rangea sa voiture près d'une Mercedes, elle-même garée au bout d'une rangée de berlines françaises.

— Nous y voici ! dit-il en éteignant son moteur.

— Copain peut venir ?

— Non, Pierre, c'est interdit aux chiens.

— Ah ! fit l'enfant, un peu déçu de ne pouvoir emmener son compagnon à quatre pattes.

Il sortit de voiture et suivit les deux adultes. Dès qu'ils eurent franchi la porte du restaurant, la patronne, tout sourire, vint les accueillir.

— Bonjour ! Trois personnes, à ce que je vois. Suivez-moi.

Elle les mena à une table ronde placée près d'une cheminée dans laquelle rougeoyaient des braises.

— Cela vous convient-il ?

— Très bien, Madame, répondit François en ôtant sa parka.

— Voulez-vous que je vous débarrasse ?

François, Marine et Pierre lui confièrent leur vêtement et s'assirent à table.

Elle revint avec des menus qu'elle leur présenta en disant :

— Si vous préférez le plat du jour, nous avons de la lotte au poivre vert aux trois riz. Je vous laisse choisir.

A peine s'était-elle éloignée de la table qu'un trio en costume-cravate fit son entrée. Machinalement, Marine tourna la tête vers eux et répondit d'un sourire à ceux que deux d'entre eux lui avaient adressé. Quant à François, il leva brièvement les yeux de son menu, le temps de reconnaître Clément Lavoisier qui, lui, ne l'avait pas vu. La patronne les fit traverser la salle et les emmena vers une pièce voisine où l'on n'attendait plus qu'eux pour commencer le banquet.

La Table Gourmande méritait bien son nom. Tout était délicieux et la présentation de l'assiette était à elle seule un régal, celui des yeux.

Pierre termina son repas par une part de tarte aux pommes ; François et Marine optèrent pour une assiette de gourmandises, véritable palette de saveurs sucrées et épicées, qu'ils accompagnèrent d'un café.

Alors qu'ils sirotaient leur Arabica, la discussion s'anima dans la pièce voisine. Le grand cru de Bordeaux que François avait vu passer devant lui devait y être pour quelque chose.

Au travers des paroles ironiques, des reparties et des boutades envoyées de part et d'autre, et ce, malgré le brouhaha, il comprit que la tablée avait abordé le sujet des femmes.

— Excuse-moi, dit Marine en se levant.

— Je t'en prie.

— Je peux sortir de table ? demanda Pierre.

— Oui, va sortir le chien et fais-le se dégourdir les pattes, répondit son père en lui donnant la clef de la 206.

Il profita de l'absence de Marine et de Pierre pour écouter ce qui se disait à côté.

— Je n'ai jamais compris comment tu avais pu signer un tel contrat avec une gonzesse !

— Peut-être qu'elle n'était pas seulement douée pour l'écriture…

— Ah bon ? Je croyais que tout s'était passé par correspondance entre eux !

— Qui t'a dit ça ? On n'a pas de preuve ! Si ça se trouve, il l'a collée dans son lit et, comme il a touché le huitième ciel…

— Le huitième ciel ? Je croyais qu'on n'allait qu'au septième !

— Ça dépend de ta partenaire !

— L'étage n'a pas d'importance si l'ascenseur fonctionne !

— Ha, ha, ha ! Elle est bonne, celle-là !

— Oui, ben, avec toi, ça risque pas !

— Ça suffit, les mecs, vous devenez lourds, là.

— Oh ! Si on ne peut plus rire…

— N'empêche que c'est con qu'elle soit morte, Pia, parce que t'étais tombé sur un sacré filon !

Leur conversation quelque peu grivoise s'interrompit et fut remplacée par les diverses appréciations qu'ils firent à l'arrivée des desserts. Dès que Marine sortit des toilettes, François se leva pour payer l'addition.

— Merci, François. J'ai fait un excellent repas. Tiens, même si t'es pas rasé, ça mérite bien une bise !

— Content que ça t'ait plu, répliqua-t-il tout en recevant un baiser sonore de Marine sur la joue. Bon, que dirais-tu d'une balade digestive ?

*

Lundi 3 février, hôtel de police quimpérois.

Comme tous les lundis matins, les fonctionnaires de police réintégraient leur lieu de travail sans hâte. Il n'y avait guère que les 3 degrés Celsius du dehors pour leur faire presser le pas vers le bâtiment de la rue Théodore Le Hars.

Après avoir rangé sa voiture dans la cour de derrière, le lieutenant Paoli s'engouffra dans le commissariat à la suite de ses deux collègues, Marchand et Durand. Tous trois saluèrent Marie, la réceptionniste-standardiste dont l'oreille droite était déjà collée au téléphone. Elle leur sourit et leur fit un petit signe tout en renseignant son correspondant.

— Non, Madame. Pour cela, il faut vous adresser à la préfecture. Au revoir, Madame ! Hé, les gars !

— Oui ? firent-ils en chœur.

— Duval vous attend dans son bureau.

— Déjà ? Il est déjà arrivé ? Je n'ai pas vu sa bagnole, dit Marchand.

— Elle est au garage d'où il est venu à pied.

— Ça explique, fit Durand.

— Par hasard, Marie, tu ne saurais pas ce qu'il nous veut ? demanda Paoli.

— Désolé, François, aucune idée. Mais vous feriez bien de ne pas le faire attendre, il n'a pas l'air de bon poil.

— T'as déjà vu Grincheux de bon poil le lundi matin, toi ?

— David, tu exagères ! fit mine de le gronder Marie.

Les trois officiers de police montèrent au bureau du commissaire. Ce fut le lieutenant Durand qui toqua à la porte.

— Entrez ! Bonjour, Messieurs.

— Bonjour, Patron.

— Je viens de téléphoner à l'hôpital. Merlus va beaucoup mieux.

— On nous avait dit qu'il sortirait aujourd'hui, plaça David Marchand.

— Le labo vient de me téléphoner, les analyses ont pris du retard suite à une panne de je ne sais quoi. Mais on devrait, normalement, avoir quelques résultats en fin de journée.

— Et pour ce qui est des remontées d'appel du portable de Merlus ?

— Normalement, en cours de matinée, Paoli.

Cela faisait deux fois qu'il utilisait le même adverbe, signe d'un certain agacement.

— Bon, Durand, avez-vous réussi à rencontrer d'autres auteurs des éditions Lavoisier ?

— Trois, mais ça n'a rien donné de probant. Je compte continuer aujourd'hui.

— Eh bien, allez-y, mon vieux !

Sans plus attendre, le lieutenant Éric Durand tourna les talons et sortit.

— Avez-vous transmis le manuscrit au service des empreintes ?

— Il fallait le faire ?

— Enfin, Marchand, ça tombe sous le sens ! Allez, filez le leur donner !

David Marchand sorti, il ne restait plus que le lieutenant Paoli en face du commissaire Duval. Et vu la façon dont les deux autres avaient été expédiés, il se doutait qu'il allait en être de même pour lui. Plutôt que d'attendre une nouvelle manifestation de la mauvaise humeur de son chef, Paoli lui annonça la piste de l'homme à la moto et conclut par :

— Je m'y mets tout de suite.

— J'y compte bien, trouva quand même Duval à lui dire.

Alors que la main droite de son lieutenant pesait sur la poignée, il éleva la voix :

— Je crois que je me suis trompé sur Merlus.

Sans rien ajouter, Paoli referma derrière lui et monta au service des empreintes. Là, il trouva David Marchand en train d'essayer de faire passer le manuscrit avant l'examen de traces relevées sur une voiture volée.

— C'est urgent, il nous les faut tout de suite !

— Mais, tout est urgent ! Je n'ai que deux mains et deux yeux, moi ! Et je suis seul pendant trois jours !

— Ordre du commissaire Duval ! appuya Paoli.

S'il avait dit que l'ordre venait de Grincheux, l'autre aurait campé sur sa position ; mais le fait que Paoli utilise le patronyme derrière la fonction fit que le fonctionnaire lâcha ce qu'il était en train de faire.

— Eh bien, donne, alors ! soupira-t-il. Qu'est-ce que vous voulez savoir ?

— Si quelqu'un d'autre que Prosper Moreau et Pia Saint James a touché ce manuscrit.

— Ça ne devrait pas te prendre trop de temps.

— Bon, d'accord.

*

Bureau de Paoli, 9 heures.

Ils étaient redescendus du service des empreintes.

— Bien, maintenant que le manuscrit est là-haut, on va passer aux choses sérieuses.

— C'est-à-dire ?

— S'occuper de retrouver la moto et son propriétaire...

— Pour moi, ça n'en fait qu'une, le coupa David Marchand.

— Si tu me laissais finir ?

— Excuse.

— Samedi midi, j'ai invité Marine à la Table Gourmande...

— La vache ! T'as fait fort !

— Tu permets, David ?

David hocha la tête et François put lui rapporter les échanges qu'il avait surpris au restaurant.

— Et alors ?

— J'ai bien envie de retourner voir ce cher Clément Lavoisier.

— Tu le soupçonnes de quelque chose ?

— Non, mais j'ai besoin de précisions sur certaines choses.

— Dans quel ordre procédons-nous ?

— Je me disais que tu aurais pu continuer les recherches sur la Kawasaki.

— Et si j'allais avec toi, plutôt, et qu'on s'occupe de la Kawa plus tard ?

— Ce n'est peut-être pas une mauvaise idée, répondit Paoli après une courte réflexion.

— Alors, en route !

*

3 février, Fouesnant.

En arrivant sur le parking des Éditions Lavoisier, François Paoli reconnut la Mercedes près de laquelle il s'était garé en face du restaurant. David Marchand coupa le moteur de sa Golf. Après quelques pas effectués sur les gravillons, ils poussèrent la porte.

— Oh ! fit une voix féminine en même temps que chutaient des dossiers.

— Excusez-moi, Mademoiselle. Je vous ai fait peur ? demanda Marchand en se baissant pour l'aider à ramasser ses affaires.

— C'est que… oui… je ne regardais pas et…

— Bonjour Emma. Nous voudrions parler à monsieur Lavoisier. Où pouvons-nous le trouver ?

— Dans son bureau, mais…

— Je connais le chemin, lui assura Paoli.

Il s'y dirigeait quand il faillit entrer en collision avec un éditeur pressé, en train de resserrer son nœud de cravate.

— Que faites-vous là, Lieutenant ?

— Bonjour, monsieur Lavoisier. J'aimerais m'entretenir quelques instants avec vous.

— Vous ne voyez donc pas que je suis pressé ?

— Cela ne prendra pas longtemps.

— Pas longtemps, ce sera encore trop longtemps, Lieutenant ! J'ai un avion à prendre et je doute qu'il m'attende pour décoller !

— Quand rentrez-vous ?

— Par l'avion de ce soir.

— Dans ce cas, nous pourrions nous revoir demain. 8 heures à mon bureau, ça vous va ?

— Si vous voulez !

— Bonne journée, monsieur Lavoisier, et à demain !

Les deux officiers de police reprirent place dans la Golf et quittèrent les Éditions Lavoisier au ralenti, non sans que Paoli ait épié son directeur et sa secrétaire dans le miroir de courtoisie. Il les vit monter à bord de la Mercedes et démarrer.

La puissante berline allemande les dépassa à la sortie de Fouesnant.

— On les suit pour vérifier s'ils vont à l'aéroport ?

— Non, nous n'avons aucune raison.

*

Quimper, Café de l'Épée, 13 heures.

— Ah, voilà Éric ! dit David en lui faisant signe.

Le lieutenant Durand traversa la salle et s'assit.

— Ah, c'est sympa de m'avoir attendu pour déjeuner ! Vous avez déjà choisi ?

— Le plat du jour.

— Guy, tu me mets un plat du jour aussi ? demanda-t-il au garçon qui passait à proximité.

— Pas de problème. C'est comme si c'était fait, répondit Guy en partant aux cuisines.

— Alors, qui as-tu vu ce matin, Éric ? lui demanda François.

— Marianne Genest, Jean-Marc Taboré et Georgi Potowski. J'ai failli rater Pauline Joyeux car elle repartait au collège où elle enseigne. Je l'ai convoquée pour 16 heures, après la fin de ses cours.

— Eh bien, mon vieux, t'as pas chômé !

— Tous les quatre sont édités par Clément Lavoisier depuis quelques années, avant l'arrivée de Pia Saint James. Mais, contrairement à Pia qui était une plume confirmée, ils ne vivent pas de leurs écrits mais de leur activité professionnelle. Taboré est kinésithérapeute. Je lui ai rendu visite à son cabinet. J'ai d'ailleurs eu de la chance car il venait de rentrer de ses visites à domicile. Marianne Genest travaille dans une banque et Georgi Potowski est retraité. Il écrit pour passer le temps.

— Ça a été instructif ?

— Assez, oui. Mais, vous ne voulez pas attendre qu'on soit rentré à la boutique pour parler de tout ça ? demanda Éric en piquant un bout de pain dans la corbeille. Parce que j'ai les crocs, moi ! ajouta-t-il en tendant le cou vers les cuisines.

— Si tu préfères, concéda François.

Guy leur apporta leur assiette de potée et leur souhaita un bon appétit. Éric n'avait pas menti : il se jeta sur la sienne et en dévora le contenu. François et David finirent peu après lui.

— Trois cafés et l'addition, Guy !

— D'accord !

Tandis que Guy débarrassait leur table, le portable de Paoli vibra dans sa poche.

Il répondit brièvement, puis le ramassa.

— La cousine de Clémentine, répondit-il aux regards interrogateurs de ses deux acolytes. Elle me prévient de son arrivée à quatorze heures.

— M'est avis qu'on va être bien occupé cet après-midi.

— J'en ai bien l'impression.

— Voici vos cafés, bien serrés. Je reviens avec la note.

Paoli levait sa tasse quand son portable se manifesta pour la deuxième fois.

— Le service des empreintes.

— La vache ! Ils ont fait vite !

— Et pour cause, ils n'ont trouvé que deux jeux d'empreintes. Celles de Prosper et de Pia.

— Dis donc, François, tu crois que c'est pour ça "qu'on" a tabassé Prosper ? Pour mettre la main sur son manuscrit ? suggéra Éric.

— Ce n'était pas que le sien. C'était aussi celui de Pia, lui fit remarquer David.

— Et Pia est morte, également, je sais, rétorqua Éric. Et de la même façon que Prosper.

— Je pense à une chose… fit François au bout d'un moment de réflexion. Comme tu viens de nous dire que tu n'auditionneras Pauline Joyeux qu'à seize heures, Éric, tu pourrais peut-être jeter un œil sur le manuscrit. Qu'en dis-tu ?

— D'accord, je vais le faire.

Guy ne revenant pas avec l'addition, ils se levèrent et allèrent payer à la caisse.

Passée la double porte de L'Épée, ils durent affronter un vent froid qui les contraignit à fermer leur veste et à en remonter le col. Puis, d'un pas rapide, ils longèrent le jardin de l'évêché jusqu'au feu de la poste où ils traversèrent la rivière pour rejoindre le commissariat.

— Hé, François ! l'interpella Marie. Le commissaire Duval t'attend.

— Encore ! Ça devient une manie ! Et je parie qu'il ne t'a pas dit pourquoi.

— Ben, non !

— Bon, je vous laisse, les gars. Je vais voir ce que me veut Grincheux avant de recevoir Annick Roi.

Il avait à peine fini de parler que la cousine de Clémentine franchissait la porte. Après l'avoir accueillie par deux paroles aimables, il lui demanda de le suivre et l'introduisit dans son bureau.

Il continua jusqu'à celui du commissaire Duval à la porte duquel il toqua.

— Entrez ! Ah ! Paoli... Tenez, voici la remontée d'appels du portable de Philippe Merlus. Tous ces numéros-là ont un rapport avec son activité professionnelle, ceux-ci correspondent à son domicile et au portable de sa femme. Il reste celui-ci qu'il n'a appelé que deux fois au début janvier, c'est le numéro de portable de Clémentine Roi. Par contre, elle, elle l'appelait assez souvent.

— Bien, merci, dit Paoli, le visage neutre.

Mais au fond de lui, il éprouvait comme une petite satisfaction, celle de constater que son flair ne l'avait pas trompé sur Merlus.

Même s'il l'avait un peu malmené.

*

Lundi 3 février, 14 heures 10, bureau de Paoli.

Le lieutenant Paoli ferma la porte de son bureau dans lequel Annick Roi s'était assise et l'attendait.

— Excusez-moi pour ce léger retard, lui dit-il.

— Je vous en prie, Lieutenant.

— Comment allez-vous ?

— J'essaye de faire face, répondit-elle en ébauchant un sourire.

— Bien. J'aimerais m'entretenir avec vous de votre cousine, Clémentine. Vous sembliez très proches.

— Oui, c'était le cas. Nous nous sommes toujours entendues comme des sœurs et l'annonce de la maladie de ma tante n'avait fait que renforcer ces liens. C'est pourquoi, quand j'ai su que son dernier roman policier était primé, j'ai voulu venir la féliciter. Oh ! Vous allez me dire que j'aurais aussi bien pu le faire par téléphone, mais comme c'était le premier prix qu'elle obtenait, je tenais absolument à faire le déplacement.

— Je comprends. Depuis quand encouragiez-vous votre cousine ?

— Je l'ai toujours fait. Cela a commencé avec son premier roman. Puis elle s'est mise au dessin, avec le personnage de Kiko sous le pseudonyme de Plume. Ensuite elle est passée aux romans policiers sous le nom de Pia Saint James ainsi qu'aux histoires pour enfants qu'elle signait de son véritable nom.

— Puisque vous abordez les différentes facettes de l'activité de votre cousine, j'aimerais qu'on s'y arrête quelques instants.

— Que voulez-vous savoir ?

— Par exemple, ce qui l'a motivée à se diversifier de la sorte. Pourquoi est-elle passée de la bande dessinée au roman policier ?

— Elle avait déjà commencé à écrire quand elle est devenue la dessinatrice de Kiko. Vous connaissez ?

— J'en ai vaguement entendu parler, mais je ne m'intéresse pas à la bande dessinée.

— Pourtant Kiko a beaucoup de succès. Il faut dire que son scénariste a beaucoup d'idées. Comme celle d'avoir réincarné Sherlock Holmes dans la peau d'un jeune garçon, Kiko, qui va mener ses enquêtes à la manière de l'illustre détective créé par Sir Arthur Conan Doyle.

— Je vois. C'est un dénommé Sacha, je crois... plaça Paoli.

— Oui, c'est ça.

— Connaîtriez-vous sa véritable identité ?

— Il me semble que son nom est Paul Malo, mais Clémentine l'appelait toujours Sacha.

— S'entendaient-ils bien, tous les deux ?

— Je crois, oui. S'ils avaient eu un différend, je pense que Clémentine m'en aurait parlé.

— Vous pensez ou vous en êtes sûre ?

— La nuance est-elle si importante que ça, Lieutenant ?

— Elle peut l'être. Alors ?

— Mais que puis-je vous dire ? Clémentine et Sacha aimaient travailler ensemble. En un sens, Kiko était leur enfant. Sacha venait de perdre son dessinateur et ne trouvait personne pour le remplacer. Force lui était donc de remplacer son personnage précédent, d'où la naissance de Kiko.

— Vraiment personne ? Pourtant, ça ne doit pas manquer.

— Bien sûr, plusieurs jeunes se sont présentés, plus ou moins talentueux, mais c'est Clémentine qui a été choisie. Elle avait quelques années de Beaux Arts à son actif et s'était distinguée dans quelques affiches publicitaires, mais ce n'est pas ce qui a guidé le choix de Sacha. Non, ce sont plutôt ses remarques qui ont fait la différence.

— De quel ordre, ces remarques ?

— Elles concernaient la personnalité de Kiko. Clémentine avait lu attentivement l'histoire avant de l'illustrer, puis avait fait quelques suggestions qui ont plu tout de suite à Sacha. Un autre que lui aurait pu se froisser, ça n'a pas été le cas avec Sacha. Il s'est rendu compte qu'elle apportait un plus à Kiko. Et ils ont signé le contrat.

— Passons aux romans policiers, si vous voulez bien.

— Oui... Comme je vous le disais, Clémentine avait commencé à en écrire un avant de signer pour Kiko. Pendant des mois, son manuscrit n'a pas avancé car son travail de dessinatrice lui prenait beaucoup de temps. Il y avait urgence, l'éditeur de Sacha le pressait pour que l'album sorte rapidement. Elle a donc consacré tout son été à la bande dessinée aux dépens de son roman. Dès que l'album a été fini, elle s'est remise à l'écriture. Plus tard, elle a concilié l'écriture et ses planches de dessin en alternant les deux.

— En ce qui concerne le manuscrit de son roman policier, en avait-elle informé Sacha ?

— Franchement, je ne sais pas.

— Donc, elle achève l'écriture de son polar. Et ensuite ?

— Elle en a fait des copies qu'elle a expédiées à plusieurs éditeurs. Et elle a attendu. Les comités de lecture mettent parfois beaucoup de temps à répondre, et souvent par la négative. Elle commençait à désespérer quand elle a reçu une réponse positive de Clément Lavoisier. Si vous l'aviez vue, ce jour-là ! On aurait dit qu'elle ne touchait plus le sol, tellement elle sautait de joie ! Elle allait pouvoir se consacrer à sa passion.

— Mais… je ne comprends plus… Je croyais que Clémentine était dessinatrice ?

— Oui, mais, parallèlement à ça, elle écrivait également des articles pour un magazine. Il fallait bien manger et payer le loyer. En résumé, elle cumulait différentes activités.

— Savez-vous que Clément Lavoisier lui avait fait signer un contrat d'exclusivité ?

— Oui. Son premier polar historique s'était très bien vendu, les gens se l'arrachaient presque dans les librairies. Quand il a vu que le deuxième prenait le même chemin, Lavoisier a flairé le bon filon, d'où l'idée de ce contrat. Si vous vous intéressez un tant soit peu au monde des livres et de l'édition, vous verrez qu'à cette époque le chiffre d'affaire des éditions Lavoisier a fait un bond considérable.

— Dites-moi, pour une maquilleuse de cinéma, vous m'avez l'air très bien informée…

— Comment ne pas l'être ? Avant qu'elle vienne s'établir ici, Clémentine et moi partagions le même appartement et nous parlions de beaucoup de choses.

— Même de vos vies privées ?

— Cela nous est arrivé, parfois.

— Vous avait-elle fait part de sa grossesse ?

— Quoi ? Que dites-vous ? Clémentine était enceinte ? De combien ?

— D'après le légiste, cela faisait un mois. L'enfant a été conçu aux alentours de Noël.

— Alors le père ne peut être que Philippe !

— Philippe Merlus ?

Annick Roi hocha positivement la tête.

— Qu'est-ce qui vous fait dire ça de façon si péremptoire ?

— Elle me parlait si souvent de lui que j'ai compris qu'elle en était tombée amoureuse. Remarquez, il n'y a rien d'étonnant à cela. C'est un bel homme, élégant, gentil et plein de charme. Dommage qu'il boite un peu.

— Mais, vous avait-elle fait part de ses sentiments ?

— Oui, lorsqu'elle est montée à Paris au début janvier.

— Que savez-vous de lui ?

— Je sais qu'il habite ici, à Quimper, qu'il est marié, sans enfant, et qu'il travaille pour une maison de cosmétiques.

— C'est tout ? s'étonna Paoli.

— C'est tout.

— Et vous n'avez jamais cherché à en savoir plus à son sujet ?

— Pour quoi faire ? répliqua-t-elle assez sèchement au policier.

— Je ne sais pas, moi… Comme vous étiez aussi proches que des sœurs, vous auriez pu avoir envie de la mettre en garde, de la protéger… Elle était un peu plus jeune que vous, non ?

Annick Roi se contenta d'opiner sans dire mot. Un silence quelque peu gêné aurait pu s'installer, mais le téléphone eut la bonne idée de sonner. Paoli décrocha en s'excusant.

Tout en prenant des notes et en répondant par monosyllabes, il levait les yeux de temps en temps vers son interlocutrice.

Annick posait son regard ici et là, faisant mine de s'intéresser à ce qui l'entourait.

Au bout de cinq minutes, Paoli raccrocha, se leva et fit quelques pas.

— Auriez-vous une idée de la raison pour laquelle on a tué Clémentine ?

— Mais… Mais c'est à vous de le découvrir ! Vous êtes bien payé pour ça, non ?

— Oui, bien sûr, répondit-il, légèrement décontenancé.

— Le trésor de Clémentine, c'était son imagination. A part ça, elle ne possédait rien qui eût pu exciter la convoitise d'un cambrioleur. Alors, si vous pensez que le vol peut être le mobile du crime, vous vous trompez ! D'autant qu'elle a été trouvée sur les rochers et non chez elle. Donc, vous pouvez, d'ores et déjà, écarter cette hypothèse et en chercher une autre, Lieutenant ! fit-elle en se levant et en remettant son manteau.

Elle fit deux pas vers la porte.

— Je peux partir ?

— Vous pouvez.

— Alors, au revoir !

Et elle referma derrière elle en sortant.

Pendant quelques secondes, le changement d'attitude d'Annick Roi laissa le lieutenant Paoli songeur.

Finalement, il mit cela sur le compte de la fatigue et de la tristesse que la maquilleuse devait légitimement éprouver.

François quitta son bureau et se rendit à celui d'Éric Durand.

— Alors, qu'est-ce que ça donne ?

— Le moins qu'on puisse dire, c'est que c'est original. D'après ce que j'ai eu le temps de lire et de comprendre, Pia et Prosper écrivaient à tour de rôle en fonction de ce que l'autre avait imaginé. C'est lui qui a débuté l'histoire et elle a pris le relais. Et ça tient assez bien la route !

— Étant donné l'état dans lequel on a mis le Comptoir & Polars, on ne peut pas écarter l'idée que le manuscrit ait pu être le mobile du double meurtre de Pia et Prosper. Et pour ça, il faudrait savoir si quelqu'un était au courant de leur projet.

— Personnellement, j'en serais très étonné… Vu l'endroit où tu l'as trouvé et les précautions que prenait Clémentine pour se rendre chez Prosper, ça me semble improbable.

— On voit tellement de choses improbables…

— OK, j'ai compris. Désormais, je poserai la question aux auteurs de Lavoisier.

— Mais n'oublie pas de la poser à ceux que tu as déjà interrogés.

*

Quimper, Café de Bretagne, 15 heures 30.

Lorsque Philippe Merlus eut franchi les portes coulissantes du hall de l'hôpital, il se trouva nez à nez avec le lieutenant Paoli.

— Bonjour monsieur Merlus.

— Bonjour, Lieutenant.

— Votre femme n'est pas venue vous chercher ?

Merlus répondit par deux autres questions.

— Que faites-vous ici ? Vous me surveillez ?

— Non. J'aimerais seulement discuter un peu avec vous, si vous permettez.

— Discuter ?

— Oui, devant un verre. Tenez, je vous rends votre portable.

— Merci.

— Venez, ma voiture est garée par là.

Tout en consultant sa messagerie, Merlus suivit Paoli et les deux hommes prirent place à bord de la 206 CC.

Quelque minutes plus tard, la voiture occupait une place du parking de la Résistance. Ils sortirent du véhicule et franchirent l'Odet pour entrer au Café de Bretagne. Paoli et Merlus s'installèrent à une table tranquille. Après avoir commandé deux cafés, ils restèrent silencieux pendant un moment. Ce fut Paoli qui entama la conversation.

— Tout d'abord, je voudrais vous dire que l'idée de la garde à vue venait du commissaire et non de moi.

Merlus ne répliqua pas immédiatement.

— Ma réaction a dû vous paraître stupide, dit-il en baissant les yeux vers ses pansements.

— Pas du tout.

Là, il les releva et posa un regard un peu surpris sur l'officier de police.

— Depuis quand votre couple bat-il de l'aile ?

— Comment savez-vous ça ?

— Disons que je l'ai deviné. J'étais là quand votre femme est venue vous voir, l'autre jour.

— Ah, oui, c'est vrai...

Merlus déballa son sucre, le mit dans sa tasse et tourna sa cuiller.

— Quelque temps avant que je ne devienne celui de Pia, j'ai appris que Simone avait un amant.

— Est-ce ce qui vous a poussé vers Pia ?

— Disons que cela m'a donné moins de scrupules. Depuis quelques semaines, j'avais senti que Simone devenait de plus en plus distante, mais je n'en avais pas deviné la raison... Je mettais ça sur le compte de mes déplacements et de mes soirées tardives consacrées à l'écriture de mon manuscrit du moment. Quand je me couchais, elle refusait souvent mes avances. Et les nuits où elle les acceptait, je sentais que c'était à contrecœur.

— Avez-vous des enfants ?

— Non. Ça a failli, mais elle a fait une fausse couche avec des complications qui l'empêchent d'en avoir naturellement. Toute autre jeune femme se serait tournée vers la fécondation *in vitro*, mais pas elle. Elle était trop fière de son corps pour le voir se déformer par une grossesse. Et elle ne voulait pas non plus entendre parler d'adoption.

— Ce qui fait que vous trouviez auprès de Pia l'amour que vous n'aviez plus chez vous.

Merlus opina et porta sa tasse à ses lèvres, imité par Paoli.

— Cette conversation...

— ...N'a rien d'officiel, je vous l'ai dit, et elle restera entre nous, compléta Paoli.

Il termina son café avant de dire :

— Je ne sais pas trop ce que je vais devenir sans Pia, Lieutenant. Elle m'avait fait entrer dans sa vie, et voilà que... que je me retrouve dans le vide. Bien sûr, il me reste mon travail, mais... je ne sais pas si...

Paoli comprenait l'état dépressif de Merlus pour l'avoir lui-même éprouvé quelques mois plus tôt.

— Je boirais bien un cognac. Puis-je vous en offrir un ?

— Je ne suis pas en service commandé. Ne bougez pas, je vais les chercher au bar.

Paoli se leva de table. Du bout du zinc où il attendait ses deux verres, il observa Merlus. Il le vit pencher la tête en arrière et aspirer une grande bouffée d'air comme un homme au bord de la noyade. Puis, l'instant d'après, se cacher le visage dans les mains. Et, enfin, une fois que l'émotion qui l'avait submergé, s'était éloignée, s'adosser à sa chaise.

Le barman lui donna ses deux cognac et Paoli les paya.

— Voici, dit-il en posant son verre devant Merlus.

— Merci.

— Pour changer de sujet... Vous êtes en train d'écrire un nouveau livre ?

— Non. D'ailleurs, je doute de continuer à le faire.

— Pourquoi ?

— J'avais donné les traits de Pia à mon héroïne. Avec son accord. Maintenant qu'elle n'est plus là…

— Je vois, répliqua Paoli, laconique en sortant son portable qui venait de vibrer dans sa poche. Excusez-moi. Oui, allô ? Ah ! Oui… Non… Oui, j'arrive, je serai là dans cinq minutes. Je pensais vous ramener chez vous, mais je suis désolé, le devoir m'appelle.

— Ce n'est rien, Lieutenant, j'appellerai un taxi.

Paoli vida son cognac d'un trait, puis se leva et tendit la main à Merlus.

— Si, par hasard, quelque chose, un détail ou une anecdote, je ne sais pas, vous revenait, et que vous pensez que ça puisse avoir son importance, n'hésitez pas à me joindre. D'accord ?

— D'accord. Au revoir, Lieutenant.

— A bientôt.

*

Commissariat, 16 heures 45, bureau de David Marchand.

François Paoli poussa si vivement la porte que son collègue sursauta.

— Hé, doucement !

— Excuse-moi. Alors, tu as réussi à mettre la main sur la moto ?

— Pas moi. Marie.

— Marie ?

— Oui. Elle faisait du rangement de plaintes quand des feuilles se sont envolées sous l'effet d'un courant d'air. C'est en les ramassant et en les classant qu'elle est tombée sur une plainte pour vol d'une Kawasaki.

— Une GPZ 500S ?

— Oui, mais une grise, appartenant à un boulanger de Quimper.

— Quand a-t-il déclaré le vol ?

— Une semaine avant le meurtre de Prosper Moreau.

— C'est un laps de temps suffisant pour la maquiller.

— C'est aussi la réflexion que je me suis faite.

— Où a-t-on volé la moto du boulanger ?

— Sur un parking. Il avait eu l'étourderie d'oublier la clef dessus. J'étais en train de diffuser son immatriculation à toutes les stations-essence possibles. Le type aura bien besoin de carburant pour rouler.

— Sauf s'il a fini de s'en servir, ce qui, à mon avis, est le cas.

— Tu crois ? Il l'a bien utilisée pour se rendre aux obsèques de Prosper, pourquoi ne continuerait-il pas ?

— Parce qu'il sait sûrement qu'on la recherche et qu'il n'a pas intérêt à se faire remarquer avec. Mais une chose est sûre : le meurtrier est un motard. Souviens-toi des premiers témoignages. Madame Moullec et l'architecte d'intérieur, Autrou, ont déclaré avoir vu deux personnes vêtues de tenues noires. Des tenues de moto. Et ça coûte cher ! Un criminel ne ferait pas un tel investissement pour une utilisation ponctuelle.

— Qui te dit qu'elle sera ponctuelle ?

Paoli se tapota le nez de l'index droit.

— OK. Mais, dis donc, toi, tu ne serais pas en train de me faire comprendre que je dois éplucher les permis moto qui ont été délivrés par la pref' ?

— Tu sais qu'il y en a là-dedans ?

— Eh bien, la vache, avec tout ce qui circule par là, j'ai pas fini !

— Allons, il n'y a pas de quoi en faire un plat !

— C'est toi qui le dis !

— Mais, non. Il suffit que tu laisses de côté les permis des petites cylindrées.

— Ah ! Parce que tu crois qu'un mec qui pilote une petite cylindrée n'est pas capable de piloter une 500 cm^3 ou plus ?

— Non, je n'ai pas dit ça, mais il lui faudrait un temps d'adaptation à la machine.

— Il a disposé d'une semaine !

— Il n'a pas pu maquiller la Kawa et s'y adapter en si peu de temps. Je ne crois pas. Mais, après tout, fais comme tu veux !

— Oui, eh bien, ça attendra demain ! T'as encore à faire ici ?

— Non, pourquoi ?

— Je me défoulerais bien sur le tatami. Ça te dit ?

*

Domicile des Paoli, 20 heures 30.

Le dîner était fini, Pierre débarrassait la table tandis que son père faisait jouer ses vertèbres cervicales et ses épaules endolories par son combat contre David.

— François ?

— Oui ?

— Est-ce que je pourrai aller à l'anniversaire de Jules ?

— Quand ?

— Mercredi après-midi.

— Mercredi ? Tu as rendez-vous chez la psychologue à 3 heures, dit François en consultant le calendrier mural de la cuisine.

— Je sais, mais j'ai pas envie d'y aller. On peut pas changer de rendez-vous ? Pour une fois… S'il te plaît…

— Ce n'est pas uniquement de moi que ça dépend, Pierre. Tu sais, elle a un emploi du temps chargé et, si elle t'a casé à cette heure-là, c'est qu'elle n'avait pas le choix. Ni moi non plus, d'ailleurs.

— Mais, pour une fois…

François se rendit au salon en effectuant des étirements.

— Pourquoi tu demandes pas un autre jour ? Jules ne fêtera pas deux fois son anniversaire. Et c'est mon meilleur copain, insista Pierre.

— Non, tu ne louperas pas ta séance chez la psy. Et arrête de ronchonner, ça ne sert à rien !

Il reporta son attention sur les dernières images du journal télévisé, tandis que son fils tournait rageusement les pages d'un magazine d'un air boudeur. Puis Pierre repoussa celui-ci et s'en fut coller son front à la vitre de la porte-fenêtre.

— Tu as le téléphone des parents de Jules ? lui demanda François au bout d'un moment.

L'enfant se tourna vers lui et fit oui de la tête.

— Va le chercher.

Moins de deux minutes plus tard, tandis que Pierre disparaissait de la pièce, François composait le numéro. Ce fut la mère de Jules qui lui répondit. Après s'être présenté, il lui expliqua la situation.

Quand il eut reposé le combiné, il alla à la chambre.

— Pierre ?

— Je dors !

— Mais non, tu ne dors pas.

— Si, je dors !

— Alors, ça ne sert à rien que je te dise que c'est arrangé.

— Quoi ? Qu'est-ce qui est arrangé ? interrogea Pierre en faisant émerger sa tête.

— Tu ne m'as pas parlé d'un anniversaire ? Bon, eh bien, la maman de Jules va téléphoner aux autres mamans pour leur dire que la fête ne commencera qu'à quatre heures. Comme ça, tu vas chez la psychologue, comme prévu, et chez Jules après. Ça te va ?

L'enfant sortit de dessous la couette comme un diable d'une boîte à malices et enlaça le cou de son père.

— Merci ! Merci, François !

— Au fait, tu as pensé au cadeau de ton copain ?

— Oui, c'est une bande dessinée de Kiko. C'est Thomas qui doit l'acheter, avec sa mère. Il faudra que tu me donnes un peu de sous pour payer la moitié.

— Ne t'en fais pas pour ça. Allez, dors, maintenant.

François embrassa Pierre, tira la porte et retourna au salon où il éteignit le poste et alluma son ordinateur pour faire quelques recherches sur Kiko. Et, plus précisément, sur celui qui lui avait donné le jour, à savoir un certain Paul Malo, plus connu sous le pseudonyme de Sacha.

Le choix des réponses était vaste. Pas moins de 598. Mais plusieurs d'entre elles n'avaient qu'un lointain rapport avec ce qu'il cherchait. Il affina sa recherche en ajoutant d'autres mots-clefs. Alors que son navigateur faisait le tri des informations, son portable sonna. D'après la petite musique, il s'agissait d'Éric.

— Excuse-moi de t'appeler si tard, mais je n'ai pas pu le faire plus tôt. J'espère que je n'ai pas réveillé Pierre ? s'inquiéta immédiatement Éric.

— Non, ne t'en fais pas.

— Bon, concernant le manuscrit que tu as trouvé, deux personnes étaient au courant. Enfin, ces deux-là savaient que Pia avait entamé une écriture à deux mains, mais aucune ne m'a dit de qui était l'autre main. Elles devaient l'ignorer.

— Qui sont ces deux auteurs ?

— Pauline Joyeux et Georgi Potowski.

— Avec Merlus, ça nous fait trois. C'est Pia qui le leur avait dit ?

— Oui. D'après leurs déclarations, ils avaient l'air de bien s'entendre. Pauline Joyeux étant professeur de français, il est arrivé que Pia fasse appel à elle pour de menues corrections. Ce qui a rapproché les deux femmes. Quant à Georgi, il considérait un peu Pia comme la fille qu'il a perdue.

— Tu n'as pas relevé d'animosité dans leurs propos ?

— Aucune ! Pas une once !

— Et pour ce qui est des autres auteurs ?

— Là, c'est assez mitigé, je dois dire. Remarque, c'est assez compréhensible si on pense au contrat d'exclusivité de Pia.

— Ouais ! Il y en a toujours qui se la pètent !

— Comme tu dis, oui, du style Maurice Cardon. Pauline Joyeux et Georgi Potowski m'ont dit qu'il faisait le paon sur les salons. Selon eux, Cardon faisait tout pour se mettre en avant, allant jusqu'à dénigrer les ouvrages de certains auteurs.

— Et, en particulier, ceux de Pia ? émit François.

— Oui. Une fois – ça c'est Marianne Genest qui me l'a dit – Clément Lavoisier a même dû intervenir pour qu'il arrête. Il lui a demandé de quitter le stand et l'a pris à part. Elle ne sait pas ce qu'ils se sont dit mais, depuis ce jour, elle a remarqué une certaine tension entre les deux hommes. Au point même que Cardon a subitement quitté un salon qui battait son plein, sans explication.

— D'après ce que Cardon nous avait déclaré, à David et moi, il ne savait pas que Pia avait signé un contrat d'exclusivité avec Lavoisier. Après ce que tu viens de me rapporter, je me demande s'il ne nous aurait pas menti. Je crois qu'une nouvelle audition de ce monsieur va être nécessaire.

— Je m'en occuperai demain. Ah ! Autre chose… Marianne Genest m'a déclaré que Philippe Merlus n'avait pas l'air dans son assiette le dimanche du festival de Beg-Meil. Lui qui, d'habitude, aime bien parler avec les gens, les rabrouait.

— Rappelle-toi que Pia devait être au stand des Éditions Lavoisier. Son absence devait l'intriguer.

— Ah, oui… Bon, je vais te laisser et me chauffer un cassoulet. Bonsoir !

— OK, Éric, à demain !

Pendant sa conversation téléphonique, l'ordinateur avait fini son travail et l'écran n'affichait plus qu'une vingtaine de réponses au choix des critères de sélection de François.

— Enfin, c'est nettement plus raisonnable, dit-il à mi-voix comme si l'appareil était en mesure de comprendre. Eh bien, allons-y !

Et François Paoli se mit au travail.

*

Mardi 4 février, commissariat.

Paoli entra en trombe. Il était 8 heures 30.

— Salut, Marie !

— Eh bien, François, en voilà une entrée !

— Je dois auditionner quelqu'un et je suis à la bourre ! dit-il en se ruant vers l'escalier.

— Hé, attends ! S'il s'agit de monsieur Lavoisier, il a téléphoné peu après 8 heures pour dire qu'il avait raté l'avion d'hier soir et qu'il ne pourrait pas être ici avant 14 heures.

— Ah bon… Merci Marie.

En haut des marches, il fut accueilli par le lieutenant Durand.

— Salut François ! Bien dormi ?

— Bof ! Pas plus mal que d'habitude.

— Ouais, quatre heures… cinq à tout casser, quoi !

— A peu près. David est là ?

— Oui, devant son ordinateur.

Paoli entra dans le bureau de Marchand.

— Salut David !

— Salut François ! Tu sais que Lavoisier nous fait faux bond ce matin ? Il a raté son avion.

— C'est ce que vient de me dire Marie. Bah ! Ce n'est que partie remise à cet après-midi.

— A condition qu'il se présente vraiment.

Paoli prit une chaise et s'y installa à califourchon.

— Depuis que l'enquête nous a été confiée, nous avons recueilli des témoignages et des indices, mais nous n'avons toujours pas de piste tangible.

— On a l'homme à la moto, émit le lieutenant Durand. Marcel a vu Josiane Moreau lui remettre quelque chose à l'église.

— Oui, mais encore faudrait-il lui mettre la main dessus ! rétorqua Paoli. Tu te rappelles ? Hier, je te suggérais de ne tenir compte que des permis des plus de 125 cm^3.

— Et aujourd'hui, tu voudrais que j'épluche tout, les moins et les plus de 125 ?

— Non. On va procéder différemment et prendre les choses sous un autre angle. A savoir qui, dans les relations de Clémentine Roi, possède une moto.

— Ah, ça, c'est nettement plus raisonnable !

— Excuse-moi de t'interrompre, François… Mais pourquoi parles-tu des relations de Clémentine ? Pourquoi pas de celles de Prosper ?

— Madame Moullec m'a affirmé qu'aucun motard n'avait jamais franchi la porte du Comptoir & Polars, Éric.

— Exact, je n'en ai jamais vu non plus.

— Or, nous savons, d'après les autopsies, que les deux crimes ont été perpétrés de la même façon, avec la même arme, donc par le même individu. Et nous savons également que Clémentine et Prosper travaillaient à un écrit commun. D'où l'idée de chercher le motard parmi les connaissances de Clémentine.

— Admettons, dit le lieutenant Marchand. Et comme mobile, tu suggères quoi ?

— La jalousie. Celle d'une femme croyant à l'infidélité de son mari et prenant sa camarade d'écriture pour sa maîtresse ou encore celle d'un auteur envieux.

— OK... Réfléchissons deux minutes à la thèse du crime passionnel, c'est-à-dire la mort de Prosper, dit Durand. En général, dans ces affaires, on ne tue pas à coups de barre de fer, pas plus qu'on ne le fait à 9 heures 30 du matin. Soit on utilise une arme blanche, soit une arme à feu, et on fait ça la nuit, à la rigueur au petit matin, sous l'emprise de la colère ou de l'alcool, voire des deux. Sans compter que les deux amants supposés ont été éliminés à quelques jours d'intervalle. Et ça, ça fiche la thèse du crime passionnel en l'air.

— Donc, il reste la piste de l'auteur jaloux. Et on en revient à ce que je disais, à savoir qu'il s'agit de quelqu'un de l'entourage de Clémentine.

— Soit, admit Marchand, mais, alors, pourquoi avoir tué Prosper en premier ? Ce n'est pas logique ! Pour moi, le meurtrier aurait d'abord dû éliminer Clémentine après lui avoir demandé avec qui elle écrivait.

— Je sais, je me suis aussi fait cette réflexion, dit Paoli. Et plus j'y pense, plus je me dis qu'il devait être au courant du manuscrit.

— Mais... les trois personnes qui connaissaient le projet de Clémentine sont Philippe Merlus, Georgi Potowski et Pauline Joyeux. Et toutes trois s'entendaient bien avec Clémentine, dit Durand.

— Personnellement, j'élimine Merlus.

— Parce qu'il était amoureux de Clémentine ?

— Oui.

— Ce qui nous laisse Georgi Potowski et Pauline Joyeux, en déduisit Marchand.

— Je les ai rencontrés, je ne les crois pas capables d'un tel acte. D'autant qu'ils m'ont paru assez curieux de lire le résultat de cette écriture à deux mains. D'autre part, Potowski est quelqu'un de corpulent à la limite de l'impotence. Je le vois mal enfourcher une moto. Quant à Pauline Joyeux, il lui faudrait un marchepied pour y prendre place.

— OK… Alors, si François élimine Merlus, et toi, Potowski et Joyeux, et si nous nous basons sur le fait que le meurtrier était au courant du manuscrit à deux mains, il nous faut donc envisager l'existence d'une quatrième personne.

— Une quatrième accompagnée d'un complice : celui qui a détérioré les livres au Comptoir & Polars. Bien, au boulot !

— Je convoque Cardon, comme je t'en ai parlé hier soir, François ?

— Oui. Et, tâche aussi de joindre Sacha, le dessinateur de Kiko, et demande-lui de venir jusqu'ici. Son nom est Paul Malo.

— A propos des motards, je viens de penser à un truc. Il n'y a pas que les auteurs de Lavoisier. On pourrait peut-être s'intéresser aussi à ceux des Éditions de La Lune ?

— On peut ! Quant à moi, je vais voir si les résultats du labo sont arrivés. Une fois que David aura établi sa liste, il faudra qu'on demande des tests ADN à tous ceux qui y figureront de façon à les comparer à celui ou ceux qu'on aura trouvés dans les préservatifs.

— Et tu crois que Grincheux sera d'accord ?

Le lieutenant Paoli sortit sans répondre. Il suivit le couloir jusqu'à la porte du commissaire Duval et y frappa.

— Entrez ! Ah, Paoli ! Bonjour !

— Bonjour, Patron !

— Je parie que vous venez me demander les résultats du labo concernant les prélèvements effectués au domicile de Clémentine Roi.

— C'est exact. Vous les avez lus ?

— Non, je n'en ai pas eu le temps, j'ai eu d'autres chats à fouetter. Tenez, prenez-les et faites-en bon usage, dit le commissaire en tendant une chemise cartonnée à son lieutenant.

— Merci.

*

Le lieutenant David Marchand vida son deuxième gobelet de café. Avec opiniâtreté, il s'était attelé à la tâche qui lui avait été assignée. Et c'est avec un petit sourire aux lèvres qu'il considéra les fruits de son travail de patience : les noms de six auteurs appartenant aux deux éditeurs quimpérois. Il en fit une copie et se rendit au bureau du lieutenant Paoli.

— Et voilà ! dit-il en brandissant ses feuilles. J'ai même réussi à obtenir les copies des permis. Celui de Clément Lavoisier n'a pas été délivré ici, mais en Seine-et-Marne où il était inscrit dans un club de moto-cross.

— Lavoisier ne correspond pas à la description de Marcel. Et puis, franchement, tu crois qu'il serait allé tuer la poule aux œufs d'or ?

— Non, tu as raison, ç'aurait été idiot de sa part. Alors, on élimine Lavoisier ?

— Oui. Voyons les autres d'un peu plus près.

Des cinq noms restants, un lui était particulièrement familier.

— Tiens, tiens… monsieur Cardon…

— Ces trois-ci sont aux Éditions de La Lune, Jacques Loiseleur, Marcel Pouillot et Charles Mallet.

— On élimine Pouillot. Ses cheveux sont poivre et sel, ceux du motard sont blonds.

— Et enfin, Benoît Moulin. Il est publié chez Lavoisier.

— OK. On va convoquer ces trois-là, décida Paoli en mettant de côté les fiches de Moulin, Loiseleur et Mallet. En ce qui concerne Cardon…

Après deux coups brefs, la porte s'ouvrit sur le lieutenant Durand.

— Bon, je viens enfin de joindre Cardon. Il ne pourra pas se libérer avant 17 heures. Quant à Paul Malo, sa secrétaire était sur le point d'appeler le commissariat de son quartier quand j'ai téléphoné. Elle m'a dit qu'elle ne l'avait pas vu depuis vendredi soir dernier et que son domicile ne répondait pas. Elle avait l'air d'autant plus inquiète que Malo avait un rendez-vous en fin de matinée.

Paoli allait lui répondre quand son téléphone sonna.

— Allô, oui ? Non, pas Poali ! Pa-o-li ! Ce n'est pas grave, je vous écoute, Brigadier. C'est bon, passez-le moi.

Le temps que son correspondant change, Paoli masqua le combiné et souffla :

— Cresson ! Oui, lui-même, Capitaine. Bonjour ! dit-il en reprenant une voix normale.

Éric Durand et David Marchand se tenaient cois, suspendus aux brèves paroles de leur collègue, essayant de deviner de quoi il pouvait bien s'agir. Ils durent patienter une dizaine de minutes avant que Paoli raccroche et leur annonce :

— Un promeneur a découvert un corps sur une plage de Beg-Meil, ce matin. Selon lui, il s'agit de Paul Malo alias Sacha.

— Comment a-t-il pu l'identifier ?

— Il a déclaré aux gendarmes avoir eu l'occasion de se faire dédicacer un album par Sacha. Bon, on laisse tomber les motards pour le moment, on s'y remettra en rentrant.

— Ouais, ben, n'oublie pas Lavoisier à 14 heures et Cardon à 17.

— Allez, en voiture, les mecs ! David, passe un coup de fil à Sev et dis-lui qu'on va avoir besoin de ses services. Je fais un saut chez Grincheux pour le prévenir et je vous rejoins en bas.

VIII

Beg-Meil, plage de Kérambigorn, 11 heures.

Dès qu'ils avaient été prévenus, les gendarmes avaient quitté leur caserne à bord d'une Peugeot 205 et d'un fourgon, et avaient pris la direction de Beg-Meil, suivis de l'ambulance des pompiers. Même s'il n'y avait plus rien à faire pour le malheureux.

En arrivant à la plage, les policiers quimpérois constatèrent que les rares curieux de cette froide fin de matinée étaient tenus à l'écart du lieu de la macabre découverte par les gendarmes. Ils sortirent de la voiture de service et descendirent sur le sable blanc. Le capitaine Cresson vint à leur rencontre.

— Bonjour, Messieurs !

— Bonjour, Capitaine ! lui répondirent-ils à l'unisson.

— C'est cette personne qui a trouvé le corps, dit Cresson en désignant un homme du menton.

— David, tu t'en occupes ?

Après un hochement de tête, le lieutenant Marchand s'éloigna vers l'homme. Les lieutenants Durand et Paoli suivirent le capitaine Cresson.

— On vous a attendus avant de le mettre en civière, bien que je ne pense pas que la position d'un corps rejeté par la mer ait un intérêt quelconque.

Le mort gisait sur le dos, membres écartés. Paoli s'agenouilla.

— Il s'agit bien de Paul Malo. Hier soir, j'ai fait quelques recherches sur Internet et j'y ai vu son portrait. On disait aussi qu'il s'était coupé l'auriculaire gauche et que son tendon fléchisseur s'était rompu. Regardez, Capitaine, lui dit-il en soulevant la main du mort. Vous voyez cette cicatrice en zigzag ? C'est celle d'une opération chirurgicale.

— Je vois. Et vous, avez-vous vu cette marque qu'il porte à la base du cou ?

Cresson se baissa à son tour et fit tourner légèrement la tête de Malo.

— Ça ne vous dit rien ?

— Si ! La morte du sémaphore portait la même.

— C'est pour cela que je vous ai contacté. J'ai pensé que cela vous intéresserait.

— Merci. Ah ! Voici le légiste.

Effectivement, Séverin Leclerc, emmitouflé dans sa canadienne, arrivait avec une sacoche. Il salua rapidement le petit groupe et s'agenouilla près de Paul Malo. Il ne lui fallut que quelques instants pour annoncer ce que les autres savaient déjà et confirmer les dires de Paoli sur l'auriculaire gauche.

— Quand je l'aurai autopsié, je vous dirai s'il porte d'autres traces de coups, mais, assurément, celui-ci lui a été fatal. Comme pour les autres.

— Les autres ? Quels autres ? Vous êtes sur la piste d'un tueur multiple ?

Paoli donna quelques explications à l'officier de gendarmerie.

— C'est bon, Messieurs, vous pouvez enlever le corps, dit Séverin à deux pompiers, en se relevant. Je parie que tu veux l'autopsie au plus vite… émit-il à l'encontre de Paoli.

— Si c'est dans tes possibilités, oui.

— On va voir ce qu'on peut faire. Je te tiens au courant. A plus !

— Salut Séverin !

Le légiste accompagna la civière jusqu'à l'ambulance et remonta à bord de sa voiture encore tiède.

— A quoi pensez-vous, Lieutenant Paoli ?

— Je me demandais s'il s'était vraiment noyé, s'il était arrivé par la mer ou s'il avait été tué sur le sable et amené jusqu'à l'eau. Vos hommes ont-ils patrouillé aux abords de la plage ?

— Ils sont en train de le faire.

A ce moment-là, la radio de Cresson grésilla. Un de ses hommes l'appelait.

— Pas de voiture étrangère dans le coin, Capitaine.

— Même du côté du camping ?

— C'est de là que je vous appelle. A part quelques mobile homes inoccupés, nous n'avons vu qu'une bicyclette et une trottinette rouillées.

— C'est bon, revenez.

— Capitaine ! Venez voir !

Les appels provenaient du chemin douanier qui serpentait au-dessus de la plage et des rochers, sous les branches fatiguées par le froid de quelques cyprès et autres pins. Cresson, en tête, suivi d'un gendarme, et les deux officiers de police quimpérois remontèrent la plage.

Ils grimpèrent le raidillon près des WC publics qu'un

gendarme inspectait, et rejoignirent celui qui les avait appelés. D'un geste, il leur désigna un portefeuille.

— Je ne l'ai pas touché, assura-t-il avant qu'on le lui demande.

Paoli enfila des gants de latex qu'il gardait toujours dans ses poches et ramassa l'objet.

— Il appartient à Malo. Donc, il est venu de là, affirma-t-il en pointant le doigt vers le sémaphore.

— Vous avez l'air sûr de vous, Lieutenant Paoli.

— Clémentine Roi habitait sur la route des Dunes. Malo l'aura quittée pour suivre ce chemin.

— Quel lien existait-il entre cette femme et cet homme ?

— A ce que j'en sais, il s'agissait d'un lien professionnel. C'est tout ce que vous avez trouvé ? demanda Paoli au gendarme.

— C'est-à-dire que… oui… enfin, non…

— Eh bien, allez-y, mon vieux, parlez ! l'incita Cresson.

— Un peu plus loin, j'ai vu une barre de fer rouillée.

— Que dites-vous ? Où ça ? Montrez-moi ! ordonna Paoli.

Le gendarme pivota sur lui-même et se dirigea vers l'est. En file indienne, le petit groupe le suivit jusqu'à Kermyl. A droite, une jolie plage limitée par deux pointes rocheuses ; à gauche, une allée ramenant à la route. Une fois encore, il pointa son index vers le sol. La barre de fer avait été abandonnée sous un buisson d'aubépine. Paoli se pencha et la ramassa.

— Dix contre un que nous tenons l'arme des trois crimes.

— Quoi ? Ça ?

— Ça, comme vous dites, Capitaine. Il n'y a pas plus banal et moins cher sur le marché des armes anonymes.

— Je n'ai pas de sac pour la mettre, François, lui dit Éric Durand à voix basse.

— Ce n'est pas grave. Je ne crois pas que l'assassin ait été assez idiot pour y laisser des traces. Eh bien, si c'est tout, nous pouvons peut-être regagner nos véhicules respectifs. Qu'en dites-vous, Capitaine ?

— Je suis d'accord. Je vous ferai parvenir le rapport de mes hommes par fax, ça vous va ?

— Tout à fait.

Et ce fut sur ces mots que le groupe retourna à Kérambigorn en silence.

*

David Marchand les attendait dans la voiture dont il avait mis le moteur en marche en les apercevant. François Paoli et Éric Durand embarquèrent.

— Conduis-nous à la maison de Clémentine, s'il te plaît.

— OK.

Les policiers quimpérois se laissèrent distancer par les gendarmes fouesnantais. Cela leur permit de vérifier qu'à l'embranchement du chemin de Kerlosquen et de la route des Dunes, ils avaient bien pris à gauche, pour rentrer à leur caserne, via le bourg de Beg-Meil. David Marchand continua de rouler jusqu'à la chaumière de Clémentine.

— Il n'y a personne, même pas un chat, par ce froid de canard ! dit-il en laissant tourner le moteur au ralenti.

— Qu'est-ce que tu voulais voir, François ?

— Si Malo était venu en voiture, mais, apparemment, il n'y a aucun véhicule étranger au département. Enfonce-toi dans le Chemin Creux.

— Si je le fais, je suis obligé de continuer jusqu'à la cale de Beg-Meil.

— Vas-y et roule au pas.

Obéissant à Paoli, Marchand s'engagea dans la voie en sens interdit réservée aux résidants de l'hôtel tout proche et aux riverains. Chacun de son côté, Paoli et Durand contrôlèrent les plaques minéralogiques qu'ils purent voir. Mais aucune ne provenait de Paris ou de sa région.

La Scénic était arrivée à l'extrémité du Chemin Creux. A droite, la rue descendait vers le petit port de Beg-Meil ; à gauche, on revenait au bourg.

— Et maintenant ? s'enquit Marchand.

— A gauche. On rentre !

En arrivant à hauteur de l'Hôtel du Triskell, le lieutenant Durand s'écria :

— Là, regardez ! Une voiture immatriculée 75.

— Fais demi-tour, David, et allons voir.

La manœuvre exécutée, Paoli et Durand sortirent de voiture et entrèrent dans l'hôtel. Ils saluèrent la réceptionniste en même temps qu'ils sortaient leur carte de police.

— A qui est le véhicule garé devant chez vous, s'il vous plaît ?

— A un client qui est arrivé hier soir, monsieur Lagrange.

— Il est venu seul ?

— Oui, je lui ai donné le numéro 8.

— Ce Lagrange, pouvez-vous nous le décrire ?

— Inutile, le voici qui descend pour déjeuner.

D'un seul homme, Paoli et Durand se retournèrent vers le client. Il était de taille moyenne, le teint pâle sous une chevelure rousse.

— Bien, ce sera tout, Madame. Au revoir et bonne journée !

— A votre service !

Ils remontèrent à bord de la Scénic et, cette fois, le trio prit la route de Quimper.

*

Dans une brasserie quimpéroise, à l'heure du déjeuner.

Ils avaient si bien fait honneur au plat de choucroute qu'ils avaient commandé que celui-ci était vide. Aussi déclinèrent-ils l'offre d'un dessert et demandèrent-ils des cafés.

— Il va falloir vérifier à l'aéroport et à la gare pour savoir comment Malo est venu en Bretagne.

— Et aussi interroger tous les hôteliers quimpérois, fouesnantais et concarnois.

— Sans oublier les agences de location de voitures.

— Ouais et les compagnies de taxis !

— Moi, j'ai déjà les motards, dit Marchand.

— Et nous, on a des auditions, rétorquèrent Paoli et Durand.

— Eh bien, il n'y a qu'à refiler ça au stagiaire !

— OK, David, mais tu en parles à Grincheux. D'habitude, il n'aime pas trop qu'on mêle les stagiaires aux affaires de ce type.

— A mon avis, il fera une petite exception cette fois-ci, François.

— Tu crois ? demanda Éric Durand.

— J'en suis quasiment sûr. Parce que le gosse a une gaffe à rattraper.

— Le suicide manqué de Merlus ?

— Pile poil ! Ça fait moche dans les appréciations, surtout que tonton Grincheux commande le poste.

— Tes arguments tiennent la route, mais, si j'étais toi, j'informerais quand même Grincheux.

Ils se turent le temps de boire leur café.

— Dis donc, à ton avis, François, si la barre de fer que le gendarme a trouvée, est bien l'arme des trois crimes, pourquoi le meurtrier l'a-t-il jetée ?

— Simplement parce qu'il n'en a plus besoin.

— Hein ? Tu plaisantes !

— Oublierais-tu le flair de ton voisin, Éric ? ironisa David Marchand en reposant sa tasse vide.

— Non, mais, sans blaguer…

— Allez, on y va ! décida Paoli en se levant.

Dès qu'ils franchirent la porte de la brasserie, ils furent saisis par l'air piquant du dehors. Ils allongèrent le pas pour reprendre la voiture et regagner l'hôtel de police.

*

Après-midi du 4 février, hôtel de police de Quimper.

Comme il l'avait dit, l'éditeur fouesnantais arriva à 14 heures.

— Bonjour, Mademoiselle. Je suis Clément Lavoisier, le lieutenant Paoli doit m'attendre.

— Ah, oui ! Vous montez au premier étage, c'est la deuxième porte sur votre gauche. Je le préviens tout de suite, lui dit Marie.

— Merci.

Lavoisier grimpa l'escalier tranquillement et frappa à la porte de Paoli.

— Entrez ! Ah, monsieur Lavoisier ! Bonjour !

— Bonjour, Lieutenant.

— Asseyez-vous, je vous prie.

— Vous avez souhaité me revoir, me voici, mais j'aimerais bien savoir pourquoi.

— Eh bien, au moins, avec vous, on n'y va pas par quatre chemins !

— Effectivement, ce n'est pas mon genre… Votre enquête progresse-t-elle ?

— Ça suit son cours, répondit Paoli. Mais, pour que la progression se fasse au mieux, j'ai besoin de quelques précisions.

— Si c'est de mon ressort…

— Quelle était la nature de vos relations avec Clémentine Roi ou Pia Saint James, si vous préférez ?

— Professionnelles.

— Seulement ? C'était pourtant une jolie jeune femme.

— Il nous est arrivé de déjeuner ensemble… une fois…

— Quand était-ce ?

— Je ne me souviens pas de la date exacte, mais je me rappelle que c'était au moment du deuxième tirage de son premier livre. Si vous voulez, je chercherai dans mes vieux agendas.

— Et il n'y a eu que cette fois-là ? Pas d'autres ?

— Aucune, je vous l'assure. Pia était… comment dire ? Insaisissable ! D'ailleurs, il m'a fallu plusieurs mois avant de faire sa connaissance.

— Vous voulez dire que vous ne l'avez pas rencontrée au moment de la signature de votre premier contrat ?

— C'est cela. Ce contrat qui concernait *Les perles noires*, a été signé bilatéralement via le service postal. Comme elle vivait à Paris, je lui ai posté deux exemplaires que j'avais signés, elle m'en a réexpédié un portant sa signature.

— Il faut une bonne dose de confiance pour agir ainsi, non ? Surtout venant d'un auteur…

— Aucun des auteurs avec lequel j'ai agi de cette manière n'a eu à se plaindre de moi. J'ai toujours tenu tous mes engagements. Vérifiez, si le voulez ! Je n'ai pas ses coordonnées, là, sur moi, mais si vous tenez à vous renseigner, vous pourrez le faire auprès de Jean-Claude Sue, par exemple. Il habite dans les Alpes-Maritimes, près de Nice, et je lui ai publié deux romans.

— Donc, vous diriez que vous êtes plutôt quelqu'un de "réglo"…

— Oui. Et je vais vous dire pourquoi je suis correct avec mes auteurs. Parce qu'un éditeur qui ne tient pas ses engagements s'attire des ennuis. Avant de me lancer dans l'édition, je me suis, moi aussi, essayé à l'écriture et je suis tombé sur un éditeur indélicat. Il avait accepté mon tapuscrit, sans réserve, et m'avait fait signer un contrat à distance. Un an plus tard, rien n'était fait. Ni les corrections ni la maquette, rien ! Il a fallu que je fasse appel au SNAC, le syndicat national des auteurs et compositeurs, pour faire pression sur lui. Cela a pris du temps, beaucoup de temps, mais, au final, il a publié mon livre. Il n'a pas eu le succès escompté, mais… passons, là, n'est pas le sujet. Aussi, quand je me suis installé comme éditeur, je me suis fais la promesse de ne pas agir comme ce type. Et je m'y tiens.

— C'est tout à votre honneur, monsieur Lavoisier. Dites-moi, Pia Saint James vous informait-elle de ses projets d'écriture ?

— Disons qu'elle me prévenait que tel ou tel récit aurait lieu à telle ou telle époque de l'Histoire, mais c'est tout.

— Donc, vous ne saviez pas qu'elle avait un projet d'écriture à deux mains ?

— Pia ? Écrire en collaboration ? Alors là, permettez-moi d'en douter, Lieutenant !

— Et pourtant, c'est la vérité ! lui rétorqua Paoli en sortant le manuscrit qu'il avait récupéré au service des empreintes. Tenez, jetez-y un œil si vous voulez.

Clément Lavoisier saisit le document et le feuilleta. Il s'arrêta sur quelques pages qu'il lut en diagonales. Au bout de quelques instants, il demanda :

— Qui est la deuxième main ?

— Si je vous dis Prosper Moreau…

— Quoi ? Ce cafetier qu'on a trouvé battu à mort chez lui ? Vous plaisantez ?

— Je n'en ai pas l'habitude pendant le travail, monsieur Lavoisier. Ce manuscrit a été découvert chez Prosper Moreau et, selon des témoins, Pia Saint James se rendait chez lui régulièrement. Mais… puis-je vous demander pourquoi vous doutiez ?

— Je ne sais pas… J'imagine mal Pia collaborer avec un amateur.

— Avez-vous entendu parler de Kiko, ce petit détective de bande dessinée ?

— Je suis l'actualité littéraire, comme tout bon éditeur qui se respecte…

— Ce qui veut dire ?

— Je sais que son scénariste s'appelle Sacha, qu'il doit sa silhouette à un dessinateur portant le pseudonyme de Plume, et que Kiko fait plus que de la figuration face aux valeurs sûres que sont Astérix et Obélix ou Boule et Bill.

— C'est tout ?

— Oui, c'est tout.

— Donc, vous n'avez aucune idée du nom de ces deux personnes qui ont collaboré aux albums de Kiko ?

— Absolument pas. Écoutez, Lieutenant, si vous m'avez fait venir pour jouer aux devinettes… dit Lavoisier en soulevant ses fesses de sa chaise.

— Rasseyez-vous ! lui ordonna Paoli.

Le ton sec du policier ne laissa pas d'autre choix à l'éditeur que celui d'obtempérer.

— Sacha s'appelait Paul Malo et Clémentine Roi, c'est-à-dire Pia Saint James pour vous, était Plume. Si je vous dis cela, c'est pour vous prouver que Pia avait déjà travaillé avec quelqu'un d'autre et qu'elle était capable de réitérer la chose, mais, cette fois, pour un roman.

— Attendez un instant… Vous venez bien de dire que Pia était Plume ? Alors, si je comprends bien, Clémentine Roi était à la fois Pia Saint James et Plume ?

— C'est exactement ça.

— C'est… c'est sidérant !

— Dites-moi, monsieur Lavoisier, pendant tous ces salons où elle ne faisait que des apparitions, vous ne vous êtes jamais douté de quoi que ce soit ?

— Non, rares sont les auteurs qui assistent à tout un salon. Pour l'éditeur, c'est différent. C'est à lui qu'incombent l'installation et le démontage de son stand.

— Et comment auriez-vous réagi si vous aviez su qu'elle était à quelques mètres de vous lors du salon de Beg-Meil ? Car elle y était, sous les traits de la vieille Clémentine…

— La question ne se pose pas, Lieutenant, j'ignorais tout de son déguisement.

— Je vous la pose quand même.

— J'avais un contrat d'exclusivité avec Pia Saint James, pas avec Clémentine Roi.

— Je vois que vous ne voulez pas me répondre. Alors, je vais vous poser une autre question. A votre avis, pourquoi une jolie jeune femme comme Clémentine vivait-elle à Beg-Meil sous un déguisement de grand-mère au quotidien ? De qui ou de quoi avait-elle peur ?

— Êtes-vous en train de suggérer que cela pourrait être de moi ?

— Je ne suggère rien, monsieur Lavoisier, je m'interroge. Je me dis qu'elle aurait pu vouloir éviter quelqu'un pour quelque raison que ce soit…

— Que les choses soient bien claires, Lieutenant. J'ignorais qu'elle habitait Beg-Meil. De plus, permettez-moi de vous rappeler qu'il n'y a jamais rien eu d'autre que les livres entre nous. Chaque fois que j'ai eu un courrier à lui adresser, je l'ai fait partir pour Paris et chaque fois que je lui ai téléphoné, je l'ai appelée sur son portable. Comment aurais-je pu deviner qu'elle vivait dans la même commune que moi ? Je ne l'y ai jamais vue ! Et quand bien même je l'aurais su, que cela n'aurait en rien modifié ma façon de vivre et de travailler. Non, croyez-moi, je ne suis pas l'affreux croque-mitaine auquel elle voulait se soustraire. Cherchez ailleurs !

— Je pense à un détail… Quand vous avez reçu le premier tapuscrit de Pia Sait James, ne vous êtes-vous pas interrogé sur son nom ?

— Non, pourquoi ? Il y a tant de patronymes curieux en France ! Il y en a qui s'appellent Dupont, d'autres Courtecuisse, d'autres Dujardin ou Moulin, pourquoi pas Saint James ? Et puis, je ne suis pas de la police ! Alors, pourquoi lui aurais-je demandé sa carte d'identité ? Je n'avais aucune raison de le faire, la seule chose qui m'intéressait était son talent.

— Revenons un instant sur la correspondance que vous entreteniez avec elle.

— Correspondance est un bien grand mot. Il ne s'est agi que de quelques lettres.

— Donc, ces lettres, vous les expédiiez à Paris ?

— A l'adresse que je vous ai donnée la première fois que vous êtes venu à mon bureau, oui.

— Êtes-vous sûr que c'est bien Pia qui les recevait ?

— Personne ne peut être totalement sûr que son courrier arrive bien dans les mains de son destinataire, mais Pia me passait toujours un coup de fil avant de me poster sa réponse.

— Vous est-il arrivé de lui adresser un recommandé avec accusé de réception ?

— Oui, deux fois, la première étant son contrat d'exclusivité. Et c'était bien sa signature qui figurait sur les récépissés.

— Vous l'avez vérifiée ?

— Inutile, je la connaissais.

— Monsieur Lavoisier, verriez-vous un inconvénient à ce que je voie ces documents ?

— Je suppose que je n'ai pas intérêt à me soustraire à votre demande sous peine d'être accusé d'entraver votre enquête.

— Je n'irai pas jusque-là, mais cette vérification peut m'être utile.

— Vous permettez ? demanda Lavoisier en sortant son portable.

— A qui voulez-vous téléphoner ?

— A Emma, ma secrétaire.

Paoli opina et Lavoisier téléphona. Il dit à Emma de mettre de côté tous les papiers portant la signature de Pia Saint James, sans oublier les fameux récépissés.

— Voilà, tout sera à votre disposition dans une demi-heure.

— Merci. Je vais envoyer quelqu'un les chercher. Une dernière question avant de vous laisser partir. Vous faites toujours de la moto ?

— Comment savez-vous ça ?

— Ma profession est d'enquêter sur les gens.

— Non, je n'en fais plus depuis cinq ans, suite à une chute.

— Vous avez toujours votre engin ?

— Non, j'ai vendu ma Honda.

— Bien. Ce sera tout, monsieur Lavoisier.

L'éditeur se leva. Paoli le raccompagna à la porte et lui tendit la main.

— Que va-t-il advenir du manuscrit de Pia et Prosper ? demanda Clément Lavoisier.

— Pour l'instant, il s'agit d'une pièce à conviction. Donc, personne ne peut y toucher, à part les autorités judiciaires.

— Ah ! Oui, bien sûr... Mais, plus tard ?

— Je ne peux pas vous le dire, je ne sais pas. Il faudra attendre le procès et la décision du juge. Au revoir, monsieur Lavoisier.

— Au revoir, Lieutenant.

*

Bureau du lieutenant Durand, 17 heures 25.

— Mais qu'est-ce qu'il fout ? Il aurait dû être là à 17 heures !

— Tiens, tu t'énerves, toi ? lui fit remarquer David Marchand. Je croyais que ça ne t'arrivait jamais.

— Oui, je m'énerve, oui ! Parce que j'ai une rage de dents depuis deux heures, que j'ai réussi à obtenir un rendez-vous chez le dentiste à 18 heures et que c'est à l'autre bout de la ville !

La porte s'ouvrit sur le lieutenant Paoli qui fit :

— Alors ?

— Toujours pas de Cardon !

— Et Éric doit être chez le dentiste dans une demi-heure.

— Eh bien, vas-y, Éric ! J'interrogerai Cardon à ta place.

— Et Pierre, alors ? A quelle heure vas-tu le récupérer ? Tu ne vas quand même pas l'obliger à rester à la garderie en faisant du supplément à ma place !

— Non. Passe le prendre à l'école et fais un petit détour pour le ramener à la maison en allant chez ton dentiste. D'accord ?

— Il a une clef, au moins ?

— Tiens, voici la mienne.

— Bon, j'y vais, alors. Salut ! Et merci François !

Éric Durand enfila son blouson et dégringola les marches.

Le temps qu'il fasse démarrer sa voiture et qu'il sorte du parking du commissariat, Maurice Cardon était entré par la porte donnant sur la rue Théodore Le Hars.

— Bonjour ! Le lieutenant Durand, s'il vous plaît.

— C'est au premier étage mais il me semble que… Un instant… je vous prie, dit Marie en composant un numéro intérieur. C'est Marie. Monsieur Cardon vient d'arriver. Oui, d'accord. Vous pouvez monter, on va vous recevoir.

Maurice Cardon fut accueilli par le lieutenant Paoli qui le fit entrer dans son bureau.

— Vous avez plus de trente minutes de retard, monsieur Cardon, lui fit-il remarquer.

— Je suis là, c'est ce que vous vouliez, non ? Alors, pourquoi m'avez-vous convoqué cette fois ? demanda-t-il en imitant Paoli qui s'asseyait.

— Pour parler de Pia Saint James.

— Encore ?

— Et oui, encore ! Vous savez, mon travail est beaucoup basé sur les relations humaines… La vie de la victime, ses habitudes, les liens qu'elle entretenait avec son entourage, ce genre de chose…

— Je vous arrête tout de suite, Lieutenant, je ne faisais pas partie de l'entourage de Pia.

— Vous l'avez peut-être voulu, mais Pia vous a préféré Philippe Merlus…

— N'importe quoi ! Où êtes-vous allé chercher une telle ineptie ?

— Allons, ne me dites pas que Pia vous était indifférente.

— Elle était assez mignonne, mais il y a de plus jolies jeunes femmes qu'elle.

— Et au niveau littéraire ?

— Que voulez-vous que je vous dise ?

— Ce que vous pensez de ses romans policiers, par exemple.

— La démarche de Pia était originale, mais elle se la jouait.

— N'étiez-vous pas un peu jaloux d'elle ?

— Pas plus que les autres auteurs de Lavoisier ! Il suffisait que Pia soit présente pour signer ses livres pour que les nôtres soient délaissés ! Avouez qu'il y avait de quoi la jalouser un peu !

— Au point de la dénigrer, paraît-il…

— C'est… c'est faux, voyons !

— Et de vous faire rappeler à l'ordre par Clément Lavoisier !

— Qui vous a raconté ça ? Lui ? C'est lui qui vous l'a dit ? Et vous l'avez cru ?

L'expression de Paoli resta neutre.

Il espérait que Cardon allait lui donner sa version,

mais celui-ci n'en fit rien. Alors le policier changea de sujet.

— Avez-vous déjà participé à des cafés littéraires ?

— Une seule fois, au Comptoir & Polars. C'était bien parce que le type qui tenait le Comptoir avait insisté que j'y suis allé, pour lui faire plaisir, mais je ne renouvellerai pas la chose.

— Parce que ça ne vous a pas plu ?

— Je préfère essayer de susciter l'envie de lire que de répondre à des critiques. Aussi ne suis-je pas resté toute la soirée, comme c'était prévu.

— Ont-elles été mauvaises, ces critiques ?

— Disons qu'elles n'ont pas toutes été bonnes.

— Et Prosper Moreau, vous en a-t-il voulu ?

— Qui ça ?

— C'était le propriétaire du Comptoir & Polars.

— Ah ! Je ne me souvenais pas de son nom. Non, je ne crois pas. Pour être franc, j'ai vite effacé cela de ma mémoire. Oui, mieux vaut garder les bons moments que les mauvais.

— Dites-moi, comment élaborez-vous votre histoire policière ? Tout seul devant votre feuille de papier ou votre écran d'ordinateur ?

— Oui, et même si je considère mon travail d'écriture comme un loisir, je ne vous cache pas qu'il m'arrive de connaître le fameux stress de la page blanche. A tel point que, sur mon dernier roman, je suis resté huit jours sans pouvoir écrire une seule phrase. L'inspiration n'était pas là.

— Comment faites-vous dans ce cas-là pour qu'elle revienne ? Vous l'attendez ?

— Oui et non. Un jour que j'avais laissé traîner mon manuscrit, ma femme s'en est emparée, l'a lu en diagonale, puis m'a suggéré un truc, allant même jusqu'à le mettre en forme pour moi. Une espèce d'écriture à deux mains, si vous voyez ce que je veux dire. Mais seulement pour quelques pages.

— C'est curieux que vous me parliez d'écriture à deux mains. Ce n'est pas très courant, si ?

— Pas en littérature policière, non. Les seuls auteurs que je connaisse qui la pratiquent, sont les Higgins Clark, mère et fille. Mais il y en a peut-être d'autres, moins célèbres que ces deux-là, je ne sais pas. En général, ce sont plutôt des sujets philosophiques ou religieux qui sont traités ainsi. Parfois des biographies.

— Est-ce que vous-même avez été tenté par cet exercice, après que votre femme vous ait donné un petit coup de pouce pour votre histoire ?

— Un peu, je l'avoue, car cela avait dynamisé mon intrigue.

— Donc, vous diriez plutôt qu'une telle association serait bénéfique à un récit ?

— Je pense qu'elle peut l'être, oui.

— Si on vous l'avait proposée, auriez-vous accepté une écriture à deux mains ?

— Cela ne s'est pas présenté, Lieutenant.

— Mais si cela s'était fait ?

— Oui, j'aurais bien aimé ce style d'écriture, pour son côté stimulant et excitant. Comme une sorte de compétition. Vouloir me surpasser et étonner, me griser d'imagination, comme je le faisais autrefois avec la vitesse, en moto. Maintenant, avec la tolérance zéro, c'est du passé !

— Oh ! Vous savez, nos radars piègent encore quelques irréductibles… Au fait, qu'est-ce que vous avez comme moto ?

— Une Yamaha, une bonne bécane, mais je m'en sers peu en hiver, à cause du froid et de la pluie. Mais, dès que le premier rayon de soleil pointe son nez, je ne peux pas m'empêcher de la sortir. Comme qui dirait, ça me démange !

— Et vous la chevauchez seul ?

— Oui, car ma femme n'aime plus trop la moto. Alors, de temps en temps, je vois des copains motards et on fait des virées touristiques pendant les week-ends.

— Et que fait votre épouse ces jours-là ?

— Ce qu'elle veut !

— Mais, quand vous participez à des salons ou des festivals du livre, cela lui arrive-t-il de vous accompagner ?

— Juste pour faire la route.

— Vous disiez que votre femme n'aimait plus la moto… En faisait-elle avec vous auparavant ?

— Et comment ! C'est même comme ça qu'elle m'est tombée dans les bras.

— Et pourquoi n'en fait-elle plus ?

— Oh ! Ça c'est une de ses idées à la noix ! Elle dit qu'elle n'a plus l'âge de monter sur une moto, que ça fait mauvais genre pour une femme de plus de quarante ans d'être gainée de cuir… ce genre de connerie ! Pourtant, moi, je la trouve sexy dans sa tenue de cuir noir.

— Revenons à l'écriture à deux mains. J'ai entendu dire que Pia Saint James pensait s'y mettre…

— Ah bon ?

— Je comptais sur vous pour me le confirmer, mais peut-être ai-je mal entendu ou compris de travers…

— En tous cas, elle ne l'aurait pas fait avec moi !

— Parce que vous auriez refusé ?

— Parce qu'elle ne me l'aurait pas demandé !

— Remarquez, vu ce que vous pensiez d'elle, ça n'aurait pas été étonnant. A qui aurait-elle pu faire cette proposition ?

— Je crois plutôt qu'il faut inverser les rôles, Lieutenant, et vous dire que c'est elle qui a été sollicitée. A condition que ce que vous avez entendu soit vrai.

Cardon fit un mouvement du bras et regarda sa montre.

— Bien. Si vous n'avez pas d'autres questions…

— Non, ça ira pour ce soir. Tenez, relisez et signez, s'il vous plaît.

Cardon griffonna sa signature sans relire et se leva. En sortant, il faillit recevoir en pleine figure la porte ouverte à la volée par le commissaire Duval.

— Paoli ! tonna-t-il. Voulez-vous me dire ce que cela signifie ?

— Pardon ?

Duval claqua la porte si violemment que les murs tremblèrent.

— Je croyais pourtant avoir été bien clair à ce sujet ! Combien de fois ai-je dit qu'il fallait passer par moi avant de mettre un stagiaire sur une affaire criminelle ?

— Mais…

— Il n'y a pas de “mais” qui tienne ! Ce n'est pas parce que Bruno est de ma famille qu'il a plus de droits qu'un autre ! Vous m'entendez ?

— Oui, mais…

— Ne m'interrompez pas ! s'écria-t-il en abattant son poing sur le bureau de Paoli. Je l'ai dit et répété maintes et maintes fois : un stagiaire fraîchement arrivé ne doit jamais accomplir une tâche, quelle qu'elle soit, sans que j'en sois avisé ! Et une fois que j'ai donné mon feu vert, ce même stagiaire doit toujours être supervisé par un officier ! Que ce soit sur le terrain ou dans les bureaux !

— Bon sang, laissez-moi parler ! Je n'y suis pour rien, c'est tout juste si je sais à quoi ressemble votre neveu ! Allez voir Marchand, c'est lui qui a pris Bruno en main.

A cet instant, David Marchand referma la porte et s'avança vers son supérieur.

— Je pensais vous en informer, mais vous étiez absent.

— Et ça ne pouvait pas attendre ? Vous ne pouviez pas patienter jusqu'à mon retour ? Qu'est-ce qu'il y avait de si urgent à savoir comment un homme était venu se faire tuer ici et depuis quand il était arrivé ?

— Rien. Ce n'est pas que c'était urgent, mais comme nous étions déjà bien occupés et que Bruno s'emmerdait aux archives…

— Un stagiaire ne s'emmerde pas aux archives, Marchand ! Il s'instruit !

— Il s'instruit ? Allons donc ! Dans la paperasse poussiéreuse ?

— Eh bien, continuez à me parler sur ce ton, Marchand, et c'est vous qui allez vous instruire ! Me fais-je bien comprendre ? Et ceci est valable également pour vous, Paoli !

Le regard furieux du commissaire passa de Marchand à Paoli et revint fixer Marchand.

— Essayez donc de recommencer ça à l'avenir et vous verrez ! Et où se trouve votre rapport concernant le macchabée de ce matin ?

— Le capitaine Cresson m'a promis de nous faxer celui des gendarmes dès qu'il serait fait.

— Et l'autopsie ? Vous avez eu des résultats ?

— Pas encore, je les attends, mais je crains que cela ne nous apporte pas grand-chose.

Le commissaire Vincent Duval fusilla une nouvelle fois ses deux subordonnés du regard, puis se retira.

Le silence qui s'ensuivit dura bien deux minutes.

— Eh bien, mon vieux ! fit Marchand. Mais quelle mouche a donc piqué Grincheux ?

— Toi, pardi !

— Moi ? Ben, elle est bonne, celle-là !

— Je ne t'avais pas dit de le prévenir avant de mettre Bruno sur le coup, peut-être ? Tu sais comment il est, pourtant ! Comme il ne va plus beaucoup sur le terrain, il veut savoir tout ce qui se passe dans la boutique et, pour ça, il faut qu'il chapeaute tout.

— Enfin, François... Si encore j'avais largué Bruno tout seul sur un flag' et qu'il avait risqué sa peau, j'aurais pigé ! Mais, là, c'était comme faire de l'administratif... Il n'avait pas de quoi piquer une gueulante ! Si ?

Paoli ne répondit pas.

— Bon, puisque c'est comme ça, je me casse ! Fait chier, à la fin !

La porte claqua pour la deuxième fois en moins de trente minutes.

Resté seul, Paoli poussa un grand soupir et se rassit à son bureau.

*

Mardi 4 février, hôtel de police, 21 heures.

Il ne restait plus que l'officier de permanence et quelques hommes. Et le lieutenant Paoli enfermé dans son bureau.

L'accès de colère du commissaire Duval et son différend avec David Marchand l'avaient laissé songeur. Sa méditation avait été interrompue par l'arrivée du fax de la gendarmerie de Fouesnant, suivie du coup de fil du médecin légiste.

Il s'était remis au travail, se replongeant dans les différents procès-verbaux et rapports concernant l'affaire. Si, comme il le pensait, le mobile des crimes de Clémentine et Prosper était le manuscrit trouvé dans les WC du Comptoir & Polars, pourquoi avait-on tué Paul Malo ?

Alors qu'il s'était levé pour se servir un café, son portable sonna.

— Oui, Pierre ?

— A quelle heure tu rentres ? Parce que moi j'ai faim !

— Oh ! Il est déjà 9 heures ! Je n'ai pas vu le temps passer. Bon, j'éteins mon ordinateur et j'arrive. Il y a de la paella au congélateur. Sors-la et mets-la à réchauffer, je serai là dans vingt minutes.

— D'accord. A tout de suite !

Il coupa son portable et avala deux gorgées de café avant de fermer son programme et d'éteindre son ordinateur.

Alors qu'il enfilait sa parka, son regard se posa sur une chemise qu'il avait mise de côté… Il l'ouvrit. Il s'agissait du compte rendu de la perquisition du domicile de Clémentine Roi.

— Non, je ne vais pas mettre mon nez là-dedans maintenant. J'ai dit à Pierre que je rentrais, je rentre ! se dit-il en reposant la chemise.

Il tâta ses poches, y prit ses clefs et se dirigea vers la porte.

Mais, avant de la franchir, il revint sur ses pas et emporta la chemise.

Il plongea la pièce dans l'obscurité, dégringola l'escalier et sortit en même temps que deux fonctionnaires partant en patrouille.

François Paoli laissa la patrouille sortir devant lui et traversa l'Odet en face du vieux théâtre.

Arrêté au feu de la poste, il vit un homme dont l'allure lui semblait familière passer devant les pelouses du jardin de l'évêché.

Sitôt le feu vert, il embraya et se porta à la hauteur du piéton à côté duquel il ralentit.

— Éric ! appela-t-il.

L'homme se tourna vers lui en se penchant légèrement.

Ce n'était pas Éric.

— Excusez-moi, Monsieur, je vous ai pris pour quelqu'un d'autre, dit-il avant de faire reprendre de la vitesse à son coupé 206.

*

Domicile de Paoli, 23 heures.

Pendant le dîner il avait à peine écouté son fils lui parler. D'habitude, il lui prêtait plus d'attention quand Pierre lui racontait sa journée d'école.

— T'as même pas entendu ce que je viens de dire. T'as encore tes idées au boulot, hein ? lui avait dit Pierre.

— Oui, avait-il reconnu.

L'enfant s'était couché et dormait maintenant à poings fermés, et lui, était assis dans son fauteuil club, le rapport de perquisition sur les genoux. Il survola quelques feuilles, il en cherchait une bien précise. Quand il l'eut trouvée, il la lut attentivement et écrivit quelques notes dans son carnet.

Au bout de trois quarts d'heure, il se frotta les yeux et fit quelques mouvements de tête pour dissiper la crispation des muscles de sa nuque. Mais la fatigue était bel et bien là et il ne parvenait plus à se concentrer. Il le referma et se leva de son club fauve.

— Je suis presque sûr qu'il y a eu maldonne, pensa-t-il. Paul Malo n'aurait pas dû être tué. Il s'est trouvé au mauvais endroit, au mauvais moment, et le meurtrier s'est trompé de personne. Comme moi, tout à l'heure, en face des jardins.

Il se rendit à la cuisine, ouvrit le frigo et attrapa la bouteille de lait dont il but une longue gorgée.

— Ouais ! Ben, on n'est pas encore au bout de nos peines !

Il éteignit les lumières, entra dans la chambre, se déshabilla dans le noir et se coucha.

*

Mercredi 5 février, rencontre avec le médecin légiste.

Il était 10 heures 45 quand son téléphone sonna. C'était Séverin Leclerc qui lui demandait de venir. Le lieutenant Paoli enfila sa parka et quitta le commissariat.

Quelques minutes plus tard, il sortait de sa 206 et pénétrait dans le bureau du médecin légiste. Les deux hommes se serrèrent la main.

— Fait pas encore très chaud, ce matin ! dit Séverin en se servant un café. Tu en veux un ?

— Avec plaisir, accepta Paoli en s'asseyant. Alors, pourquoi m'as-tu fait venir ?

— J'ai fait l'autopsie de ton gars de la plage. Il était déjà quasi mort quand on lui a donné le seul coup qu'il a reçu à la base du crâne.

— Qu'entends-tu par “quasi mort” ? Il l'était ou pas ?

— Les deux… Il était en pleine crise cardiaque. Un infarctus massif.

— Tu disais un seul coup ?

— Oui, et encore pas très fort. A mon avis, la victime était en train de s'écrouler quand elle a été frappée. Et puis, Malo n'est pas mort à l'endroit où il a été trouvé. J'ai trouvé un mélange de sable et de terre ainsi qu'un brin d'herbe dans sa bouche, la même chose à ses semelles. Ah, oui ! A propos de chaussures… ton type aurait dû porter une talonnette au côté gauche. Un moment…

Séverin Leclerc disparut brièvement et revint avec une paire de chaussures.

— Tiens, regarde, François. Dans celle de droite, l'étiquette de la marque est usée, pas dans celle de gauche. Et cette petite trace que tu vois à l'intérieur du talon, c'est celle que la talonnette a faite.

— Oui, je vois. Mais, dis-moi, qu'est-ce qui a provoqué sa crise cardiaque ? La peur ?

— La peur ou le stress, comme tu veux, ne sont intervenus que pour une faible partie dans son attaque. Paul Malo souffrait d'artériosclérose due à une dose élevée de cholestérol dans son sang. L'une de ses artères était quasiment bouchée et une autre était mal en point. Il a dû avoir des alertes mais ne les a pas prises au sérieux.

— Il n'était pas très gros, pourtant.

— Contrairement à ce que tu penses, la surcharge pondérale n'est pas obligatoire pour avoir un taux élevé de cholestérol. La génétique a aussi son mot à dire dans ce domaine.

— Si je comprends bien, même s'il était resté chez lui, il n'en aurait plus eu pour longtemps.

— C'est ça. Son cœur et son système vasculaire étaient à bout de course, si j'ose dire. Ah ! Autre chose... Les empreintes digitales relevées sur la bouteille de champagne que tu as trouvée sous le lit appartiennent à Clémentine Roi et à... A qui ?

— Paul Malo ? répondit Paoli sans trop croire à ce qu'il disait.

— Parfaitement, à Paul Malo !

— Ce qui veut dire qu'il a passé une partie de la soirée et le début de la nuit chez Clémentine ! Et qu'il a dû la quitter peu de temps avant qu'elle meure. Mais, dis-moi, Sev, tu m'as dit que Clémentine avait eu un rapport sexuel peu de temps avant sa mort. C'était avec Malo ?

— Oui.

— Sinon, dans les poches de Malo, tu as trouvé quelque chose d'intéressant ?

— Un peu de monnaie, un trousseau de clefs, un stylo et un téléphone portable. Tiens, les voici.

— Aucun titre de transport que ce soit aérien ou terrestre ?

— Non. Mais peut-être l'avait-il conservé dans son portefeuille.

— Il faudra que je vérifie. Bon, eh bien, je vais te laisser, Sev. Si tu as encore des surprises dans ton chapeau, n'hésite pas, je suis preneur !

— Dès que j'ai les résultats, je t'appelle.

IX

5 février, hôtel de police.

Fort des nouveaux éléments fournis par le médecin légiste, le lieutenant François Paoli réintégra son bureau. Il rechercha dans ses papiers les informations qu'il avait glanées sur Sacha grâce à Internet. Quand il les eut trouvées, il les relut. Et trouva. Paul Malo, alias Sacha, avait fait une mauvaise chute en montagne et en avait gardé une claudication du côté gauche.

Il finissait de relire un article, quand il se frappa le front de la paume et jura.

— Mais quel con je suis ! Ce n'était pas Malo qui était visé, mais… Merde ! Où est son numéro de téléphone à celui-là ? Ah, le voilà !

Il composa les dix chiffres qu'il venait de trouver, mais personne ne répondit. Or, si l'idée qu'il venait d'avoir était bonne, l'abonné à ce numéro était en danger. Il fallait à tout prix lui mettre la main dessus pour le protéger. Il essaya un deuxième numéro, sans succès.

Il venait de raccrocher son téléphone quand celui-ci sonna sous sa main.

— Allô !

— Lieutenant Paoli ? C'est Philippe Merlus.

— Je cherchais justement à vous joindre.

— Je sais, mon portable a enregistré votre appel. Mais comme je conduisais, j'ai dû trouver un endroit pour m'arrêter.

— Où êtes-vous ?

— Entre Lorient et Quimperlé. Pourquoi m'appeliez-vous ?

— Sacha est mort. On a trouvé son corps sur la plage de Kérambigorn, hier matin.

— Sacha ?

— Oui, et j'ai la conviction qu'il a été tué à votre place.

— Mais… pourquoi ?

— Ça, je ne le sais pas encore, mais vous êtes en danger. Aussi, je vous suggère de venir ici directement vous mettre sous notre protection.

— Mais, c'est impossible. J'ai des clients à voir… J'ai un rendez-vous à Quimperlé dans quinze minutes, un autre à Pont-Aven cet après-midi.

— A quelle heure ?

— Seize heures, pour une démonstration qui doit durer trois heures.

— Et ensuite ?

— C'est tout. Après Pont-Aven, je rentre sur Quimper.

— OK. Allez à vos rendez-vous, mais attendez-moi à Pont-Aven, je vous y rejoindrai à dix-neuf heures. Donnez-moi l'adresse où vous serez.

Paoli prit note, remercia Merlus et reposa son combiné. Puis il attrapa le portefeuille de Paul Malo, mais n'y trouva aucun titre de transport. Malo était donc venu par ses propres moyens en Bretagne. Il vérifia alors les papiers du mort. Carte verte et permis de conduire étaient en règle, tout comme la carte grise d'une moto de marque BMW.

— Le trousseau de clefs ! pensa-t-il alors.

Il le sortit du sac plastique que Séverin Leclerc lui avait donné. Le trousseau était composé de quatre clefs, dont celle du puissant deux roues.

Il reprit son téléphone et, cette fois, appela la gendarmerie de Fouesnant.

Quand il eut le capitaine Cresson en ligne, il lui fit part de sa trouvaille. Cresson lui assura qu'il allait envoyer quelques hommes à Beg-Meil.

Ils se mirent d'accord pour restreindre le champ de recherches dans le voisinage du domicile de Clémentine Roi. Vu son handicap, Malo s'était probablement garé à proximité.

Quand il eut fini de parler à Cresson, Paoli examina les clefs d'un peu plus près.

L'une d'elles, plate, devait ouvrir le domicile de Malo. Quant aux deux restantes…

Soudain, il eut un flash. Il en avait déjà vu une. Dans la main d'Annick Roi. Et elle ouvrait la porte d'entrée de la chaumière.

Il ne fallait pas être sorti de Saint-Cyr ou avoir fait Polytechnique pour comprendre…

Malo avait libre accès à la chaumière. Et si une femme donne les clefs de chez elle à un homme, c'est qu'ils se fréquentent intimement…

La preuve, c'était qu'ils avaient fait l'amour le soir du 25 janvier. Donc, Philippe Merlus n'était pas le seul amant de Clémentine ! Et cela confirmait bien la thèse de l'erreur du meurtrier sur la personne. Il y avait quand même un truc qui clochait. Si Malo venait à la chaumière, pourquoi n'avait-on pas trouvé d'effets masculins ni d'accessoires de toilette là-bas ? Hum ! Peut-être parce ses visites étaient brèves…

Il en était là de ses cogitations quand le lieutenant Durand fit son entrée.

— Salut François !

— Salut Éric !

— Je venais te remercier pour hier soir.

— N'en parlons plus. Alors, cette rage de dents ? Ça va mieux ?

— Un peu, oui. C'est un abcès. Le dentiste m'a mis sous antibiotique. Je viens de passer par le bureau de David… C'est pas la joyeuse ambiance !

— Le stagiaire était avec lui ?

— Oui. Ils sont en train de téléphoner aux hôtels.

Paoli se rendit au bureau de Marchand, Durand à sa suite.

— Ne perdez pas votre temps, vous ne trouverez rien. Sacha venait en moto et logeait chez Clémentine.

— Depuis quand tu sais ça, toi ?

— Depuis cinq minutes. Tenez, regardez… Ce sont ses papiers.

Les papiers circulèrent entre les mains de David, Éric et Bruno.

— J'ai lancé un avis de recherche du deux roues auprès des gendarmes de Fouesnant. Dès qu'on aura une réponse, il faudra que l'un de vous aille sur place.

— Il vaut mieux que ce soit toi, Éric. Ma remontée de bretelles d'hier soir m'a suffi !

— D'accord, si tu veux.

— Bon, qu'est-ce qu'on fait maintenant qu'on n'a plus à vérifier les hôtels ?

— Tu vas t'occuper du portable et de la carte bancaire de Paul Malo. Ce serait bien le diable si l'un ou l'autre ne nous donnaient pas une indication quelconque. Et, si j'étais toi, je commencerais même par la carte bancaire. Il a pu s'en servir pour acquitter les péages entre Paris et ici. Les voici, dit Paoli en donnant les deux objets à Marchand. Allez, je vous laisse. Viens, Éric, allons voir Alex.

Par chance l'amateur de graphologie était disponible. Paoli lui montra les divers documents que Lavoisier lui avait confiés.

— Que veux-tu savoir au juste ? demanda Alex.

— Si toutes ces signatures ont été faites par une seule et même personne ou s'il y a une ou des contrefaçons dans le lot. C'est dans tes cordes ?

— Fais voir. Tu veux la réponse dans la minute ?

— Disons que si je l'avais pour cet après-midi, ça m'avancerait.

— OK, pas de problème.

Toujours accompagné du lieutenant Durand, le lieutenant Paoli revint dans son bureau.

— Qu'as-tu fait de la barre de fer trouvée sur la dune, Éric ?

— Rien, jusqu'à présent. A vrai dire, je n'y pensais plus. Tu aurais voulu que je l'envoie au labo ?

— Histoire de confirmer que c'est l'arme des trois meurtres, oui, mais ce n'est pas pressé. La prochaine fois que le meurtrier passera à l'action, il utilisera autre chose.

— Quelle prochaine fois ? le coupa Éric Durand. Je croyais que tu avais dit que Malo était la dernière victime.

— Malo n'était pas le bon numéro trois ! Assieds-toi, je vais t'expliquer.

Éric Durand écouta en faisant de petits hochements de tête d'élève attentif.

— Il y a un truc que je ne saisis pas, c'est cette histoire de signatures. Tu penses que tous les courriers n'ont pas été signés par Clémentine ?

— Je ne sais pas, je me pose la question. C'est pour ça que j'ai demandé son avis à Alex. Hier, quand j'ai reçu Lavoisier, il m'a dit qu'il expédiait tout le courrier destiné à Pia Saint James à Paris. Or, Clémentine vivait à Beg-Meil. C'est donc qu'Annick, sa cousine, se chargeait de réexpédier les lettres ici.

— Et en cas de lettre recommandée, elle aurait imité la signature de sa cousine ?

— Pourquoi pas ?

— Mais, si c'est le cas, c'est peut-être un service que Clémentine lui avait demandé.

— C'est une éventualité, en effet. Et si on allait le demander à Annick ?

— Ma foi…

— Mais, auparavant…

Le téléphone interrompit le lieutenant Paoli. C'était le capitaine Cresson qui lui annonçait la découverte de la moto de Paul Malo.

— Justement, mon collègue et moi étions sur le point de partir à Beg-Meil.

*

5 février, Beg-Meil, 11 heures 30.

Le capitaine Cresson accueillit les deux policiers quimpérois. Après les salutations d'usage, il les emmena dans la cour d'un immeuble locatif inoccupé. La résidence, ouverte de juin à septembre, avait un mur mitoyen avec le jardin qui entourait la chaumière.

— Voici la moto. Elle était couverte par cette bâche. Ne vous inquiétez pas, mes hommes n'ont touché à rien, si ce n'est la bâche, évidemment.

— Malo devait avoir l'habitude de la garer là.

— Qu'est-ce qui te fait dire ça, Éric ?

— Il y a quelques gouttes d'huile par terre. Et puis, regarde comme l'accès à la cour est facile, pas de portail à ouvrir. Le sol est bitumé, aucun risque que la moto se déséquilibre dans un sol meuble. Et, si tu considères sa position, elle est abritée des regards et des vents dominants par ce mur surmonté de canisses.

— Bonne observation, le complimenta le capitaine Cresson.

Éric Durand le remercia d'un bref hochement de tête avant de sortir de la cour.

— Où va-t-il ?

— Nous allons rapatrier la moto sur Quimper, lui répondit Paoli.

Cresson et Paoli se séparèrent à l'entrée du Chemin Creux. Paoli attendit le retour de Durand devant la chaumière de Clémentine. Ils traversèrent le jardin et Durand sonna.

— Ah, c'est vous ! leur fit Annick Roi en ouvrant la porte.

— Bonjour. Pouvons-nous entrer ?

Elle s'effaça et referma derrière eux.

— Nous avons quelques questions à vous poser.

— J'espère que ce ne sera pas trop long, je suis attendue pour le déjeuner.

Sans y avoir été invités, les deux policiers s'assirent, faisant ainsi comprendre à Annick qu'ils prendraient le temps qu'ils voudraient.

— Bien, je vous écoute.

— Monsieur Lavoisier nous a déclaré qu'il adressait le courrier destiné à Pia Saint James à Paris. Or elle avait décidé de vivre ici. Pourquoi ne lui a-t-elle pas fait part de son changement d'adresse ? Cela aurait été plus simple pour leurs tractations, non ?

— Oui, c'est vrai…

— Alors ?

— Elle n'y aura sans doute pas pensé. Elle était tellement absorbée par l'écriture qu'il lui arrivait d'oublier de payer les factures de téléphone de notre logement à Paris. A tel point que nous avons été menacées d'en être coupées.

— Et dans ce courrier qu'elle recevait là-bas alors qu'elle vivait ici, il y a dû avoir quelques lettres recommandées…

— Cela n'a pas dû arriver plus de deux fois, si je m'en souviens bien. J'ai signé à la place de Clémentine.

— Vous avez imité sa signature ?

— Les trois initiales de Pia Saint James n'étaient pas difficiles à faire.

— Et le facteur n'a jamais tiqué ?

— Ça ne risquait pas, ce n'était pas le même. Et, arrivé au troisième étage sans ascenseur, je peux vous dire qu'il n'a pas été regardant.

— Ce n'est pas très sérieux, remarqua Éric Durand.

— Donc Clémentine recevait les factures de téléphone à son nom et le courrier de son éditeur parvenait à Pia Saint James à la même adresse.

— C'est cela. C'était comme si une tierce personne était hébergée chez nous. Et ça a passé comme une lettre la poste, c'est le cas de le dire !

— Votre cousine avait quitté Paris parce qu'elle ne s'y plaisait plus, mais, depuis qu'elle vivait ici, elle sortait souvent déguisée en grand-mère. Pourquoi ?

— Je ne sais pas. Une lubie, sans doute…

— Et c'est une lubie aussi qui lui aurait fait aménager différemment le haut et le bas de cette maison ? demanda le lieutenant Durand.

— Quelle autre raison… à votre avis ? Clémentine aimait changer de peau. Vous l'auriez vue à Paris ! Un jour, habillée en bourgeoise BCBG, le lendemain en baba cool. Elle disait que, dans une autre vie, elle avait dû être caméléon.

— Un caméléon s'adapte à son environnement pour se protéger.

— Ou pour capturer sa nourriture ! Clémentine se changeait selon les besoins des articles qu'elle écrivait pour le magazine auquel elle appartenait. Je me souviens d'un article qu'elle devait faire sur le métier de plombier. Eh bien, croyez-moi ou pas, mais elle s'est rendue sur le terrain, vêtue d'un bleu de travail ! Elle pensait qu'ainsi il lui serait plus facile de faire parler les plombiers.

— Donc, selon vous, elle ne se serait pas déguisée pour échapper à une menace quelconque ?

— Non, répondit Annick en regardant l'heure.

— Pourquoi ne m'avez-vous pas dit que Paul Malo était son amant ?

— Paul, son amant ? Mais… je… je n'en savais rien. Excusez-moi, l'heure tourne et…

— Il rangeait sa moto dans la cour voisine. Vous n'avez pas entendu un moteur hier soir ?

— Je ne suis pas tout le temps en train d'écouter les bruits du dehors, Messieurs !

— C'est si calme, ici, qu'on remarque immédiatement le passage d'un véhicule. Ce n'est pas comme à Paris.

— Alors, quand Paul est-il arrivé ?

— Mais… je n'en sais rien ! Je n'étais pas là !

— Eh bien, nous n'allons pas vous importuner plus longtemps ni vous faire rater votre déjeuner.

D'un regard, Paoli fit comprendre à Durand qu'ils prenaient congé. Ils se levèrent.

— Au revoir, Mademoiselle.

— Au revoir.

Les deux policiers regagnèrent leur voiture. Le lieutenant Durand prit le volant.

— Elle ment ! déclara Paoli en attachant sa ceinture de sécurité. Je n'ai pas trouvé son étonnement très crédible quand j'ai évoqué une relation intime entre Paul et Clémentine.

— Mais, François, si elle ment, cela signifierait qu'Annick a quelque chose à voir avec le meurtre de sa cousine ? Pourtant, d'après ce que j'en sais, les deux femmes s'entendaient bien, non ?

— Eh bien, figure-toi que je n'en suis plus si sûr ! Et c'est ce qui aurait justifié le départ de Clémentine de Paris. Réfléchis un peu… Annick et Clémentine Roi partageaient le même logement à Paris, les factures, etc. Mais, un jour, Clémentine en a assez et part. Alors, pourquoi ?

— Je ne sais pas, moi… La promiscuité ? Le besoin de calme pour écrire ?

— Oui, il y a sans doute de ça, mais il y a aussi une question d'argent. En tant que maquilleuse, Annick ne gagne pas autant d'argent que Clémentine le faisait en cumulant ses activités. Mais il y a encore autre chose : la célébrité. Clémentine était déjà célèbre sous le pseudonyme de Plume et voilà qu'elle acquiert une dose supplémentaire de notoriété avec les polars de Pia Saint James.

— Soit. Les relations entre les deux femmes tournent à l'aigre… Mais, tout à l'heure, en venant, tu m'as dit qu'Annick possédait une clef de la chaumière. Comment l'expliques-tu ?

— Elle aura subtilisé la clef de Clémentine et aura fait faire un double.

— Dans quel but ? Celui de faciliter l'entrée du meurtrier ? Parce que, si ça se trouve, Clémentine n'a pas été tuée sur les rochers, mais chez elle, et on aura déplacé son corps. On a bien trouvé celui de Paul sur le sable alors qu'il est mort sur le chemin douanier.

— J'avoue que je n'y ai pas réfléchi, mais c'est une éventualité. C'est pas con ce que tu viens de dire.

Soudain, le lieutenant Durand freina sec et donna un coup de volant sur la droite.

— Merde, quel con ! jura-t-il en évitant un motard qui effectuait un dépassement en face de lui, à l'entrée de Beg-Meil. T'as vu à quelle vitesse il est entré dans le bourg ? Un vrai dingue !

*

Après-midi du 5 février, commissariat.

Les lieutenants Paoli et Durand revinrent au commissariat vers 13 heures 30.

— François ! l'appela Marie en les voyant entrer.

— Oui ?

— Tiens, David m'a donné ça pour toi.

— Où est-il ?

— Il vient de partir déjeuner avec le stagiaire. Et Séverin Leclerc a téléphoné aussi. Il faut que tu le rappelles.

— Séverin ? Tu en es sûre ? Je l'ai vu ce matin… Que voulait-il ?

— Aucune idée, il ne m'a rien dit.

— Bon, merci, Marie. Tu viens, Éric ?

Ils montèrent tranquillement et s'installèrent dans le bureau de Paoli.

— Voyons ça, dit-il en ouvrant l'enveloppe que venait de lui donner Marie.

C'étaient les résultats du travail sur le portable et la carte bancaire de Paul Malo.

— D'après les renseignements fournis par la carte, Malo a payé ses péages avec. Mais il n'est pas venu directement en Bretagne, d'après ce que je vois. Il a d'abord fait une virée en Touraine où il s'est rendu dès samedi matin. Ce n'est qu'hier soir qu'il est arrivé ici. Bruno a fait un calcul approximatif en utilisant l'heure de paiement, la distance entre ce dernier péage et ici, et la vitesse maximale autorisée. Tout cela nous donne une arrivée à Beg-Meil vers 22 heures 30.

— A quelle heure a-t-il été tué ?

— Ah ! Excellente question. Je ne me souviens pas que Séverin me l'ait dit quand je suis allé le voir ce matin.

— Je pense à une chose… Comment se fait-il que Paul Malo ne se soit pas manifesté plus tôt que ça ? C'est vrai, si Clémentine Roi et lui étaient amants, il aurait dû revenir ici avant hier soir. Ce n'est pas ce que tu aurais fait à sa place ?

— Si. Normalement. Pendant que je rappelle Séverin, téléphone donc à la secrétaire de Malo et demande-lui ce que son patron a fait depuis le week-end du 25-26 janvier.

— Dois-je lui annoncer sa mort ?

— On n'a pas tellement le choix, à moins que Cresson s'en soit déjà chargé…

Dès qu'Éric Durand fut sorti, François Paoli composa le numéro du médecin légiste. Aux deux mots que celui-ci prononça inintelligiblement, Paoli comprit que Leclerc avait la bouche pleine.

— Sandwich jambon-cornichons, Sev ?

— Oui… Hompf… extra ! Hompf, attends une seconde, je finis.

— Ne t'étouffe pas pour moi, je m'en voudrais.

Conservant l'oreille collée au combiné, Paoli patienta en reprenant la lecture des opérations bancaires de Malo.

— Bon, ça y est, reprit Séverin Leclerc après déglutition. J'ai déterminé l'heure de la mort de Paul Malo. A peu de chose près, elle se situe entre 23 heures et 23 heures 30.

— Ce qui fait qu'il a été tué peu de temps après son arrivée à Beg-Meil.

— J'ai demandé au labo d'effectuer des examens complémentaires sur Malo, les résultats devraient tomber en fin de journée.

— Vers quelle heure ?

— Pas avant 19 heures.

— 19 heures… je ne serai plus à mon bureau. Tu m'appelles sur mon portable, d'accord ?

— Rappelle-moi ton numéro que je le note.

Paoli faillit lui dire que ça devait bien être la cinquantième fois qu'il le lui demandait, mais il le lui donna pour la cinquante et unième fois. Au moins !

Une vingtaine de minutes plus tard, Durand revint.

— Dur, dur ! fit-il en préambule. Il a fallu que j'attende cinq minutes qu'elle se reprenne.

— La secrétaire de Sacha ?

— Oui, Patricia Nordi. Elle a confirmé le déplacement de son patron en Bretagne, le samedi 25 janvier. D'après ce qu'il avait dit à sa secrétaire, il devait venir prendre des planches de Kiko.

— Mais… ce ne seraient pas les dessins que nous avons trouvés lors de notre perquisition ?

— Tiens, c'est vrai, ce que tu dis. Quoi qu'il en soit, il était de retour à Paris, le lundi 27, après une étape à Cherbourg où il a un frère.

— Tu as vérifié ?

— Je vais le faire. Sinon, c'est par l'*Ouest-France* du mardi 28 qu'il a su ce qui était arrivé à Clémentine, alors qu'il était en partance pour Londres par l'Eurostar. Il est revenu vendredi dernier, le 31 janvier. Patricia est allée l'accueillir à sa descente de train. Elle l'a raccompagné à son domicile et c'est depuis qu'elle ne l'a plus revu. Quant au déplacement en Touraine, il était prévu de longue date. Voilà, c'est tout ce qu'elle a pu me dire.

— Ces déplacements... professionnels ou d'agrément ?

— Professionnels ; c'est pourquoi il ne les a pas annulés.

— Et Malo n'a pas parlé de son dernier voyage en Bretagne à Patricia Nordi ?

— Non. Mais, en admettant qu'il ait oublié les planches le 25 janvier, c'est peut-être ce qui le justifie.

— Possible. Eh bien, il va falloir se contenter de ça. Tu fais les vérifications nécessaires en ce qui concerne les voyages de Malo ? Il faut que je m'absente. Visite chez le psy. Je devrais être de retour dans une heure, vers 16 heures.

— Et pour les trois convoqués, Moulin, Loiseleur et Mallet ? Ils ne vont pas tarder...

— Tu demandes à David de t'aider. Il est temps que je file, à tout à l'heure !

X

Pont-Aven, 19 heures.

Paoli s'était fait conduire. Il était arrivé avec dix minutes d'avance et guettait la sortie de Philippe Merlus du salon de beauté dont il lui avait donné l'adresse. Il vit sortir deux clientes, probablement deux amies, visiblement enchantées de leurs emplettes vu leur sourire et la volubilité dont elles faisaient preuve. Dès qu'elles eurent fait quelques pas, on ferma la porte et le rideau de fer fut baissé.

Paoli sortit de voiture et renvoya son chauffeur. A 19 heures 10, enfin, Philippe Merlus sortit d'une ruelle adjacente au salon et se dirigea vers sa voiture dont il ouvrit le coffre pour ranger ses affaires.

C'est le moment que choisit le portable de Paoli pour sonner. Il répondit à l'appel de Séverin tout en surveillant Merlus.

— Monsieur Merlus ! l'appela Paoli en le rejoignant.

— Excusez-moi, il fallait que je ramasse mes produits.

— Fermez votre voiture et allons dans un café.

Merlus condamna ses portières et suivit Paoli. Ils entrèrent dans le premier bar venu. Les clients étaient rares et concentrés autour du zinc. Paoli guida Merlus à une table et commanda deux demis.

— Comment s'est passée votre journée ? demanda-t-il à Merlus.

— Bien.

— Pas trop contrarié par ce que je vous ai annoncé ?

— Un peu, mais mon travail m'a aidé à surmonter ce que vous m'avez dit.

— Tant mieux.

Ils s'interrompirent, le temps qu'on les serve et que le policier paye les demis.

— Dites-moi, Philippe, saviez-vous que Pia voyait Sacha ?

— Que voulez-vous dire ?

— Vous n'étiez pas le seul homme dans sa vie.

— Je vous l'ai déjà dit, Lieutenant, Pia était libre, pas moi. Et malgré ce qui existait entre nous, je n'ai jamais douté de l'existence d'un autre homme. Mais je ne savais pas qu'il s'agissait de lui.

— Ils ont couché ensemble le soir où elle a été tuée.

— Vous en êtes sûr ?

— Aucun doute. On a effectué des analyses ADN.

Merlus masqua son trouble en replongeant son nez dans son verre.

— Qui était au courant de votre relation amoureuse avec Pia ?

— Je ne sais pas, nous avons été discrets.

— Votre femme ?

— Je ne le pense pas, mais Annick, la cousine de Pia, c'est possible.

— La connaissez-vous ?

— Un peu… Je l'ai rencontrée à trois reprises, l'une étant cette soirée où Pia est apparue en grand-mère.

— Et les deux autres ?

— C'était pour un appel d'offres. La maison de cosmétiques pour laquelle je travaille s'était manifestée auprès de son entreprise. Elle y a répondu pour avoir une démonstration et voir la gamme de nos produits. La première fois, je lui ai laissé notre catalogue et des échantillons afin qu'elle puisse juger de leur qualité. Et lors de notre seconde rencontre, elle devait me donner sa réponse.

— Et alors ?

— Elle voulait encore négocier les prix, à la baisse évidemment, surtout celui de notre rouge à lèvres. Je lui ai concédé une petite ristourne supplémentaire avec l'accord de mon chef.

— Comment se sont passées ces rencontres ?

— Comme les autres. Je me rends chez le client, je lui…

— Pardon, je me suis mal exprimé. Je voulais que vous me parliez d'Annick Roi.

— Oh ! Eh bien, je dois dire qu'elle me mettait assez mal à l'aise. Surtout la dernière fois… J'ai eu la nette impression qu'elle voulait me séduire. Elle est apparue vêtue d'un chemisier blanc, léger, assez transparent, qu'elle portait déboutonné assez bas, comme ceci, dit Merlus en pointant son index à hauteur de poitrine. Sa jupe était noire, assez courte, fendue à mi-cuisse sur la jambe gauche, et elle avait enfilé des bas résille, noirs également. Tout le long de notre entretien, elle n'a cessé de me regarder.

— Vous êtes bel homme, les regards des femmes se détournant à votre passage ne doivent pas manquer.

— Peut-être, répliqua modestement Merlus. Mais un regard est une chose, une allusion ou un geste équivoque en sont d'autres. Car elle n'a pas fait que me regarder. Elle m'a aussi touché.

— Touché ? fit Paoli en fronçant les sourcils.

— Oh ! Ça n'avait l'air de rien, devant son assistante. Une main qui s'attarde un peu sur la vôtre ou sur votre épaule… Mais, dès que cette tierce personne est sortie, alors que j'enfilais ma veste, Annick s'est assise sur le bureau, et…

— Et ?

— Elle ne portait rien sous sa jupe. Enfin, rien que le porte-jarretelles auquel étaient accrochés ses bas.

— Je vois… Qu'avez-vous fait ?

— Mais… rien, voyons ! J'ai continué à ramasser mes affaires comme si je n'avais rien vu et je suis sorti.

— Elle vous a laissé sortir sans réagir, sans essayer de vous retenir ?

— Elle l'aurait sans doute fait, mais j'ai eu de la chance : deux personnes sont entrées à ce moment-là.

— Ces rendez-vous, ont-ils eu lieu avant ou après la soirée où Clémentine est apparue grimée ?

— La première avant, l'autre après.

— Hon, hon !

— Je ne sais pas ce que signifie votre « hon, hon », Lieutenant, mais je veux que vous sachiez une chose. Je n'ai jamais rien fait qui aurait pu encourager Annick à se conduire de la sorte. Il faut me croire, parce que je ne suis pas un coureur de jupons. Je suis marié, peut-être plus pour longtemps, j'ai eu une maîtresse que j'aimais, mais ça s'arrête là !

— Calmez-vous et finissez votre bière.

Dès que Merlus eut vidé son verre, ils se levèrent et sortirent du bar.

— Donnez-moi vos clefs, je vais conduire. Téléphonez à votre femme et dites-lui que vous ne rentrez pas, que vous êtes en panne et que vous avez pris une chambre d'hôtel.

Merlus appela chez lui. Au temps mort qui suivit la composition du numéro, puis aux paroles enchaînées les unes derrière les autres, le policier comprit que son passager n'avait obtenu que son répondeur.

— Elle n'est pas là, confirma Merlus en rangeant son portable.

*

*   *

Route nationale 165.

Le lieutenant Paoli avait rejoint la RN 165 et roulait à une vitesse légèrement supérieure à celle qu'autorisaient les panneaux routiers plantés le long de la route. Son passager rompit le mutisme qu'il avait adopté depuis la sortie de Pont-Aven.

— Vous m'avez bien dit qu'on avait tué Sacha à ma place, c'est ça ?

— Oui. Le meurtrier l'a confondu avec vous parce que vous boitiez tous les deux.

— Ah ! Il boitait ?

— Du côté gauche, oui. C'est ce boitillement qui a été fatal à Sacha.

Paoli dépassa une semi-remorque et deux voitures.

— Avez-vous une clef de la chaumière de Pia ? demanda-t-il à Merlus.

— Non. Qu'en aurais-je fait ? Mais, pourquoi me posez-vous cette question ?

— Pour rien.

— Je n'allais à la chaumière que lorsque Pia me téléphonait et m'y attendait, si c'est ce que vous voulez savoir.

— Où rangiez-vous votre voiture ?

— Sur le parking de la résidence voisine. Il y a un renfoncement abrité des regards.

— C'est aussi là que Sacha avait garé sa moto l'autre soir… dit Paoli à mi-voix.

— Que dites-vous ? Je n'ai pas entendu.

— Oh ! Rien… Je réfléchissais.

Quelques centaines de mètres plus loin, après un moment de silence :

— Pia vous a-t-elle dit pourquoi elle se déguisait si souvent en grand-mère Clémentine ? Sa cousine m'a dit qu'elle avait des idées saugrenues, mais j'en doute.

— Vous avez raison de douter. Le soir où elle m'a retenu après le départ de ses invités, celui où elle est apparue en vieille femme, elle m'a confié qu'elle ne supportait pas le regard des gens. Elle se sentait sans cesse dévisagée et observée. Je l'ai rassurée en lui disant que ça arrivait souvent aux nouveaux venus dans une région, mais elle n'a pas eu l'air convaincue.

— Mais si, selon vous ce déguisement de vieille femme avait pour but de lui faciliter la vie, comment faisait-elle avant ?

— C'est aussi ce que je lui ai demandé, d'autant qu'elle se présentait sous son vrai visage aux lecteurs de ses romans policiers. Elle m'a rétorqué que ce n'était pas la même chose, que, dans ce cas, il s'agissait de sa vie publique, pas de sa vie privée.

— Hum ! Il est vrai que la mentalité d'une petite ville de province est différente de celle de la capitale où elle vivait, que les gens s'intéressent un peu plus que la normale à leurs voisins, mais... Pia ne vous a jamais cité de nom en particulier ?

— Non, mais elle m'a parlé d'un homme qu'elle rencontrait souvent en faisant ses courses. Un peu trop à son goût. Elle ne le connaissait pas mais avait l'impression qu'il lui était familier.

— Vous l'a-t-elle décrit ?

— Oui, quelqu'un d'apparence banale, sauf qu'il portait toujours une casquette et des lunettes. Dès lors qu'elle s'est déguisée, l'homme ne l'a plus regardée de la même façon.

— Il s'agissait peut-être d'un admirateur timide...

— C'est ce que je lui ai suggéré, mais elle a refusé cette hypothèse. Quoi qu'il en soit, ce déguisement de vieille femme lui a été bénéfique car elle était nettement plus détendue après l'avoir adopté.

— Peut-être n'était-elle pas faite pour la vie provinciale...

— Peut-être...

— Vous a-t-elle dit, un jour, pourquoi elle avait aménagé le bas et le haut de sa maison si différemment ?

— En fait, en bas, il s'agit de meubles hérités de sa famille et dont elle ne voulait pas se séparer. Mais Pia vivait avec son temps et surtout avec le confort qui s'y rattache, d'où l'aménagement moderne du haut.

— Et pour ce qui est des vêtements ou, pour être plus précis, des sous-vêtements ? Rien ne l'obligeait à porter ceux d'une dame âgée…

— Elle ne le faisait pas. Elle les avait dénichés dans une foire aux puces et les avait rangés dans sa commode dans un seul but d'harmonie. « Des dentelles feraient tache parmi des effets de mémé ! » m'avait-elle dit un jour qu'elle les rangeait. C'est comme les assiettes que vous avez dû voir dans le vaisselier. Elle avait un sens aigu du détail. D'ailleurs, je crois que c'est ce qui plaisait dans ses livres.

— Je ne peux pas vous dire, je n'en ai lu aucun.

Alors qu'ils arrivaient à la hauteur de Coat-Conq, le portable de Paoli se manifesta.

— Oui, David ?

— On a retrouvé la Kawasaki.

— Ah ! Où ça ?

— A la zone industrielle de l'Hippodrome, abandonnée dans une rue. C'est un riverain qui nous a prévenus. D'après ses déclarations, la moto serait là depuis quelques jours, mais il ne sait plus exactement depuis quand, s'il s'agit du lundi ou du mardi qui a suivi le meurtre de Clémentine. Mais il est sûr d'une chose, elle n'appartient à personne du voisinage et elle n'a pas bougé depuis qu'il l'a remarquée.

— Donc, le meurtrier a utilisé un autre moyen de transport lorsqu'il s'en est pris à Malo. Bon, vous l'embarquez pour un relevé d'empreintes et des analyses ADN.

— C'est en cours. Le camion à plateau vient d'arriver. Allez, je te laisse, je vais surveiller les opérations. Pour la suite, on verra demain.

— Entendu. Ciao !

Paoli coupa la communication. Il ne put s'empêcher de penser qu'une fois de plus c'était grâce à l'appel d'un quidam qu'un véhicule volé était retrouvé, bien que ses collègues en patrouille fissent de leur mieux pendant leurs rondes.

— Vous voulez bien que je mette un peu de musique ? lui demanda Merlus.

— Je n'y vois pas d'inconvénient.

Merlus chargea un CD de musique celtique dans son lecteur. Aussitôt, des sons de cornemuses et de flûtes emplirent l'habitacle d'une mélodie mélancolique.

Cinq airs s'étaient succédé quand Paoli demanda :

— Que pensez-vous de Maurice Cardon ?

— Que voulez-vous que j'en pense ? répliqua Merlus en baissant le son. Je ne peux pas vous dire du bien de ses livres, j'en ai lu deux et je ne les pas aimés. Quant à l'homme…

— Quant à l'homme ? reprit Paoli au bout de deux minutes.

— Il aime bien parader sur les salons. Il met toujours un certain temps avant de prendre sa place, comme s'il voulait, à la fois, se montrer et jauger le public avant de s'asseoir.

— Ses livres se vendent bien ?

— Difficile à dire. Il a la fâcheuse tendance de gonfler son chiffre.

— Comment le savez-vous ?

— Un soir, en fin de salon, alors qu'il était parti, j'ai demandé à Lavoisier si les affaires avaient été bonnes. Il m'a répondu que celui qui en avait dédicacé le moins était Cardon, justement. Il avait dû en faire une petite dizaine alors qu'il s'était vanté devant Benoît Moulin d'en avoir signé une vingtaine.

— Mais sinon, à part son côté fanfaron, que pouvez-vous m'en dire ?

— Pas grand-chose. Je crois savoir qu'il est marié et qu'il vit à Fouesnant.

Paoli hocha la tête : il le savait aussi.

— Pour ce qui est de sa profession, je ne sais plus au juste dans quoi il travaille et, pour être franc, je m'en fiche. Je ne m'en ferai pas un ami, le peu que je le vois sur les salons me suffit. Ça va bien cinq minutes, mais pas au-delà.

— Ah ! Pourquoi ? Il est ennuyeux ? demanda Paoli en rétrogradant derrière un poids lourd.

— C'est-à-dire que, quel que soit le sujet abordé, il ramène tout à lui. Que ce soit le prix du pain ou la dernière averse de pluie, il arrive toujours à détourner la conversation sur lui. C'est à cause de ça, d'ailleurs, que Pia ne voulait pas être assise près de lui lors des séances de dédicaces. Sans parler de ses plaisanteries douteuses…

Surveillant les phares des conducteurs arrivant derrière lui, Paoli guettait le moment propice pour effectuer un dépassement. Mais les retours sur Quimper étaient nombreux. Enfin, après avoir laissé une dizaine de véhicules passer, il parvint à déboîter et le moteur se mit à rugir.

Deux kilomètres plus loin, alors qu'il avait repris son allure de croisière, il vit apparaître les phares d'une voiture qui fondit sur lui en un rien de temps. Vu la largeur de la calandre qu'il devinait plus qu'il ne voyait dans son rétroviseur, il devait s'agir d'une berline. Son conducteur se mit à lui coller au train et à lui faire des appels de phares. Paoli regarda le compteur, il roulait à 120 km/h. Soudain, le conducteur de la berline passa des codes aux phares, y ajoutant les feux antibrouillard.

— Quel con ! jura Paoli en accélérant.

Il décrocha la berline, sa vitesse était montée à 150 km/h. Nouveaux appels de phares. Retour collant de la berline.

— Vous croyez que c'est le tueur ? demanda Merlus.

— Et qu'il a choisi l'accident par excès de vitesse pour vous supprimer ? Ce serait efficace, vu votre état d'esprit.

Le chauffard se laissa distancer puis revint peu après se coller à Paoli et resta dans sa roue. Nouvelle accélération du policier, 170 km/h. Près de lui, Merlus gardait le silence.

Devant eux, les quatre feux de signalisation arrière de deux voitures, occupant les deux voies de circulation, côte à côte, se précisèrent. Levant le pied, Paoli signala son arrivée imminente en mettant pleins phares. A ce moment-là, il regretta de ne pas avoir son gyrophare bleu et sa sirène. Il freina, le temps que le véhicule de gauche se rabatte, dut rétrograder en quatrième pour relancer la voiture dont la vitesse était tombée à 110 km/h et accéléra un bon coup pour se dégager. Mission accomplie, les codes des deux véhicules devinrent des lucioles.

Derrière lui, le chauffard avait profité de sa manœuvre et continuait à tenir son rôle de sangsue menaçante. Son organisme n'avait pas déchargé autant d'adrénaline depuis longtemps. Et il devait en être autant pour son passager crispé qui ne quittait pas la route des yeux.

Soudain, alors qu'il avait réussi à mettre une distance de sécurité raisonnable entre le chauffard de la berline et lui, Paoli enfonça la pédale de frein.

— Accrochez-vous ! cria-t-il à Merlus.

La voiture fit une embardée, puis une autre, que le policier parvint difficilement à contrôler pour ne pas partir en tête-à-queue. Les pneus hurlèrent de leur frottement intempestif avec le bitume et les roues, laissant des traces de gomme sur la route, se mirent à fumer. Ce faisant, il avait surpris son poursuivant qui l'évita de justesse et continua sur sa lancée. Mais la fumée produite par l'échauffement des pneus créa un écran qui piégea un des deux automobilistes que Paoli venait de dépasser. L'inévitable collision eut lieu, prenant la voiture de Merlus sur l'aile arrière gauche et l'expédiant vers le bas-côté tandis que le responsable de l'accident allait taper dans la glissière de sécurité avant de traverser les deux voies et de finir, lui aussi, sa course dans le fossé.

Malgré l'efficacité des systèmes de sécurité, Paoli et Merlus restèrent sonnés pendant quelques instants. Le policier fut le premier à s'extraire de la voiture accidentée. Les jambes flageolantes, il en fit le tour et s'inquiéta du sort de son passager. Il allait aussi bien que possible mais était coincé dans l'habitacle.

— J'appelle immédiatement les secours, dit Paoli en sortant son portable.

*

Un balisage de sécurité lumineux avait été mis en place et des gendarmes réglaient la circulation nocturne de la RN 165. Aux éclats orangés des balises au sol, succédaient les lumières bleues des gyrophares des secours tournoyant dans la nuit. Sitôt arrivés, des pompiers s'étaient précipités vers les véhicules accidentés avec leur matériel de désincarcération pour en extraire les blessés.

Soutenu par un autre qui lui avait mis une couverture de survie sur le dos, le lieutenant Paoli fut conduit à l'ambulance. Il claquait des dents, réaction au contrecoup des événements stressants qu'il venait de vivre et au froid piquant de la nuit. Après examen, on ne lui trouva qu'une petite coupure au front et deux hématomes : l'un à la clavicule, l'autre en bas des côtes.

— On va vous conduire à l'hôpital, Monsieur, lui annonça le pompier en finissant son bandage.

— François !

C'était David Marchand qui se tenait à la porte de l'ambulance.

— Qu'est-ce qui s'est passé ?

— Laissez-nous, Monsieur, s'il vous plaît.

— C'est mon collègue, dit-il en sortant sa carte de police.

— C'est bon, vous pouvez monter, accepta le pompier après un coup d'œil sur la carte.

Paoli voulut redresser la tête mais des contractures douloureuses l'en empêchèrent.

— Restez tranquille, Monsieur, lui ordonna le pompier.

— Que fais-tu là, David ?

— J'allais rentrer chez moi quand j'ai capté l'info sur ma CB.

— Ah oui…

Paoli leva faiblement l'index gauche vers ses vêtements et le laissa retomber.

— Fouille mes poches, David. Tu y trouveras un bout de papier sur lequel j'ai noté un numéro d'immatriculation. Je veux savoir qui était au volant de cette BMW qui nous a pris en chasse.

— D'accord, je vais voir ça immédiatement au fourgon des gendarmes.

— Bien… nous allons vous emmener, maintenant, annonça le pompier.

— Non, protesta Paoli. Pas avant que mon collègue soit revenu.

— Je lui accorde cinq minutes, pas plus.

— C'est comment ici ? demanda un urgentiste du SAMU vêtu d'une veste blanche, barrée d'une rayure fluorescente, en montant dans l'ambulance.

— Il est choqué, mais il n'y pas de casse.

— OK. Je m'en occupe.

— Vous avez vu les deux autres blessés ? Comment vont-ils ? demanda Paoli.

— Leurs jours ne sont pas en danger, répondit l'urgentiste en prenant la place du pompier.

En moins de deux minutes, une perfusion était reliée au bras gauche de Paoli. Le lieutenant Marchand entrouvrit une porte et y passa la tête.

— La BMW dont tu as relevé le numéro appartient à Cardon.

*

Jeudi 6 février.

C'est un lieutenant Paoli peu vaillant qui sortit de l'hôpital où il avait passé la nuit en observation. Au moment de franchir les portes automatiques, il fut accueilli par le lieutenant Marchand dans l'air froid de ce matin de février.

— Comment te sens-tu ? lui demanda-t-il en lui serrant la main.

— On va faire aller.

— Ma voiture est là, à droite.

Ils prirent place à bord de la Golf de David Marchand.

— Mais... où vas-tu ? demanda Paoli au croisement des Quatre-Chemins.

— Eh bien, je te ramène chez toi, tiens !

— Pas question !

— T'es bien en arrêt de travail, non ?

— Non, je l'ai refusé. Allez, on va à la boutique !

Après avoir descendu la rue du Frugy et pris sur sa droite, le lieutenant Marchand dut s'arrêter au feu situé devant la faïencerie Henriot.

— Merde ! Pierre ! Merde, j'ai complètement oublié madame Coadou ! s'exclama Paoli en tâtant ses poches.

— Qu'est-ce que tu dis ?

— J'avais demandé à madame Coadou de récupérer Pierre après son goûter d'anniversaire et de le garder jusqu'à mon retour, répondit-il en composant un numéro.

Madame Coadou répondit tout de suite.

Paoli commença par lui présenter ses excuses.

— Ce n'est rien, monsieur Paoli. Je sais bien que, dans votre métier, il y a des impondérables.

« Et quels impondérables ! » pensa-t-il.

— Oui, nous avons eu de quoi nous occuper toute la nuit, lui dit-il. Où est Pierre ?

— Je viens de le conduire à l'école, Monsieur. Comme je n'avais pas de vos nouvelles, je lui ai dit que j'irai le chercher ce soir.

— Vous avez bien fait. Merci beaucoup, madame Coadou. A ce soir !

— Bonne journée !

Il referma son portable. La Golf remonta la rive gauche de l'Odet et tourna dans la rue Théodore-Le Hars.

— Grincheux est au courant pour hier soir ? s'inquiéta Paoli.

— On ne va pas tarder à le savoir, le voici qui arrive.

Effectivement, le commissaire Vincent Duval était passé devant eux à l'entrée du parking de service et rangeait sa voiture. Il en sortit en même temps que ses deux lieutenants de la leur.

— Bonjour, Patron !

— Bonjour !

Ils entrèrent dans le commissariat et saluèrent Marie qui mettait un peu d'ordre sur son bureau. Elle leva le nez pour les saluer à son tour et donner son courrier à Duval. Parvenus à l'étage de leurs bureaux, le commissaire se tourna vers eux :

— Je vous verrai dans une demi-heure, leur dit-il.

*

La demi-heure était écoulée. Paoli, Marchand et Durand entrèrent dans le bureau de Duval. D'un geste, le commissaire leur désigna des chaises sur lesquelles ils s'assirent.

— J'ai lu vos derniers rapports et ceux de la gendarmerie de Fouesnant, mais je n'ai pas vu vos comptes rendus d'auditions d'hier, Paoli.

— Je n'ai pas eu le temps... j'ai été très pris.

— Hum ! D'après ce que j'ai lu, le troisième meurtre a été perpétré de façon identique aux deux premiers.

— Celui-là n'aurait pas dû avoir lieu, Patron. Il y a eu erreur sur la personne.

— Tiens donc ! Eh bien, expliquez-moi ça, Paoli, je vous écoute !

— Eh bien, voilà...

Paoli prit une inspiration et se mit en devoir de relater les événements de la veille à son supérieur ainsi qu'à ses deux collègues. Un silence pesant suivit.

— Et vous êtes sûr qu'il s'agit de la voiture de Cardon ? demanda enfin Duval.

— Aucun doute là-dessus, Patron. J'ai effectué les vérifications d'usage, confirma Marchand.

— Donc, à l'heure qu'il est, il ne sait pas ce qu'il est advenu de Merlus.

— Non, répondit Paoli.

— Sauf s'il a lu les journaux, dit Marchand. J'ai fait le forcing auprès du *Télégramme* et d'*Ouest-France* pour qu'ils mettent quelques lignes sur l'accident dans leur édition d'aujourd'hui, en précisant qu'il y avait eu une victime, Philippe Merlus.

— Pourquoi t'as fait ça ? lui demanda Paoli.

— Je me suis dit qu'ainsi Cardon saurait qu'il a atteint son objectif et baisserait la garde. J'ai eu tort ?

— Quand tu as téléphoné aux journalistes, tu leur as parlé de moi ?

— J'suis pas con, quand même ! Il n'y a que deux noms qui apparaissent, celui de Merlus et celui de l'autre conducteur blessé. Quant aux circonstances de l'accident, je me suis servi des premiers éléments d'enquête relevés sur place. Ça te va comme ça ?

Paoli opina d'un bref signe de tête.

— J'ai lu l'article dans les faits divers. Il met Cardon hors de cause, dit le lieutenant Durand.

— Mais... il l'est ! lui objecta Paoli. Il a réussi à m'éviter et était déjà loin quand le choc a eu lieu. J'avais freiné pour pouvoir le prendre en chasse par la suite. C'est à ce moment-là que j'ai pu relever le numéro de sa plaque minéralogique. Malheureusement, les choses ne se sont pas passées comme je le voulais.

Nouveau silence. Réflexion. Méditation.

— J'aimerais savoir ce qui dirige vos soupçons sur Maurice Cardon, dit enfin le commissaire en se carrant dans son fauteuil.

Paoli brossa alors un portrait peu flatteur de Maurice Cardon.

Homme imbu de sa personne, il paradait sur les salons alors qu'il n'était qu'un auteur moyen. Il avait tenté de séduire Pia Saint James, mais la jeune femme l'avait évincé au profit de Philippe Merlus. Et de plus, il savait piloter une moto.

— Tous les témoignages recueillis vous confirmeront ce que je viens de vous dire.

— Peut-être, Paoli, mais tout ceci ne représente rien. Vous n'avez aucune preuve !

— La moto, David…

— Les gars s'y sont mis dès hier soir, mais ils n'ont rien trouvé.

— Rien de rien ?

— Les premières traces relevées dessus ne sont pas interprétables. Trop incomplètes.

— Et merde ! fit Paoli accablé par cette nouvelle décevante. Et pourtant, je sens que c'est lui ! Ça ne peut être que lui ! Il a les mobiles, il a le physique… Il y a sûrement une faille quelque part ! J'ai dû passer à côté de quelque chose. Je ne vois qu'une solution, tout reprendre à zéro.

Duval pointa le menton vers l'épais dossier constitué depuis le début de l'enquête. Paoli se leva et s'en empara en déclarant :

— Je vais trouver !

Et il sortit du bureau de son supérieur pour regagner le sien.

— Eh bien, Messieurs, qu'attendez-vous ?

A leur tour, Durand et Marchand se levèrent et sortirent.

*

Quand ils entrèrent dans son bureau, la cafetière crachotait bruyamment ses dernières gouttes de café. Le dossier était ouvert et Paoli en avait sorti plusieurs feuilles qu'il comptait relire.

— Le café est prêt. Je fais le service ? proposa le lieutenant Durand.

— Oui, vas-y.

— Que cherches-tu exactement là-dedans ? interrogea le lieutenant Marchand.

Paoli leva des yeux cernés de fatigue vers lui.

— Je ne le sais pas au juste, c'est pour ça qu'il faut que je relise ces déclarations.

— Zut ! Quel maladroit ! s'écria Durand en renversant un peu de café sur son pantalon.

— T'es pas prêt de faire concurrence à Marcel, toi ! lui fit remarquer Marchand.

— Marcel ! Mais, oui, bon sang ! Comment n'y ai-je pas pensé plus tôt ? Je l'appelle tout de suite.

Il composa le numéro de La Chope et demanda au cafetier de venir au plus vite au commissariat. Il avait besoin de lui.

— On peut savoir ?

— Marcel a vu l'homme à la moto, il nous l'a même décrit.

— Oui, et alors ?

— Je vais lui demander d'établir un portrait-robot de l'individu.

— Et après ?

— Après ? S'il s'avère que l'homme à la moto et Cardon ne font qu'un, ça voudra dire que Josiane Moreau était en relation avec lui. Car, rappelle-toi que Marcel a vu Josiane Moreau lui donner quelque chose à l'église.

— Merde, j'avais oublié ça !

— Et puis, on a fait une boulette et une de taille !

— Quoi ? Laquelle ?

— Est-ce que, quelque part, dans ce dossier, figure une déposition quelconque de Josiane Moreau ? Non, les mecs, non ! Aucune ! Quand David et moi lui avons rendu visite, je n'ai écrit que quelques lignes dans mon carnet où il n'est question que de l'organisation du Comptoir & Polars. Après, elle a reçu un coup de fil et elle est tombée dans les pommes.

— Oui, maintenant que tu le dis, je m'en souviens.

— On a été tellement pris depuis le meurtre de Clémentine Roi, observa Durand.

— Ouais, bien sûr, mais... Grincheux nous dira sûrement que ce n'est pas une excuse. Et il aura raison ! Bon, Éric, quand tu auras avalé ton café, tu iras la chercher. Il est plus que temps que nous l'entendions.

— D'accord.

*

Aussitôt après l'appel du policier, le patron de La Chope avait fermé son café et avait traversé la ville. Il se présenta à l'accueil où Marie lui indiqua le numéro du bureau de Paoli. L'officier de police le conduisit dans une autre pièce et lui présenta l'homme auquel il allait devoir donner ses indications pour effectuer le portrait-robot de l'homme à la moto.

— Tu te souviens encore de lui, Marcel ?

— Comme si je l'avais vu hier !

— Parfait. Alors, au travail ! Dès que tu as fini, tu m'appelles, Pascal, d'accord ?

— D'accord.

— Bon, je vous laisse.

Paoli revint dans son bureau et s'attela, avec Marchand, à la relecture des dépositions.

— Tiens, tiens… fit Marchand.

— Quoi ?

— Regarde, là… A la question : « Où étiez-vous dans la nuit du 25 au 26 janvier ? », Cardon a répondu qu'il avait fêté l'anniversaire de sa femme jusqu'à 4 heures du matin. Il a un alibi.

— Il se peut qu'il ait menti.

— Oui, mais si c'est la vérité, on l'a dans l'os !

— Si c'est la vérité ? Merde, ne me dis pas que personne n'a vérifié !

La grimace que fit Marchand à Paoli fut explicite.

— OK, pigé ! Je file à Fouesnant, interroger madame Cardon !

— J'espère bien que les batteries de ton ordinateur portable sont chargées.

— T'inquiète, elles ont été alimentées toute la nuit, assura Marchand en disparaissant.

Paoli se rejeta contre son dossier et renversa la tête en arrière.

Il ne comprenait pas ce qui s'était passé. Comment ni lui ni Marchand n'étaient retournés interroger Josiane Moreau ? Comment l'un d'eux avait oublié de vérifier l'alibi de Cardon ? N'importe quel débutant l'aurait fait !

Il se redressa et se frotta le visage, puis se leva et se servit un deuxième café. Le regard perdu dans le vide, il porta la tasse à ses lèvres. Le téléphone le tira de ses pensées.

— Ça y est, Lieutenant, le portrait est fini, lui annonça Pascal.

— J'arrive !

Il posa sa tasse à moitié vide et fonça à la salle des portraits. Pascal avait affiché le portrait-robot de l'homme à la moto sur un tableau.

— C'est lui le mec à la Kawasaki ? C'est bien ce type-là que tu as vu le jour de l'enterrement de Prosper, Marcel ?

— Oui.

Paoli examina longuement le portrait. La forme du visage, celle du nez et de la bouche y étaient. Mais deux choses ne collaient pas.

— Tu peux me faire des retouches ? demanda-t-il à Pascal.

— Bien sûr ! Qu'est-ce que tu veux ?

— Enlève-lui la mèche qui lui recouvre le crâne et mets-lui des lunettes.

— Quel genre, les lunettes ?

— Monture fine, carreaux rectangulaires.

Les deux changements exécutés, le portrait de Maurice Cardon apparut. Et, depuis plusieurs jours que ça n'était pas arrivé, un sourire éclaira enfin le visage du lieutenant Paoli.

— Mais c'est lui ! Je me doutais bien que c'était lui ! jubila-t-il. Sauvegarde-moi ça, je vais chercher Grincheux.

Le temps d'un aller-retour au bureau de son supérieur et Paoli revint avec lui.

Vincent Duval compara les deux portraits et dut convenir de leur forte ressemblance.

— D'accord, Paoli, vous avez établi que l'homme à la moto "pouvait" être Cardon, mais ce portrait ne constitue pas une preuve. En aucune façon.

Et sur ce, le commissaire repartit.
— Ce sera tout, Marcel. Merci de t'être déplacé.
— Tu passes à La Chope ce soir ?
— Je ne peux rien te promettre.
Marcel salua les deux policiers et se retira.

*

Il était midi quand le lieutenant Marchand revint. Ce fut avec un large sourire qu'il entra dans le bureau de Paoli.

— Alors, tu as vu madame Cardon ?

— Mieux que ça ! Tu ne vas pas en revenir ! Non seulement j'ai enregistré sa déposition sur mon ordinateur qui a très bien fonctionné, mais, en plus, j'ai fait des photos avec mon portable. Accorde-moi quelques instants et je te les transfère sur mon écran.

— Des photos ? De quoi ?

— Patiente un peu, tu vas voir !

— Et, madame Cardon, qu'est-ce qu'elle t'a dit ?

— Que c'était bien son anniversaire et qu'elle l'a fêté en compagnie de son mari et de quelques invités jusqu'à 4 heures du mat' !

— Ça confirme les paroles de Maurice Cardon.

— Oui, sauf que madame ne l'a pas vu pendant une heure ! Quand il a reparu et qu'elle lui a demandé où il était passé, il lui a répondu qu'il était allé se reposer un peu. Il accusait la fatigue du salon, lui a-t-il dit. Sur le coup, elle l'a cru, mais, le lendemain, elle a trouvé du sable sur son paillasson. Et il n'y a pas de sable autour de la maison des Cardon ! Ah, ça y est ! Le transfert des photos est fini. Approche. Les Cardon ont un petit enclos où ils gardent une oie et deux canards. Regarde. Comme tu peux le voir, la clôture et les piquets sont récents. Et là, à côté, ce tas que tu vois, c'est le vieux grillage et les anciens piquets. Combien de piquets neufs comptes-tu ?

— Sept.

— Et de vieux ?

— Six. Mais… on dirait…

— Oui, la barre de fer rouillée qui a servi au triple meurtre ressemble fort à l'un des piquets de l'ancienne clôture. J'en ai pris un discrètement que j'ai rapporté afin de le comparer à celui que nous avons déjà.

— Dis-moi… Comment a réagi madame Cardon ?

— A ma visite ? Eh bien, elle s'y attendait !

— Elle s'y attendait ? répéta Paoli, étonné.

— Disons qu'elle pensait que la police serait venue chez elle, mais pour interroger son époux puisqu'il fait partie des auteurs de Lavoisier, comme Pia Saint James. Et comme elle n'avait pas l'air de savoir qu'on l'avait déjà entendu, tu penses bien que je me suis gardé de lui dire le contraire.

— Donc elle a été coopératrice ?

— Oui, elle n'a fait aucune difficulté pour répondre à mes questions.

— Lui as-tu demandé où se trouvait son mari, hier soir, et à quelle heure il est rentré ?

— Évidemment, mais elle n'a pas pu me répondre. Il était déjà à la maison quand elle est revenue de chez son gynécologue, il était 20 heures 30.

— Si tard ?

— C'est aussi ce que je lui ai fait remarquer, mais elle m'a assuré que c'était habituel chez lui, car il lui arrive de quitter ses consultations pour aller faire une césarienne. J'ai vérifié, c'est la vérité. La secrétaire du gynéco m'a dit qu'elle était la dernière cliente et qu'elle est sortie du cabinet vers 20 heures 10. Vingt minutes de route pour revenir chez elle… ça se tient.

— Lui as-tu demandé comment était son mari ?

— Je n'en ai pas eu besoin, c'est elle qui en parlé la première. Il a râlé parce que le repas n'était pas prêt. Elle lui a rétorqué qu'il aurait pu le préparer, mais il a prétexté ne pas savoir ce qu'elle avait prévu au menu. « Bref… une dispute de plus », a-t-elle ajouté.

— Ah bon ? Ils sont coutumiers du fait ?

— Coutumiers ? Ce n'est pas ce qu'elle m'a dit exactement mais, depuis plusieurs mois, elle le trouve assez irritable. Quand je lui ai demandé à quand ça remontait, elle m'a parlé du salon de Plouescat d'où il était revenu assez énervé.

— Tiens, tiens, le premier salon de Clémentine en tant que Pia.

— Elle a ajouté qu'il rentrait assez souvent dans cet état-là d'une journée de dédicaces, la dernière étant le samedi 25 janvier. Depuis, elle le trouvait plus calme, sauf hier soir.

— Et pour cause !

— Et Josiane Moreau ? Qu'est-ce que ça donne de ce côté-là ?

— Éric n'a pas pu la voir. Les Petites Floralies Quimpéroises ont été choisies pour faire un décor de banquet qui a lieu ce soir, si bien que Josiane Moreau est très occupée. Ce matin, de bonne heure, elle devait trier les fleurs ; ensuite, sa patronne et elle devaient les choisir pour les harmoniser et les répartir dans diverses compositions. C'est ce qu'elles faisaient à la salle où aura lieu la fête quand Éric s'est présenté au magasin. La vendeuse qu'il a vue lui a dit de revenir vers 15 heures, que Josiane et sa patronne seraient de retour.

— Bon, vu l'heure, il ne nous reste plus qu'à aller casser la croûte, qu'en dis-tu ?

XI

Commissariat de Quimper, 6 février, 15 heures 15.

Après son déjeuner qu'il avait écourté, François Paoli s'était excusé auprès de ses deux collègues pour aller chez lui prendre un peu de repos. Il avait donc fait une petite sieste, avait pris une douche et s'était changé, mais en avait également profité pour compléter quelques recherches et donner deux ou trois coups de fil. Fructueux.

Ce fut donc plus dynamique que le matin, qu'il arriva.

— Éric devait aller aux Petites Floralies Quimpéroises. Il est revenu, Marie ?

— Oui, il y a deux minutes, avec une dame, répondit-elle en lui donnant une enveloppe.

Il l'ouvrit au bas des marches et en sortit une feuille. Ignorant les diverses analyses chimiques, il se rendit à la conclusion du laboratoire : les deux barres de fer étaient identiques. Il empocha le résultat, monta et entra dans le bureau du lieutenant Durand.

— Tu as commencé, Éric ?

— Pas vraiment. J'ai juste pris l'état civil de Madame.

— Bien, fit Paoli en s'installant. Bonjour, comment allez-vous, madame Moreau ?

— Bonjour…

A son ton et à son attitude – elle triturait l'anse de son sac à main – le lieutenant Paoli se rendit compte que Josiane Moreau n'était pas à l'aise.

— Pourquoi m'avez-vous fait venir ?

— Simplement parce que, dans le cadre de l'enquête que nous menons toujours sur la mort de votre mari, nous ne vous avons pas encore entendue.

— Ah ! Mais, je n'ai rien vu ni entendu ! Je n'étais pas là quand il a été agressé, j'étais déjà partie pour mon travail. Demandez-le au voisinage, ils vous le diront !

— C'est fait, madame Moreau, depuis longtemps, répliqua le lieutenant Durand.

— Je vous sens nerveuse, lui dit Paoli.

— Mettez-vous à ma place ! On vient me chercher sur mon lieu de travail pour m'amener ici comme une malpropre !

— Mon collègue vous aurait-il mal traitée ?

— Non, mais… mais ce ne sont pas des façons ! Devant la clientèle !

— Clientèle qui se résumait à une seule dame dont s'occupait l'autre vendeuse, précisa Durand pour Paoli. Et j'ai été aussi discret que possible.

— Il n'y a donc pas de quoi fouetter un chat, conclut Paoli. Permettez-moi de trouver votre réaction un peu exagérée pour une femme qui n'a pas hésité à remettre une enveloppe à un homme lors du service funéraire de son mari.

— Qu… quoi ? Mais… mais je ne vois pas de quoi vous parlez !

— Ah ! Vraiment ? Tu as le portrait, Éric ? Montre-le-lui !

Le lieutenant Durand ouvrit un tiroir et en sortit le portrait-robot exécuté le matin.

— Vous reconnaissez cet homme ?

Josiane Moreau devint blême, ses mains se mirent à trembler.

— Pas de ça, Madame ! Restez avec nous ! lui ordonna Paoli en faisant claquer ses mains.

— François !

— Je sais ce que je fais, Éric.

Surprise par le bruit, Josiane Moreau avait sursauté. Paoli lui accorda une poignée de secondes, puis, quand il fut à peu près sûr qu'elle avait repris ses esprits, il réitéra sa question.

— Vous le reconnaissez, n'est-ce pas ?

— Oui.

— Et il s'appelle ?

— Maurice Cardon, lâcha-t-elle en baissant la tête.

— Maurice Cardon… Bien ! la félicita Paoli. Et cette enveloppe contenait bien l'argent qu'il vous restait à lui devoir… De combien était le montant ?

— Deux mille euros. Je lui en avais déjà donné mille auparavant.

— Un autre de mes collègues a interrogé votre compte bancaire, mais n'y a vu aucune grosse opération de retrait.

— Il n'y en a pas eu. J'avais quelques économies à la maison, pour le reste, Prosper a payé lui-même son assassin, à son insu.

— Vous avez piqué dans la caisse du bar ! s'indigna le lieutenant Durand.

— Mon mari me trompait !

— En êtes-vous sûre, madame Moreau ?

Josiane hocha la tête en silence, puis dit :

— Je l'ai vue s'en aller par la cour, en passant la porte verte. Trois fois. Elle sortait de chez nous. Je l'ai suivie. Elle avait garé sa voiture le long des quais.

— Pourquoi ne citez-vous pas son nom, Madame ? Vous savez pourtant bien qu'il s'agit de Pia Saint James.

— Prosper la faisait venir sous mon toit ! Vous vous rendez compte ?

— Ne vous est-il jamais venu à l'idée qu'elle venait pour une toute autre raison ?

— Saviez-vous que votre mari écrivait ?

— Prosper, écrire ? Mais, écrire quoi, grands dieux ? Il n'a jamais été foutu de m'écrire une seule lettre ! Les seules écritures que je lui connaisse sont ses livres de comptes !

Paoli s'absenta et revint avec le manuscrit à deux mains.

— Ouvrez-le. Allez !

Josiane Moreau s'exécuta. Elle tourna quelques pages, lut quelques lignes au hasard.

— Alors ?

— C'est… c'est bien l'écriture de Prosper, ici et… là, aussi. Mais je ne sais pas qui a écrit entre ces deux pages.

— La jeune femme que vous croyiez être la maîtresse de votre mari, Madame, lui dit Durand.

— Eh oui ! Vous vous êtes complètement méprise sur leur activité. Prosper Moreau et Pia Saint James se rencontraient pour écrire, pas pour la bagatelle.

Josiane reposa le manuscrit aussi vivement que si elle avait eu des braises en main.

— C'est faux ! Il me trompait ! Il faisait tous les salons du livre possibles pour aller la rejoindre ! Et, chaque fois, il avait le culot de revenir avec son dernier livre dédicacé ! Ah, j'en ai vu des « Pour mon cher Prosper » et des « Avec toute mon amitié » ou autre chose du même acabit, croyez-moi ! Et il n'y avait qu'elle pour faire des dédicaces pareilles !

Paoli la laissa reprendre son calme, puis demanda :

— Comment Maurice Cardon est-il entré dans l'affaire ?

— C'était le soir où Prosper lui avait demandé d'animer un café littéraire. Je rentrais du cinéma au moment où il quittait le Comptoir & Polars… Il était d'assez méchante humeur, ça ne s'était pas bien passé. Nous sommes allés boire un verre et c'est là que…

— Que vous lui avez exposé vos griefs et votre rancœur ?

— Oui.

— Et il a accepté, comme ça, tout de suite ?

— Après négociation du tarif, oui.

— Il n'est pas venu seul le matin de l'agression de votre mari. Qui était avec lui ? Qui a détruit les livres de Pia Saint James ? Vous ?

— Non. Je ne sais pas, j'étais aux Petites Floralies, je viens de vous le dire !

— Bien. Je vais vous demander d'ôter vos bijoux et de vider vos poches.

— Mais… pourquoi ?

— Je vous mets en garde à vue, madame Moreau. Éric, tu te charges des formalités ?

Paoli se retira et retourna dans son bureau, avec un air

satisfait : les premiers morceaux du puzzle s'emboîtaient enfin ! Il ne restait plus qu'à découvrir le nom du complice de Cardon, celui qui avait détérioré les livres du Comptoir & Polars.

Ce fut en reprenant une déposition d'Annick Roi qu'il eut un déclic. Il fonça au bureau de David Marchand.

— Suis-moi !

— Où allons-nous ?

*

Beg-Meil, 6 février, 17 heures.

Annick Roi s'apprêtait à partir à bord de sa voiture, quand François Paoli l'en empêcha en lui coupant la route. A peine le coupé cabriolet était-il arrêté que le lieutenant Marchand en jaillit et bondit à la portière de la maquilleuse.

— Éteignez votre moteur et sortez de là ! lui ordonna-t-il sèchement. Nous avons à vous parler.

Elle déboucla sa ceinture de sécurité, quitta son siège et accompagna les deux officiers de police qui l'escortèrent jusqu'à la porte de la chaumière. Sous l'injonction de Paoli, elle rouvrit la porte qu'elle venait de fermer.

— Vous partiez ?

— Je rentre à Paris.

— C'est assez risqué de prendre la route en cette saison, dit le lieutenant Marchand. La nuit tombe encore assez tôt et, avec la météo des ces derniers jours, vous risquez de trouver des plaques de verglas.

— J'ai prévu de faire étape à Saint-Malo.

— Et de rendre visite à votre tante ?

— A quoi cela servirait-il ? Elle ne me reconnaît plus et son état s'est beaucoup dégradé.

— Alors, pourquoi Saint-Malo ? Ce n'est pas sur votre route ! lui rétorqua Marchand.

— J'ai le droit de m'arrêter où je veux, que je sache ! Ça s'appelle la liberté de circuler !

— Je vais vous dire, moi, ce que vous comptiez faire à Saint-Malo. J'ai pris des nouvelles de la santé de votre tante et, ainsi que vous venez de le déclarer, elle est loin d'être florissante. Son cœur connaît même quelques défaillances depuis quelque temps. Vous pensiez lui rendre visite et lui annoncer la mort de sa fille, Clémentine. Le choc de l'émotion l'aurait tuée, vous faisant d'elle sa seule héritière, exposa Paoli.

La réaction d'Annick Roi ne se fit pas attendre.

— Je ne vous permets pas ! Tout ceci n'est que supposition et calomnie !

— Je n'ai pas à vous dire d'où je les tiens, mais mes renseignements sont dignes de confiance. Clémentine, décédée, il ne reste plus que vous pour toucher l'héritage. Vrai ou faux ?

Pas de réponse.

— Vrai ou faux ? martela Paoli plus fort.

— C'est vrai.

Il fit quelques pas, puis revint à la table et, les mains en appui sur le plateau ciré, se pencha vers Annick.

— Depuis quand connaissez-vous Maurice Cardon ?

Croyant à un coup de bluff du policier, elle leva vers lui un regard incrédule. Mais les yeux bruns du Corse la fixaient intensément. Il abattit ses cartes.

— Quelques personnes seulement savaient que Clémentine se déguisait en vieille dame : Marcel Pouillot, son éditeur de livres pour enfants, deux ou trois de ses auteurs et vous.

— Vous oubliez Philippe.

— Philippe Merlus aimait votre cousine, il ne l'a pas tuée. Donc, je reprends... Cardon n'étant pas en relation avec les autres, vous étiez la seule à pouvoir l'informer de ce déguisement. Alors, comment avez-vous fait sa connaissance ?

— Lors d'une séance de dédicaces dans une librairie. J'étais venue chercher Clémentine au stand. Mon sac a accroché une pile de livres de Maurice. Je les ai donc ramassés, mais comme l'un d'eux était endommagé, je le lui ai acheté. Nous avons échangé quelques mots et il m'a invitée à boire un verre. Durant notre conversation, j'ai senti qu'il éprouvait une certaine animosité envers Clémentine.

— Cardon lui jalousait son succès et vous avez mis une couche de plus en lui annonçant le contrat d'exclusivité, émit le lieutenant Marchand.

— Et, plus tard, son projet d'écriture à deux mains avec Prosper Moreau, aussi, n'est-ce pas ? ajouta Paoli.

— Oui.

— Ajoutons, à cela, votre jalousie des conquêtes masculines de Clémentine... Votre association était inévitable.

Jusque-là, elle avait tenu le coup, mais la logique de la théorie des deux officiers de police eut raison d'elle. Annick Roi craqua :

— Elle avait tout ! L'argent, la gloire, la beauté ! Tout lui réussissait, alors que moi… Elle sortait déjà avec Sacha, elle m'a pris Philippe !

— Vous faites erreur. Clémentine ne vous l'a pas pris, comme vous dites. C'est vous qui avez tenté de le séduire pour le détourner d'elle. Malheureusement pour vous, cela a échoué car Philippe éprouvait déjà de forts sentiments pour elle.

— Mais votre haine était si forte, que la mort de Clémentine ne vous suffisait pas, Merlus devait aussi y passer, observa Marchand.

— D'où un premier attentat raté qui a coûté la vie à Paul Malo et cette attaque sur la voie express hier soir, reprit Paoli.

— Je n'y suis pour rien ! Ce n'était pas mon idée, mais celle de Maurice. Il détestait Philippe.

— Parce que Philippe Merlus avait eu les faveurs que Clémentine ne lui avait pas accordées ?

— Oui. Alors, il m'a demandé de me renseigner sur l'emploi du temps de Philippe. Ce que j'ai fait. J'avoue que ça a été plus facile que je ne le pensais.

— Je ne saisis pas… Vous étiez d'accord pour que Cardon tue Merlus, l'homme que vous aimiez ?

Annick prit un air absent.

— Il est bien, là où il est, il ne m'aurait jamais aimée.

Après un moment de silence, le lieutenant Paoli déclara :

— Je vais vous demander de nous suivre, Madame. Vous êtes en état d'arrestation.

*

Soir du 6 février.

Dès leur retour au commissariat, le lieutenant Marchand conduisit Annick Roi en cellule. Alors que le lieutenant Paoli se préparait à téléphoner à madame Coadou, Marie frappa à sa porte et lui déposa une enveloppe sur son bureau. Ayant reconnu l'écriture, il reposa le téléphone et ouvrit l'enveloppe.

Un petit sourire se dessina sur ses lèvres : parmi les nombreuses traces inexploitables relevées sur la moto et, à force de persévérance, l'équipe scientifique avait déniché une empreinte complète appartenant à Maurice Cardon.

Il reprit son combiné, mais au lieu de dire à madame Coadou qu'il allait rentrer, il allait devoir lui annoncer un retard dont il ne connaissait pas encore la durée. Si madame Coadou se montra compréhensive, il n'en fut pas de même pour Pierre qui s'impatientait.

Aussi ce fut, légèrement contrarié, qu'il sortit de son bureau et rameuta les lieutenants Durand et Marchand ainsi qu'une poignée d'hommes.

— Où allons-nous ? demanda Éric Durand en dévalant l'escalier derrière François Paoli.

— Mettre la main sur Maurice Cardon !

— Tu as un élément nouveau ?

— Mieux, une preuve !

— Une preuve ? s'étonna David Marchand en ouvrant la porte donnant sur le parking.

— Oui, une empreinte bien nette sur la moto volée.

Ils se séparèrent en deux groupes qui prirent place dans des voitures de police.

*

La BMW de Maurice Cardon se trouvait devant sa maison. Pour prévenir toute tentative de fuite, un déploiement d'hommes commandé par le lieutenant Marchand fut organisé. Dès que le dispositif fut en place, Paoli sonna. La lumière extérieure s'alluma, puis la porte s'ouvrit.

— Bonsoir Madame. Nous voudrions voir votre mari.

— Entrez ! Il fait des mots croisés devant sa télé.

François Paoli et Éric Durand pénétrèrent dans l'entrée jusqu'où parvenait l'odeur d'une soupe aux poireaux. Madame Cardon les précéda et les annonça.

— A cette heure ? Que veulent-ils encore ? entendirent-ils Maurice demander à sa femme.

— Nous venons vous arrêter pour triple meurtre sur les personnes de Clémentine Roi, Prosper Moreau et Paul Malo, déclara Durand.

— Et tentative de meurtre sur celle de Philippe Merlus, ajouta Paoli en passant devant madame Cardon.

— Tentative sur Merlus ? Mais... je ne comprends pas... L'accident sur la voie express...

— C'est moi qui conduisais, révéla Paoli en lui passant les menottes.

— Oh, mon Dieu ! Maurice ! s'écria-t-elle en portant les mains devant sa bouche. Tu as fait ça ? Tu as tué trois personnes ? Mais... tu es... tu es un monstre !

— Asseyez-vous, Madame, lui conseilla Éric Durand.

Elle se laissa tomber dans le premier fauteuil venu.

— Reste avec elle, Éric. J'emmène Monsieur à son garage. C'est bien là que vous conservez vos tenues de moto, n'est-ce pas ?

Il acquiesça d'un signe de tête et suivit le policier. La porte du garage n'était pas verrouillée, Paoli n'eut qu'à la faire basculer pour l'ouvrir et chercher l'interrupteur sur la gauche. Le plafonnier s'alluma et la lumière tomba sur une dalle de ciment peint en gris sur laquelle se trouvait la moto de Cardon.

— Où sont-elles ?

— Dans cette armoire, là, à droite, indiqua Maurice Cardon.

De son menton qu'il pointa vers l'armoire, Paoli fit signe de l'ouvrir et d'y prendre les deux tenues complètes en cuir.

— La personne qui était avec vous au Comptoir & Polars a porté celle-ci ? s'enquit le lieutenant Durand en exhibant la plus petite des deux. Qui était-ce ?

— Annick Roi.

— Les analyses nous le confirmeront, mais je m'en doutais. Et quand votre femme m'a ouvert, que j'ai vu qu'elle faisait à peu près la même taille qu'Annick, le doute s'est dissipé. Allez, venez, l'incita Paoli en le prenant par le coude.

*

Vendredi 7 février, domicile de Paoli.

Lorsque le radio-réveil se mit à chanter, Pierre qui occupait la place de son père dans le lit étendit le bras et le fit taire.

— Pourquoi tu ne l'as pas laissé ? demanda François en allumant la lumière.

— Pour que tu dormes, parce que t'es rentré tard.

— C'est gentil de penser à mon sommeil, mais la semaine n'est pas encore tout à fait finie.

François embrassa le front de Pierre, puis passa le bras par-dessus lui pour empêcher le réveil de sonner à nouveau et se leva.

— Comment tu t'es fait ça, François ?

— Quoi ?

— Les bleus que tu as, là et là, dit Pierre en pointant le doigt vers la clavicule et les côtes de son père. Tu t'es battu ?

— Si on veut.

Telle fut la réponse évasive que François fit à Pierre avant de s'enfermer dans la salle de bains.

Vingt minutes plus tard, il en ressortait, douché, rasé de près, une serviette autour des reins. Revenu dans la chambre, il ordonna à son fils d'aller se laver pendant qu'il s'habillait.

Puis vint le petit-déjeuner, la sortie hygiénique de Copain et l'heure de se séparer, qui allant à l'école qui au commissariat.

*

Le même jour, un peu plus tard, au commissariat.

Il était neuf heures, quand le lieutenant Paoli franchit la porte et salua Marie dont le nez rougi à force de se moucher et les yeux brillants trahissaient un gros rhume.

— David et Éric t'attendent.

— Déjà ? Ils sont tombés du lit ?

— Et il y a un monsieur, là, pour toi, aussi.

— Où ? Je n'ai vu personne.

— Ah ! Il doit être aux toilettes, alors…

Effectivement, la porte des WC s'ouvrit et Philippe Merlus apparut. Les deux hommes se saluèrent cordialement.

— Je ne m'attendais pas à vous voir si tôt, dit Paoli. Mais, venez, montons à mon bureau, nous y serons plus tranquilles.

Le lieutenant Paoli s'effaça pour laisser passer Philippe Merlus.

— Je suis venu vous remercier de m'avoir sauvé la vie.

— La vie, peut-être, mais pour ce qui est de votre voiture… Je crains qu'elle ne soit pas en état de rouler d'ici un bon moment, mais votre entreprise va sans doute vous en fournir une autre.

— Pas avant dix jours. Je pars en vacances, j'ai besoin de m'éloigner un peu de tout ça.

— Je comprends. Où pensez-vous vous rendre ?

— Au soleil, en Martinique. Vous connaissez ?

— Non.

— J'ai demandé à Simone, ma femme, de m'accompagner.

— Pour prendre un nouveau départ ?

— Oui. Je lui ai proposé de tirer un trait sur nos aventures respectives. Elle a accepté.

— Tant mieux. Vous en prendrez bien un avec moi ? lui proposa Paoli en montrant son paquet de café à Merlus.

— Avec plaisir.

A peine le café était-il passé qu'il était versé dans deux tasses dont l'une se retrouva devant Philippe Merlus.

— Nous avons arrêté Maurice Cardon. C'était lui le chauffard de la voie express.

— Cardon !

— Et c'est également lui qui a tué Clémentine.

— Cardon ! répéta Merlus, visiblement abasourdi.

Le lieutenant Paoli lui narra alors, dans les grandes lignes, les comment et surtout les pourquoi de cette sordide affaire.

— Tout ça par jalousie ! Quel gâchis ! conclut Philippe Merlus.

— C'est malheureusement un défaut très fréquent, renchérit François Paoli.

Merlus reposa sa tasse vide et se leva. Il avait la main tendue et allait prendre congé de Paoli, quand Marchand fit irruption.

— Eh bien, François, qu'est-ce que tu fabriques ? On t'attend ! Oh ! Pardon… je ne savais pas que tu avais du monde.

— Ce n'est rien, j'étais sur le point de partir, lui dit Merlus en l'excusant d'un sourire.

XII

Samedi 8 février, domicile des Paoli.

Il était presque huit heures et François dormait toujours.

Quand son portable sonna, Pierre hésita à le lui apporter : il avait reconnu la sonnerie du commissariat. Mais il n'avait pas le choix.

— François, c'est ton travail. Encore ! dit-il en soupirant.

— Paoli, oui, j'écoute. Oui… oui… Non, désolé, je ne peux pas.

Et il coupa la communication.

— Tu vas pas au boulot ? Mais… Qu'est-ce qu'il va dire, le commissaire ?

— Rien, il ne dira rien.

— T'es sûr ?

Sans répondre, François s'étira comme un chat paresseux puis se remonta un peu sur son oreiller.

— Et toi, que dirais-tu d'aller faire les commissions pour faire cette recette qui te faisait envie la semaine dernière ? Je t'ai fait une promesse, il me semble. Eh bien, je crois que c'est le bon jour pour la tenir !

— C'est vrai, tu restes vraiment avec moi aujourd'hui ?

— Aujourd'hui et demain.

— Demain aussi ? Deux jours ? Sûr de sûr ?

Les yeux arrondis de surprise, Pierre n'en revenait pas. Ce ne fut que lorsque François lui accorda la durée de sa toilette pour écrire la liste des ingrédients, qu'il comprit que son père ne plaisantait pas.

FIN

Quadri Signe - Editions Alain Bargain
125, Vieille Route de Rosporden - 29000 Quimper
E-mail : editions.alain.bargain@wanadoo.fr
Site Internet : perso.wanadoo.fr/editions.bargain

Dépôt légal n°16 - 3e trimestre 2004
3e tirage - Dépôt légal n° 11 - 4e trimestre 2005
ISBN 2-914532-46-6 — ISSN 1281-7813
N° Impression : 511213
Imprimé en France